유부남
이야기

Historias de hombres casados
by Marcelo Birmajer

Selection of stories from
HISTORIAS DE HOMBRES CASADOS ⓒ 1999
NUEVAS HISTORIAS DE HOMBRES CASADOS ⓒ 2001
ULTIMAS HISTORIAS DE HOMBRES CASADOS ⓒ 2004
Korean Translation Copyright ⓒ Munhakdongne Publishing Corp., 2006
All rights reserved.

This Korean edition is published by arrangement with
Agencia Literaria Carmen Balcells, S.A. through MOMO Agency.

이 도서의 국립중앙도서관 출판시도서목록(CIP)은
e-CIP 홈페이지(http://www.nl.go.kr/cip.php)에서 이용하실 수 있습니다.
(CIP제어번호: CIP2006000962)

유부남 이야기

마르셀로 비르마헤르

소설 ★ 김수진·조일아 옮김

문학동네

차례

historias
de
hombres
casados

historias

de

Caballos 마차

hombres

casados

열 살이 되던 해 코르도바로 여름 휴가를 갔다가, 코카콜라 사에선 음료수 병을 일제히 수거해 세척한 뒤 다시 콜라를 채워 판매한다는 것을 알게 되었다. 당시 들렀던 어느 바의 주인이 그렇게 말해주었다. 나는 그에게 내가 마신 코카콜라 병에 조그만 표시를 해달라고 부탁했다.

"뭣 때문에 그러니?"

바 주인이 물었다.

"똑같은 병을 다시 만나게 될지 궁금해서요."

내가 대답했다.

바 주인은 웃었다. 그러나 그는 이내 내 병을 들고 카운터 뒤로 사라지더니 병에 표시를 해 돌아왔다. 기다란 병 주둥이 아래에는 작은 십자가 하나가 그려져 있었다. 나는 그에게 고맙다고 인사했다.

그후 삼 년 동안 코르도바에서 그전까지 마신 양보다 더 많은,

심지어 평생 먹을 양보다 더 많은 콜라를 마셨다. 하지만 시간이 지날수록, 그때 그 병은 여러 차례의 세척 과정을 거치면서 표시가 지워졌거나 몰라보게 변했을 거라는 생각이 들기 시작했다. 어쩌면 나도 모르는 새에 벌써 내 손을 거쳐갔을지도 모르는 일이었다. 그래서 더 기다리지 않기로 했다.

그러나 강산도 변할 만큼 시간이 흐른 뒤 리나를 다시 만났을 때, 문득 그 병이 기억났다. 아마 나도 모르게 리나에게 보이지도, 지워지지도 않는 자그마한 십자가를 표시해두었나보다. 지워지지도 않을뿐더러 또다시 나를 추억의 저편으로 이끌고 갈 십자가를.

I

한 아이의 아빠가 된 후부터 식탁에 앉아서 밥을 먹는 것은 기대 반, 괴로움 반이 되어버렸다. 기대 반이라는 것은 한 번이라도 편하게 식사할 수 있도록 네 살짜리 우리 아들이 얌전히 있어주기를 바라는 것이고, 괴로움 반이라는 것은 악을 쓰고 쿵쾅거리는 것도 모자라 물을 쏟고 소스를 천장과 바닥으로 부양과 낙하를 반복시키는 아들 녀석의 '재롱잔치' 한가운데서 음식을 한 숟가락도 제대로 음미할 수 없는 것을 뜻한다. 언제나 채 가시지 않은 허기와 신경을 벅벅 긁는 짜증, 이 두 가지 상반된 감정으로 혹사당한 소화기관을 쓸어내리며 겨우 저녁식사를 마치는 것이다. 그래서 그 금요일에도 전화벨이 울렸을 때 제발 회사에서 걸려온 긴급호출이길, 그래서 아내와 아들과의 식사를 피할 수 있기를 간절히 바랐다. 길거리에서라도 좋으니 혼자 먹고 싶고, 그것도 안 되면 저녁 식사 시간을 한참 넘겨 들어가 우리 꼬마 녀석과 아내가 텔레비전을 보고 있을 때 혼자 조용히 부엌에서 식사를 마칠 수 있기를 바랐다. 그런데 수화기를 들자 우리(Uri)가 기대 이상의 희소식을 전해 왔다.

"라레아 가(街)에 있는 시나고그*에 화재가 났다는군."

그가 말했다.

"테러야?"**

내가 물었다. 그때 아내가 자리에서 벌떡 일어섰다. 아들이 그녀의 접시에 물을 쏟았기 때문이다. 접시에 담겨 있던 토마토 소스가 물과 뒤섞여 한눈에 보아도 비위가 상할 만큼 역한 장관이 연출됐다.

"아니." 우리가 대답했다. "정황상 단순 화재인 것 같아. 일단 사고 진압에 협조해달라며, 다른 사람들한테도 연락 좀 해달라는군. 우리집으로 올래?"

"지금 갈게."

나는 아내에게 상황을 설명한 뒤 내 접시를 치우고, 아들의 이마에 키스를 한 다음 밖으로 나왔다. 가족과의 식사에서 기억나는 마지막 장면은 멀건 죽처럼 변해버려 가차없이 쓰레기통 신세가 되어버릴 아내의 음식이었다.

산타 페 대로를 걷는 동안 두 가지 생각이 떠올랐다. 아빠가 되

---

* 유대인 예배당.

** 1994년 부에노스아이레스에서 유대인 교민회관(AMIA) 폭파 사건이 있었다. 아르헨티나 사상 최악의 테러로, 85명이 숨지고 200명 이상이 부상당했다.

기로 결심한 것이 과연 잘한 일인가? 과연 우리네 집이 우리집보다 라레아 가의 시나고그에서 더 가까운 것인가?

대체 왜 그 친구가 데리러 오지 않고 내가 그의 집으로 가야 하는 거지? 나의 부성애는 점점 파괴되어가고 있는 것일까?

우리 아들의 출생은 내 인생에서 가장 행복한 사건이었다. 어디 그뿐이랴. 내 인생에서 가장 행복했다고 당당히 말할 수 있는 유일한 순간이 바로 그때였다. 그러나 첫해가 지나자 한 아이의 아빠로서의 마음가짐은 여지없이 혼란의 징후를 보이기 시작했다. 아들과 함께 밥을 먹는 것이 견딜 수 없었고, 놀이방에 바래다주는 일이나 소아과 진료실 앞에서 기다리는 것도 짜증스러워졌다. 초기에 아들과 나 사이를 묶어준 사랑과 기쁨이라는 유대감이 시간이 지나면서 사랑하니까 인내하자는 감정으로 치닫게 된 것이다. 그런데 아이가 태어난 뒤 몇 달이 지나 자식에 대한 사랑에 변화가 생겼다는 피할 수 없는 확신이 들기 시작했을 무렵, 부자 관계뿐 아니라 배우자와의 관계에도 권태와 위기의 순간이 함께 찾아온다는 것을 알게 되었다. 나는 과연 내가 우리네 집으로 가는 게 옳은 것이냐는 질문도 더 하지 않기로 했다. 아무리 생각해도 그 두 가지 의문은 도저히 풀리지 않았기 때문이다. 지금 시나고그는 화염에 휩싸여 있다. 도착할 때쯤이면 이미 다 타고 재만 남았을 수도 있을 것이다.

파괴된 것은 영원하다. 그렇게 자주 깨닫는데도, 매번 놀라움을 금치 못하겠다. 오직 존재하는 것만이 종말을 맞는다. 존재하지 않는 것은 마지막 상태를 유지하기 때문에 영원하다. 그렇기에 무한(無限)과 무(無)는 같은 의미이다. 그러나 아득바득 붙들어두려는 순간 인생의 가치는 떨어진다. 어쩌면 이번 화재에서 건질 수 있는 것은 예배당을 지탱해온 토라* 두루마리뿐일지도 모른다. 그것만 구해내도 그 주위로 다시 성전(聖殿)을 세울 수 있다. 전 세계 모든 유대인 공동체도 재건축 기금을 모으는 데 협조해줄 것이다. 우리 민족에게는 이 세상 다하는 날까지 반드시 지켜야 할 의무가 있는데, 그것은 성전을 유지하는 데 소홀하지 않는 것이다(산타페**의 외딴 마을에서 만난 유대인이 뇌리에서 떠나질 않는다. 그곳은 한때 아르헨티나에서 가장 큰 유대인 공동체가 있었던 곳이다. 남자는 절망의 눈물을 흘리며 나에게 나지막한 목소리로 말하길, 가난한 마을 남녀들이 밤만 되면 몰래 그 짓을 하기 위해 버려진 시나고그를 들락거리는데도, 갈수록 줄어들어 오십여 명 남짓 남은 공동체 사람들은 재정이 여의치 않아 예배당을 재건축할 수도, 무너뜨릴 수도 없는 지경이라는 것이다. 슬픔에 복받쳐 울던 그가 흐느끼며 이렇게 말했다. "심지어 성스러운 토라 두루마리가 제자리에 온전히 있는지 확인하러 들어갈 엄두조차 나질 않습니다.").

우리네 집 초인종을 누르자 젊은 여자가 나왔다. 우리는 대개 혼자 지냈다. 그가 부러웠다. 무질서하고 어지러운 나만의 공간에 이따금 여자가 들락거리던 때가 언제였는지…… 이제는 집 밖에서 씨를 뿌리더라도 행여 흔적이 남지 않을까 주의를 기울여야 하고, 아들 녀석과 놀아줘야 하는 아빠의 의무를 다하기 위해서 부리나케 집으로 돌아와야 한다.

막 샤워를 마치고 내려오는 우리에게서 내가 좋아하는 향이 풍

---

* 유대교 경전.
** 아르헨티나 동부에 위치한 도시.

졌다. 머스크 향과 비싼 프랑스 제 오드콜로뉴가 야릇하게 섞인 향이었다. 반면, 내게는 미처 소화도 안 된 음식 냄새가 풍겼고, 이마는 이미 반쯤 벗어진 상태(물론 단 하루도 조용할 날이 없는 비인간적인 생활 환경으로 말미암은 스트레스 때문이지만)였다. 외출하기 직전에 씻더라도 결코 상큼한 냄새를 풍길 수 없을 것이었다.

우리는 반갑다는 듯 내 어깨를 툭 쳤다. 저 아가씨는 누구냐고 물었더니 그는 별로 심각한 관계는 아니라는 표정을 지어 보였다. 물론, 겸손한 척하는 건지 나를 동정해서 그런 건지는 알 수 없었다. 버스를 타고 가며 우리는 집에 남아 있는 여자의 육체에서 멋진 부분들을 설명하기 시작했다. 그의 말을 들어보면 대단한 몸매를 소유한 여자임이 틀림없었다.

"그런데 대체 왜 내가 너희 집으로 왔어야 한 거냐?" 내가 물었다. "너희 집이 우리집보다 시나고그에서 더 가깝나?"

버스는 구(舊) 팔레르모 지역을 느린 속도로 지나고 있었다.

"지리적으로는 너희 집이 시나고그에서 더 가깝지." 우리가 대답했다. "그런데 우리가 지금 뭘 타고 가고 있냐? 우리집이 좋은 점은 산타 페 대로에서 한 블록 떨어져 있다는 거야. 너희 집에서는 택시를 탄다고 쳐도 길이 막혀서 빙빙 돌아가야 한다고. 너희 집에서 출발하면 절대 길을 못 빠져나올걸."

맞는 말이었다.

우리는 시나고그의 화재를 진압하기 위해 산타 페 대로에서 버스를 타고 가고 있었다. 그녀를 본 것은 바로 그때였다.

여자들 중에는, 물론 성형의 힘을 빌리지 않은 이들에 한해서이지만, 세월이 흐르면서 가슴이 처지는 사람과 여전히 봉긋한 사람

두 부류가 있다. 내가 말하는 것은 성관계나 주변 온도 등의 외부적 요인에 의해 변한 것이 아니라 타고난 신체 곡선을 의미하는 것이다. 서양식 미의 기준에서는 결정적 역할을 하고, 사하라 이남의 아프리카 문화에서는 방치되다시피 하는 여성의 육체적 매력 말이다. 나이가 들며 퍼지는 등 변화를 겪은 둔부가 시간이 흐르면서 무슨 기적이 일어났는지, 상당히 농염하고 매력적이고 여성미가 물씬 풍기는 모습으로 되살아나는 것이다. 리나는 그렇게 변해 있었다.

나는 주저 없이 버스에서 내렸다.

리나는 완전히 딴사람처럼 보였다. 가죽바지를 입고, 오렌지색 실크 블라우스 밑단은 가슴 아래에 살포시 묶은 모습이었다. 어디를 둘러봐도 시골 아낙─예전에 리나가 결혼해서 시골에 갔다는 소식을 들었는데─의 모습은 찾아볼 수 없었다. 리나, 나의 리나! 그 누가 알았겠는가, 나를 일말의 주저함 없이 버스에서 내리게 하는 여인으로 변해 있을 거라는 것을.

마지막으로 들은 리나의 소식은 그녀가 쉽게 풀리지 않는 현실과 인생을 개척할 수 있는 기회가 찾아오지 않는 것에 비관하고 있으며, 자랑은 아니지만, 내게서 멀리 떠나기 위해 볼손으로 갔다는 것이었다. 그때 내가 리나를 많이 힘들게 했기 때문이다.

리나의 남편은 주방장이라고 들었는데, 그는 '유전자 변형식품'은 결코 사용하지 않는 '건강식' 요리사로, 언제나 천연 재료만 고집했다. 리나의 언니에게 들은 이야기지만, 그는 1960년대에 유행하던 콧수염을 기르고 별다른 특징이 없는 게 신체적 특징이었다. 큰 야망 없이 마음의 평화와 지속적인 관계를 추구하고, 나는 결코

해줄 수 없다고 그녀에게 세뇌시켰던 결혼에 대한 확신을 준 사람
이었다.

그런 리나가 내 눈 앞에 있었다. 도심 속을 가로지르며, 아르헨
티나 남부의 칙칙한 들판과 남부의 상징인 빙산, 장미씨 잼, 숲과
호수를 뒤로한 채 그렇게 내 눈 앞에 있었다. 주방장 남편도 없이
혼자서…… 이런데도 버스에서 안 내릴 수가 없지.

"나 좀 내려야겠다."

우리에게 말했다.

"왜 그러는데?"

그가 물었다.

나는 고갯짓으로 리나를 가리켰다. 우리는 어이가 없다는 표정
으로 날 바라봤다.

그러나 변명할 시간이 없었다. '그래, 너는 애도 없지, 매일같이
인생에서 가장 소중한 사람하고만 자야 하는 것도 아니잖아. 아직
도 네 주위에는 심각하지 않은 관계의 여자들이 수두룩하니까. 그
런 네가 나를 비난할 자격이 있냐? 네가 나였다면 이렇듯 운명이
기회를 만들어줄 때까지 기다리고만 있지 않았을 거다. 오히려 시
나고그에 불 끄러 간다고 거짓말한 다음 비밀 연애 수첩을 들고 나
가 실컷 즐겼겠지.'

나는 버스에서 내렸다. 그 어떤 죄책감도, 의도도, 목표도 없었
다. 가장 만족스러운 순간에 자랑스럽게 고개를 쳐드는 녀석과 함
께, 이 공기가 행복을 느끼게 해주는 최음제인 양, 오랜 금연 끝에
맛보는 첫 담배인 양, 성공적인 하루를 보낸 뒤 마시는 한 잔의 맥
주인 양 깊이 들이마셨다. 버스는 내 친구 우리와 집에서 그를 기

다리는 심각하지 않은 관계의 여자 이야기를 실은 채 산타 페 대로를 계속 달려갔다. 나는 리나의 매력에 끌린 듯 시야에서 놓치지 않으며 한 걸음씩 당당하게 다가갔다.

"리나!"

그녀를 불렀다.

그 순간 리나의 눈은 탱고 무용수의 눈처럼 커졌다. 그녀의 가슴 계곡을 보는 순간 나는 내 판단이 틀리지 않았다는 것을 확신했다. 늘씬한 두 다리는 가죽바지 속에서 더욱 돋보였고, 탐스러운 엉덩이는 어느 각도에서 봐도 기대 이상이었다. 사랑스러운 리나, 여기서 뭐 하는 거야? 볼손에 살고 있다고 하지 않았나? 왜 이 불행의 땅을 다시 밟은 거지?

"묘목원에 다녀오는 길이야." 그녀가 마침내 말문을 열었다. "그런데 찾는 게 없더라고."

무슨 소릴. 날 찾았잖아, 리나. 이 못된 잡초를.

리나를 마지막으로 만나고 오 년이란 시간이 흐른 뒤 그녀의 언니와 깊은 관계를 가질 기회가 있었지만 불발에 그치고 말았다. 나는 그녀의 허벅지 사이에 있는 은밀한 문을 어렵게 두드리려고 했지만 결코 열리지 않았다. 당시 술집에서 우연히 만난 그녀는 정신과 상담까지 시간이 남아 기다리던 중이었다. 그 틈을 타 나는 그녀와 함께 볼손으로 도망가버린 리나의 나약함을 비웃으며 눈 앞에 있는 언니와의 기회를 살려보려고 애썼다. 리나가 예술적, 보헤미안적 인생을 헤쳐나갔던 것과는 달리, 리나의 언니는 가풍(家風)에 걸맞게 고상한 여인이 되어야 한다는 부담을 짊어진 채 평생을 살아왔다. 리나가 화려한 골칫덩이라면 그녀는 보수적인 언니상의 표본이었다. 그러나 겉으로 드러난 현재의 모습은 지난날의 마음 고생을 보상해주고 있었다. 자아실현을 이뤄 사회적으로 안정된 위치에 올랐을 뿐만 아니라, 삼십대다운 성숙한 육체와 안정된 결혼생활을 누리고 있었기 때문이다. 뿐만 아니라, 그녀의 표현을 빌리자면 '프리(free)' 한 여성이기도 했다. 또한 그녀는 68년 5월 혁명 이후 지금껏 반항으로 일관해온 동생의 인생은 실패 그 자체라고 확신하고 있었다. 우린 모두 삼십대였다. 그러나 우리의 정신세계는 여전히 '권력에 상상력을' '자유의 모래사장'*을 부르짖던 시대에 머물러 있었다. 아무리 자신과 알프레도의 관계—알프레도! 촌스러운 이름에 어울리는 남자군—가 '평범한 부부관계' 가 아닌 서로 구속하지 않는 쿨한 관계라고 말해도 소용없었다. 아니, 그녀는 꿈쩍도 하지 않았다. 내가 현실 참여에서 계급적 이탈의 문제를 통해 선과 악의 개념을 고찰하는 장문의 에세이를 쓰고 있다고 말한 후, 내 작업실에 가서 맥주나 한잔하며 시장경제의 문제점에 대해 이야기하는 게 어떻겠냐고 했더니 그녀가 거절한 것이다. 결국 그녀를 나의 허벅지 사이에 앉히려던 계획은 수포로 돌아갔다. 나는 그녀가 내게 반하기를 원했다기보다는 실제로 평범하지 않은 결혼생활을 하고 있다는 것을 나를 통해 증명해주기를 바란 것이었다. 그녀가 집에 돌아가서도 나를 기억해주길 바란 것도, 그녀를 곁에 두고 어루만지게 해달라고 애원하는 것도 아니었다. 한사코 거부하는 그녀를 거칠게 정복해, 짧지만 열정적이고 행복했던 동생과의 추억을 그녀에게도 만들어주고 싶었던 것도 아니

---

*68년 혁명 당시의 슬로건.

18

었다. 하지만 그것도 잠시, 나는 이내 정신을 차리고는 금지된 불장난은 작업실 곳곳에 외도의 증거를 남길 수 있으며, 재수 없게 아내가 그 증거를 발견할지도 모를 일이라며 마음을 달랬다. 게다가 아무리 그녀의 결혼생활이 자유분방하다고는 했지만 내가 그녀의 집으로 갈 수는 없는 법이었다. 호텔에서 몇 시간 보내는 것도 내키지 않았다. 그곳에서 관계를 가진다는 것을 상상하는 것만으로도 모든 말초적 본능이 억제되었다. 나는 남자의 정액이 여자들을 미치게 만든다고 믿어왔다. 그것은 몸속 깊은 곳에 뿌려져 여자를 황홀하게 만들면서도 임신이나 다른 방법으로 상처를 주기도 한다. 또한 남자와 여자를 이어주기도 하지만, 반대로 불구대천의 원수로 만들기도 한다. 그러나 이러한 정액살인을 저지르기 위해 작업실을 이용하는 것은 혹시라도 여자의 몸엣것으로 소파가 젖을 수도 있고, 책상에 잇자국이 남는다든가, 낯선 여자의 흔적이 군데군데 남을 수도 있는 다소 위험한 짓이었다. 나는 그 옛날 병에 새긴 흔적을 이제 절대 알아볼 수 없겠지만, 아내는 한눈에 낯선 여자의 흔적을 알아볼 것이다. 처음에는 "그래, 훨씬 좋아. 리나의 언니가 훨씬 낫지"라고 말했다. 그러나 얼마 못 가 후회했다. 그녀가 나를 거부한 것이 이상했다. 왜냐하면 정신과 상담시간이 시작되고도 삼십 분이 넘게 나와 함께 있었기 때문이다. 이는 만만치 않은 상담 비용을 공중에 날렸을 뿐만 아니라 삼사 리터는 족히 마신 맥주값도 지불케 했다. 물론 정신과 의사에게서 동생과 자신을 비교하지 말라고, 동생을 향한 모성애를 이제 말끔히 버려야 하며, 결혼생활에 안주해 진짜 아이를 가지라는 뻔한 말을 듣는 것보다는 자유분방한 동생의 옛 애인이 자신을 유혹하려 하는 상황을 즐기는 게 훨씬 효과 있는 것은 분명했다. 우리는 살면서 한번쯤 누군가가 자신을 유혹해주길 바란다. 정신과 상담은 사랑에 위기가 닥쳤을 때 찾게 되는 핑계에 불과하다.

지금 내 앞엔 진짜 리나가 있다. 이미 오랜 시간이 흘렀고 결혼한 몸으로 나타난 것이지만 그녀의 언니와 이루어지지 못한 불장난에 비하면 더욱 짜릿한 정복이 아닌가. 리나, 내 사랑, 이게 대체 얼마 만이야!

네가 예전에 그렇게도 '결혼' 하고 싶어했던 거 기억하니? 내가 총각 시절 홀로 살고 있을 때 함께 지내겠다며 내 아파트로 찾아왔었잖아. 또, 내가 아파트 열쇠를 일 주일간 빌려준 뒤 다시 돌려달라고 했던 거, 네가 열쇠를 돌려주지 않아 내가 자물쇠를 바꿔버린 것도 기억하니? 그때는 네 방해를 받지 않고 다른 여자들을 마음대로 만나고 싶었어. 결국 기나긴 말다툼 끝에 새 열쇠를 줬잖아? 그건 네 설득에 넘어가서가 아니라 나를 바라보는 네 표정에서 조금씩 내 모습을 발견해나가는 것이 흥미로워지기 시작해서였어. 하지만 이제는 진정한 성인으로 만나 이야기해보자. 팔레르모의 저녁은 뜨거워. 이 열기는 활활 타오르고 있는 시나고그의 거센 불꽃에서 오는 것이 아니라, 지금 우리가 서 있는 이탈리아 공원의 달궈진 잔디에서, 나이트클럽으로 몰려가는 가정부들의 갓 샤워한 몸에서, 핫도그를 파는 상인들, 근처 동물원의 곰들의 털 끝에서 전해져오는 거야. 이리와, 내 사랑. 저 영양들 속으로 몸을 던져보자. 과거는 잊어버리고 약속이나 배신 따위는 모르는 동물처럼 본능에 충실하자. 네게 지키지 못할 약속 따위는 하지 않는 기쁨을 줄 수 있게 다시 한번 기회를 줘.

"그런데 여긴 웬일이야?"

'여기서 열다섯 블록 떨어진 곳에 살고 있어', 이렇게 말해야 하나? '우리 와이프랑 아들 녀석이랑.'

안 돼.

'볼손으로 이사했다지, 아마? 하이에나도 지루해서 달아날 듯한 어느 콧수염하고 말이야. 하지만 나도 대박인생을 살고 있는 것은 아냐. 몹쓸 부성애와 나를 남자가 아닌 돈줄로만 생각하는 아내덕에 만성 소화불량을 달고 살고 있지. 어때, 우습지?'

이것도 안 돼.

"믿지 못하겠지만 말이야." 드디어 내가 말했다. "시나고그에 난 화재를 진압하기 위해 버스를 타고 가던 중이었어."

"화재라고?"

"그래."

"테러구나."

"그렇지는 않은 것 같아."

"그런데 왜 내렸어?"

"너를 봤거든."

리나는 잠시 침묵했다. 그리고는 콜롬보 형사가 된 듯 잠시 무언가를 생각하는 것 같더니 이내 내게 물었다.

"왜 택시를 타고 가지 않았는데?"

"그러게 말이야." 내가 대답했다. "사실 그 생각을 못 했어. 동료집에 들러서 같이 가던 중이었거든. 저녁은 먹었어?"

"아니."

그녀가 단조로운 목소리로 대답했다.

"나도 그래!" 나는 기쁨에 찬 목소리로 소리쳤다. "식사 초대해도 될까?"

"그래."

그녀는 조심스럽게 대답했다.

대체 무슨 생각으로 내 초대를 받아들인 거야, 리나? 너 제정신이 아니구나?

우리는 일면식 없는 사람들보다도 더 어색하게 걸어갔다. 서로의 가장 부끄러운 곳까지도 이미 알고 있는 두 남녀처럼. 우리는 식물원에서 한 블록 떨어진 레스토랑 겸 커피숍으로 들어갔다. 이곳에서 주문할 만한 메뉴는 수프레마 메릴랜드*인데, 리나는 역시나 수프레마를 주문했다. 나는 대구 요리를 선택했다. 어렸을 적 한창 코카콜라 병에 관심 있었을 때, 그때는 수프레마 메릴랜드가 제일 좋아하는 요리였다. 보기 좋은 오색 빛깔과, 각기 다른 재료들이 어우러져 만들어내는 오묘한 맛이 좋았던 것 같다. 그 외에도 옥수수 크림이 작은 그릇에 딸려오고, 디저트 같지는 않았지만 바나나가 올려졌고, 늘 아버지에게 건네주던 삶은 피망도 들어 있었기 때문이다. 그러나 차츰 나이를 먹어가면서 입맛과 식성도 달라지기 시작하더니, 이제는 따로 떨어져서는 과소평가 받는 재료들이 한데 뭉쳐 눈만 혼란스럽게 만드는 요리는 지겨워졌다. 이런 요리는 감각주의적일뿐더러 개성도 없어 보였다. 난 승리에 찬 모습으로 리나 앞에 앉아 있었고, 여전히 잘 먹는 여자를 좋아한다는 것을 굳이 상기시켜주지 않기로 했다. 어쨌든 내가 그 말을 하기도

* 중남미 식 닭찜 요리.

22

전에 그녀는 식사를 마칠 테니까.

지금 나는 온갖 수단을 동원해 리나를 한 번이라도 더 웃게 만들고, 대화도 이끌어내면서 거부감 없이 유혹하려 애쓰고 있다. 그녀가 볼손으로 이사갔고, 결혼했다는 것도 알고 있다고 털어놓았다. 그녀의 언니에게 물어봤다는 이야기도 했다. 리나는 조금씩 빗장을 풀기 시작하더니 나를 완전히 잊을 수 있었다는 말로 말문을 열었다.

사실 우리가 헤어진 날이라고 하는 것보다 '얼굴을 못 보게 된 마지막 날'이라고 부르는 것이 더 정확할 것이다. 리나, 그때 내가 네 마음을 재차 아프게 한 덕분에 너는 나를 떠나기로 마음먹었고, 나한테 네 곁에서 떠나달라고 부탁했지. 그런데 네 부탁이 그렇게 어렵지는 않더군.

우리는 거의 두 달간 서로 만나지 않았고, 그 무렵 나는 어느 지적인 광고모델에게 정신 없이 빠져 있었다. 그녀는 화려한 스테이지를 누비는 패션모델이자 『뉴스위크』지 중남미 판에 글을 기고하는 작가이기도 했다. 나중에야 알았지만, 나는 그 여자의 많고많은 애인 중 하나에 불과했다. 사실 애인 축에도 못 끼고, 그녀가 내킬 때 만나 즐기는 물주 중 하나였던 것이다. 그녀는 내 머리 꼭대기에 앉아서 나를 마음대로 주물렀다. 자기가 원하는 대로 나를 마음껏 부려먹었다. 어느 날 우리집에서 일 주일간 지내도 되냐고 묻더니 나중에 그런 적 없다고 발뺌하는데, 순간 나는 베란다 밖으로 몸을 던져버리고 싶었다. 하지만 그 대신 리나에게 전화를 걸어 다짜고짜 나를 보러 와달라고 부탁했다. 다시 내게로 돌아와달라고 애원했다. 수화기를 붙잡고 앞으로는 그녀에게 믿음과 안정감을 주며 진지하게 만나겠다고, 새로운 남자로 거듭나겠다고 사정했다. 마지막엔 이제야 내가 진정으로 바라는 것이 무엇인지를 깨달았다고 덧붙였다. 리나는 감격했다. 그녀는 생각할 시간을 달라고 말했다. 그러나 나는 그럴 시간이 없다고, 그녀를 한시라도 빨리 보고 싶다고, 만약 그녀가 돌아오지 않을 경우 당장 거리로 뛰쳐나가 무슨 일을 벌일지 모른다고 다그쳤다. 그러나 리나는 도저히 안 되겠다고, 리포트(그녀는 대학에서 미술을 전공하고 있었는데 결국 졸업은 하지 못했다)를 제출해야 한다고 말했다. 나는 제발 그러지 말라고, 죽을 것 같다고 애원했다. 지금 그녀가 못 견디게 보고 싶다고, 너무너무 필요하다고. 아마도 그날 저녁의 일이 우리의 관계를 파국으로 치닫게 한 결정적인 계기였을 것이다.

리나는 한 시간만 기다려달라고 부탁했다. 나는 못 참겠다며, 그녀를 오늘 저녁에 당장 볼 수 없다면 앞으로 영영 보고 싶지 않고, 내 인생의 유일한 여자라 할지라도 보고 싶지 않다고 말했다. 리나는 재차 기다려달라고 말하며 리포트를 마무리하게 한 시간만 달라고 애원했다. 그러나 나는 한 시간을 주면 결국 두 시간이 될 것이라고, 그녀가 우리집에 오는 데만 한 시간이 걸리고 그전에 샤워하고, 옷을 입는 등 준비해야 할 것 아니냐고 다그쳤다.

리나는 결국 나의 애걸을 받아들였다. 나는 전화를 끊고 창밖을 내다보았다. 이제 베란다로 몸을 던질 필요가 없다. 오히려 예고에 없던 섹스를 처방하는 것이 몸에는 훨씬 이로우리라. 그러나 인생이란 게 그렇게 호락호락하지만은 않았다. 레닌의 말처럼, 인생에는 늘 예기치 못한 일이 생기기 마련이다. 그때 크리스틴에게 전화가 온 것이다. 네덜란드 계 아르헨티나인인 크리스틴은 독특한 억양을 가진 여자였다. 아슬아슬한 팬티를 입고 패션쇼에 서는 모델이자, 쿠데타의 주범인 차베스와 페루 대통령 고문인 블라디미로 몬테시노스에 대한 기사를 완벽한 에스파냐어로 작성하는 엘리트였다. 그녀는 내일 마이애미로 출장을 간다면서 자신의 집에 있는 내 물건을 가져가라고 했다. 그때 나는 화해의 가능성을 직감했다. 적어도 포옹 한번은 할 수 있을 거란 생각이 들었다. 상처를 입었지만 한 마리 충성스러운 개처럼 그녀를 사랑했다. 그러나 나를 개로 만든 그녀가 제아무리 훌륭한 조련사일지라도 그녀 또한 누군가 필요할 것이라는 생각이 들었다. 그래서 나는 말이 떨어지기가 무섭게 그곳으로 가겠노라 대답했다. 리나는 안중에도 없었다. 심지어 대문 인터폰에 메모 한 장 붙일 생각조차 못했다. 그때 이후로 더는 리나를 못 보게 되었고, 그리고 오늘 시나고그의 화재를 진압하기 위해 버스를 타고 가다가 이탈리아 공원에서 해후하게 된 것이었다.

그녀와의 추억이 또 뭐가 있을까? 리나가 "어디 한번 쳐봐. 네가 지금까지 나를 아프게 했던 것보다 더 아프지는 않을 거야"라고 소리 질러 화가 난 내가 다시는 얼굴을 보지 않겠다고 맹세했던 일. 감히 내가 여자를 때릴 거라고 생각하다니. 그런 피해의식을 갖고 사는 여자는 다시 만나지 않겠다고 다짐했다. 리나와의 추억 중에서 아픈 기억들을 끄집어내는 일은 그다지 어려운 것이 아니었다. 때마침 이륜마차가 지나갔다. 그러자 둘만의 추억과 노래가 떠올랐다. 창문 밖으로 말이 지나가자 한쪽 눈썹을 들어올려 가리키며 물었다.

"저거 기억나?"

그녀는 그렇다고 대답하면서, 예전에 내가 아버지에게 건네주던 피망 조각을 마저 먹었다.

과거에 그녀를 유혹했던 장소가 바로 센테나리오 공원의 이륜마차였다. 당시 리나는 스물둘, 나는 스물다섯이었다. 센테나리오 공원 한 켠에 세워져 있는 이륜마차를 보며 나는 이렇게 물었다.

"마차를 타고 어디까지 갈 수 있을까?"

"네가 원하는 곳이면 어디든지."

그녀가 대답했다.

"택시 같은 거야?"

"그렇다고 할 수 있지."

그녀가 대답했다.

"그럴 리가." 내가 말했다. "저 마차는 분명 이상한 곳으로 데려갈 거야. 저건 이륜마차지 택시가 아니잖아. 코르도바에서 본 말들과 별반 다를 게 없어. 양쪽 눈 옆을 저 이상한 것으로 가리고 있어도 어딘가에 숨겨놓은 자신의 마구간으로 얼마든지 되돌아갈 수 있을 거야."

리나가 웃었다.

'마치 표시가 있는 병처럼, 지워졌어도 되돌아올 줄 아는 병처럼.'

"행선지는 누구한테 말해야 하는 거야? 마부? 아니면 말한테?"

리나가 소리내어 웃었다.

우리는 마차에 올라탔다. 마차는 집에서 멀지 않은 곳까지 데려다주었으나 이미 우리는 진한 키스를 마친 뒤였다. 바람에 간간이 실려오는 동물의 체취가 나를 더욱 흥분시켰다. 나는 리나의 귀에 속삭였다.

"너에게만큼은 순한 말이 되고 싶어."

그리고 몇 달 후, 우리는 그녀의 부모님 소유의 논밭에 나란히 누워 있었다. 이제는 침묵조차 지루했다. 나는 우리의 관계가 끝으로 치닫고 있다고 생각했다. 그때 멀리서 암말이 지나갔다. 리나와 자는 것보다 암말을 보듬어주는 게 훨씬 짜릿할 것 같다는 생각마저 들었다. 사람이 사람을 경멸하게 될 때의 그 정도는 다른 생물체나 미생물이 느끼는 것보다 상상을 초월할 만큼 강렬할 수 있다.

리나는 후식으로 커피를 골랐고, 그 동안 볼손에서 살아온 일들을 늘어놓기 시작했다. 남편에 대해 어찌나 소상히 설명해주던지 그간 겪어온 결혼생활의 불행을 충분히 느낄 수 있었다. 리나의 시골생활은 무료함의 연속이었다고 했다. 게다가 남편의 수입도 넉넉하지 않았다. 콧수염 히피 요리사의 세계도 천국은 아니었나보다. 그런데 나는 느닷없이 이런 말을 꺼내기 시작했다.

"안 그래도 오늘 프랑스 5월 혁명에 대해 생각했어. '권력의 이상향'이라는 것은 진정 무슨 뜻인가? 그들이 요구한 이상적인 경제체제라는 것은 무엇을 뜻하는 것일까? 그들이 상상한 사회정치 체제는 어떤 것일까? 그들은 왜 더 구체적인 대안을 제시하지 못한 것일까? 이들이 권력을 거머쥐었다면 어땠을지 상상이 가? 이 사람들은 마오쩌둥이나 스탈린, 체 게바라 등, 시대의 악랄한 폭군과 살인마들의 기치를 내건 사람들이야. 불과 이십 년 전에 나치놈들의 손아귀에서 우리 부모님들을 해방시켜준 미국에 격렬히 대항하면서 말이야! 네가 볼손 이야기를 하니까 나도 모르게 자꾸 5월 혁명이 생각난다."

"그건 아무 관계도 없는데."

리나가 말했다.

"그래, 사실 네 말이 맞아."

리나의 말에 맞장구를 쳐주는 게 왠지 좋았다. 나는 커피 두 잔을 주문했다.

"이제 볼손에는 사상을 논하는 사람이 없어……" 리나는 커피를 한 모금 들이켰다. "'사상'이라는 것이 나물을 캐고 일광욕을 하는 것처럼 한가한 의미라면 말이야. 대신 나와 비슷한 사람들은 많아…… 졸업을 못 해 변변한 전공도 없는 사람들 말이야." 리나는 의미 없이 커피를 젓기만 했다. "이들은 대도시에서 가장 낮은 계층 취급을 받는 것을 견디질 못해. 이들에게는 서빙이나 화장실 청소가 직업이 아닌 거야. 중산층 입장에서는 도무지 받아들일 수 없는 거야."

"그래, 네 말이 맞아."

내가 대답했다.

"우리 남편도 한때는 웨이터였어."

그녀가 말했다.

그것도 알고 있었다. 언젠가 리나의 언니가 이야기한 적이 있기 때문인데, 그 사람이 내 주문을 받은 적도 있는 것 같다. 내가 팁을 적게 줘서 떨떠름한 표정으로 바라봤지만.

이제 그는 볼손에서 수석요리사였다. 새로 온 수석요리사.

동물원 앞 모퉁이에 세워져 있는 이륜마차들을 바라보았다. 우리가 있는 곳에서 불과 두 블록 남짓한 거리였다. 지나온 우리의 과거보다는 비교적 가까운 거리였다.

"너, 많이 예뻐졌다."

내가 말했다. 그건 사실이었다. 커피가 묻어 갈색으로 물들기는 했지만 입술이 예전보다 더욱 도톰해 보였다. 그녀의 가슴이 내 말에 놀라 풍만해졌다. 그에 반해 나는 반이나 벗어진 이마에 뚱뚱하고, 거세당한 고양이처럼 볼품은 없었지만, 여자의 가슴을 순간 탱탱하게 만들 만큼의 재치는 아직 남아 있었다.

"아직도 텔레비전 수리해?"

리나는 예상치 못한 칭찬으로 말미암은 어색한 침묵에서 빠져나오려는 듯 웃음을 머금으며 이렇게 물었다.

어느 오후였다. 나는 산텔모에 있는 리나의 집에서 생각지도 않았던 관계를 가졌다. 관계를 맺는 동안 그토록 벼르던 것을 전부 해봤을 뿐만 아니라 그녀도 나처럼 즐기고 있다고 믿게끔 만들었다. 한바탕 격정의 시간을 보낸 뒤 나른한 심신과 채 가시지 않은 짜릿함을 온몸으로 느끼며 텔레비전을 보고 있었다. 그때 텔레비전 화면의 색이 고르게 나오지 않자 나는 "브라운관에 이상이 있는 거야"라고 말했다.

리나의 집에서 그녀의 육체에 나의 욕망을 쏟아붓는 동안 그녀가 내 이름을 절대군주의 이름처럼 간곡하게 부르는 것을 들으면 무적의 사나이가 된 기분이었다. 그래서 용감하게 텔레비전을 분해해, 어떻게 했는지 기억도 나지 않지만, 열심히 방법을 생각해내고, 어렸을 때 텔레비전을 고치던 할아버지의 친구분 공장에서 어깨너머로 본 것을 애써 기억해내며 만지기 시작했다. 브라운관을 알코올 묻힌 솜으로 닦아낸 나는 의심스러워하는 그녀의 시선은 아랑곳하지 않고 텔레비전을 다시 조립한 뒤 반신반의하며 전원을

켰다. 그러자 화면 색깔이 그 어느 때보다도 선명한 무지개 빛깔을 내뿜었다. 내가 세상에 태어나 내 가치를 인정받은 유일한 기적의 순간이었다.

"아니, 이제 안 해."

내가 대답했다.

"동물원의 말들은 마차를 끄는 말들을 부러워할까? 적어도 거리를 활보할 수는 있으니 말이야." 나는 대화를 그녀의 은밀한 사생활로 끌어가기 위해 화제를 돌렸다. "저 말들이 지나다닐 때 동물원에서도 다 보이거든."

"그렇지는 않을 거야." 리나가 말했다. "자기 맘대로 갈 곳을 정할 수 있는 게 아니잖아."

"두 눈도 가려져 있고 말이지."

내가 말했다.

리나는 두 손을 동시에 펼쳐 빈 커피잔을 감쌌다. 마치 두 손이 그녀의 의지와는 상관없이 행동한 것처럼. 나는 손을 들어 웨이터를 불렀다. 계산을 해야 했다.

"네 얘기 좀 해봐."

결국 리나가 내게 물었다.

"별로 내세울 건 없어."

내가 대답했다.

"너는 항상 그랬잖아."

그녀가 대답했다. 가시가 있는 말일까, 아니면 미련이 남아서일까?

고상한 방법으로 사람 마음에 상처주는 사람이 있는데, 이들은 남의 마음을 아프게 했을 때 우월감을 느낀다. 나는 상처받을 때도 바보처럼 굴지만, 다른 사람의 진실된 마음에 해를 입혀도 여전히 멍청하게 행동한다. 결국 나는 대책이 안 서는 놈이다.

웨이터가 계산서를 갖고 왔다. 나는 리나에게 말했다.

"네가 원하는 곳이면 어디든 데려갈게. 계속 대화를 나눌 수만 있다면."

리나는 대답이 없었다. 입술은 조금도 움직이지 않았지만 그녀의 입가에 언뜻 희미한 미소가 스치는 것 같았다.

우리는 밖으로 나갔다. 거리의 공기와 날씨가 손을 붙잡고 걸어다니라고 도와주는 것 같았다. 저기 마차의 말들이 세워져 있었다. 말들은 가리개에 숨겨진 눈 아래로 희멀건 이빨을 드러내고 윗입술을 씰룩거리며 거친 숨을 몰아쉬고 있었다. 삶의 고통에서 해방시켜주기 위해 저렇게 가려놓은 것일까? 리나, 네 손을 이리 줘. 시간은 속절없이 흘러가고, 젊은 날의 꿈은 사라져버렸고, 몸뚱이 아래로 피하지방은 야속하게 쌓여가고, 우리에게 주어졌던 약간의 아름다움마저 파괴되고, 영원할 것만 같았던 것이 환영처럼 사라지는, 이 모든 것을 보고 싶지 않아서 너와 함께 죽으려고 했었어. 그러니 내 손을 잡아.

"우린 정말 뜻하지도 않게 만난 거야." 내가 말했다. "그러니 마차를 타고 어디든지 데려다줄게."

그녀가 미소를 지었다.

"내가 가고 싶었던 곳은 한 번도 간 적이 없었잖아."

그녀가 말했다.

'그게 정말이야?'라고 생각했지만 차마 물어볼 용기가 나지 않왔다.

"태워줄까?"

그녀가 받아들였다.

마부는 행선지까지의 요금을 말해주고 우리를 태웠지만 시간으로 봐선 뜻밖의 손님이라는 표정으로 쳐다보았다. 나는 리나에게 손을 내밀어 마차에 오르는 것을 도와주었다. 그때 그녀의 허벅지가 내 몸 어딘가를 스쳤다. 그러자 마음 한구석에서 떳떳하지 못한 욕정이 일기 시작했다. 그전에는 느낀 적이 없었다는 듯이. 살아가면서 인간이 만든 윤리나 법을 위배하지 않고도 우리가 원하는 것을 함께하기에 딱 들어맞는 사람을 만날 기회는 과연 얼마나 있을까? 말이 내 생각을 읽은 듯 앞발을 치켜들었다.

마차는 버스나 택시들과 나란히 라스 에라스 가를 달리고 있었다. 마부에게 길을 돌아서 가자고 했다. 푸에이레돈 대로로 나갔다가 모든 행인 앞에 이런 모습을 노출하는 위험을 자초하고 싶지는 않았다. 우리는 지금 다른 세계에 있다. 어느덧 나 자신이 인생의 주인공이었던 과거로 되돌아가 있었다.

"내 실수야." 리나에게 말했다. 마치 마부에게 방금 한 말이 실수였다고 하는 것인 양. "네게 실수를 했어. 우리 관계는 지속될 수도, 좋아질 수도 있었어. 진정으로 사랑할 수 있었는데 말이야. 난 이제 결혼해서 아들도 하나 있어. 나 살 많이 쪘지? 지금 이 마차가 우리 둘을 아무도 모르는 곳으로 데려다줬으면 좋겠어. 아무도 알 수 없는 곳으로 지금 너를 데려가고 싶어."

리나의 눈이 눈물로 글썽이기 시작했다. 그리고 눈을 꼭 감았다. 그녀의 손이 자동인형처럼 펼쳐졌다. 이번에는 내 손을 그녀의 손

위에 포갰다.

"왜 나는 너를 잊을 수 없었던 것일까?"

그녀는 앞에 가고 있는 말이 자신의 수줍은 고백을 엿듣기라도 하는 것처럼 속삭였다.

키스를 한 순간 나는 그녀의 눈이 아닌 다른 곳에서 흘러내리는 눈물을 느꼈다.

내 혀에서 그녀를 지배하고픈 짜릿한 욕망이 느껴졌다. 인간이 동물을 사냥하고, 자신의 여인들을 동물처럼 학대하던 석기시대의 축축한 동굴 내음이 생생히 전해지는 것 같았다.

그녀는 내 턱을 끌어당겨 두 눈을 마주 보았다.

"어디든지 좋아." 내가 말했다. "네가 원하는 곳이라면 어디든지. 난 안 돌아갈 거야."

나를 바라보는 그녀의 표정이 무언가를 말하고 싶어하는 것 같았다.

결국 그녀가 말했다.

"나, 임신 이 개월이야."

이거, 리나가 한 말인가, 아니면 마차를 끄는 말이 한 소리인가? 저 녀석이 우릴 놀리는 거 아냐?

나는 그녀의 뺨을 손으로 쓸어내렸다. 마치 방금 전에 한, 난 안 돌아갈 거야라는 말이 실은 앞뒤 생각지도 않고 내뱉어버린 사탕발림이라고 변명하듯이.

"축하해."

내가 말했다. 그리고 그녀의 입술에 형식적인 키스를 했다.

나는 시선을 다른 곳으로 돌렸다. 그리고 길가에 서 있는 나무들에게 도움을 요청했다. 그러나 언제나 그랬듯이 자연은 내 편이 아니었다.

"부에노스아이레스에는 왜 온 거야?"

나는 허망한 심정을 달래며 최대한 상냥한 목소리로 물었다.

"가족들에게 알리러 왔어. 직접 만나서 소식을 전하고 싶었거든. 아직 얘기하지는 않았어."

그녀는 다시 나의 입술을 찾았고, 나도 가만히 받아들였다.

그러자 그녀는 내 눈을 들여다보며 이렇게 말했다.

"네가 원한다면 지울 수도 있어."

처음이자 마지막으로 그녀가 내 가슴을 여지없이 무너뜨렸다.

나는 다시 그녀의 손을 잡고 그래서는 안 된다고 고개를 저었다.

마차가 푸에이레돈 대로로 들어서는데도 그냥 내버려두었다. 나는 리나와 함께 내리면서 마부에게 잠깐 기다려달라고 부탁했다. 리나를 태워보내기 위해 택시를 세웠다. 리나는 택시 문이 닫히기도 전에 가족이 사는 집 주소를 기사에게 말했다. 택시가 내 눈에서 벗어날 때쯤 그녀의 머리가 아래로 무너지는 것을 보았다. 마치 벼락을 맞은 나무처럼 그렇게 무너졌다.

"있잖아요." 마부에게 말했다. "라레아 가와 투쿠만 가 교차로까지 태워주실 수 있습니까?"

"온세 지역에 가시는군요?"

"예." 내가 대답했다. "괜찮으세요?"

"이십 페소는 주셔야 합니다."

그가 말했다.

"좋습니다."

"폭탄을 설치했다지요? 조금 전에 뉴스에 나오던데."

"그냥 화재예요."

내가 말했다.

활활 타오르는 불꽃을 보고 놀란 말들이 현장에 다다르기 전에 걸음을 멈추고 말았다. 화재는 어느 정도 진압이 되었지만 한눈에 보아도 참담한 광경이었다. 경찰과 헌병들은 어이없다는 듯 나를 쳐다보았다. '대체 마차를 왜 여기까지 끌고 온 거야' 하는 눈치였다. 그들은 혹시 테러범이나 화재 용의자가 아닌가 확인하기 위해 나를 샅샅이 수색했다. 그러고는 더는 지원자가 필요 없다고 덧붙였다. 이럴 때는 되돌아가는 것이 그들이나 시나고그를 위한 길이었다.

화마를 뒤로한 채, 집까지 가는 데 십오 페소에 마부와 흥정한 뒤 다시 마차에 올라탔다. 이제 두번째 아이를 갖고 싶어하는 아내의 바람을 들어줄 때가 된 것 같다. 물론 우리 큰아들 녀석은 동생이 생기면 많이 힘들어하겠지. 그래도 그 덕에 우리 아들과 좀더 가까워질 수 있을 거야. 부자간의 사랑도 되찾고, 아빠도 한때 너처럼 가장 사랑하는 사람들 이외에 다른 사람에게도 사랑을 느낀적이 있다고 충고해줄 날이 올 거야.

historias

de

A cajón cerrado 굳게 닫힌 관에 부쳐

hombres

casados

신간도서 서평을 쓰느라 하루 종일 끙끙댔다. 원래 계획은 오전 세 시간 동안 책을 읽고 정오 이후에는 서평을 쓰는 것이었다. 하지만 오후가 다 지나서야 겨우, 그나마도 듬성듬성 건너뛰면서 책 읽기를 마칠 수 있었다.

나는 문예비평가로 활동하면서 최소한 책만은 꼼꼼하게 통독하는 걸 원칙으로 세우고 있었고, 스스로도 그런 평론가라는 데 자부심을 느끼고 있었다. 잘 읽히지 않아 그 원칙을 지킬 수 없을 것 같으면 아예 서평 쓰는 일 자체를 사양해버릴 정도였다.

그러나 그리 두껍지도 않은 이번 소설을 단번에 읽어낼 수 없었던 책임이 전적으로 작가에게 있다고는 할 수 없을 것 같다. 사실 지난 몇 달 사이 내게 일종의 상징적 의미를 지닌 행동 양식이 생겨났기 때문이다. 바로 책의 수준과는 별개로 원고료가 많이 생기는 일일수록 내가 좀더 열심히 일하게 되더라는 것이다.

이번 책이 특별히 시원찮은 것은 아니었다. 다만 작가의 뒷심이 부족해 결국 작품 전체를 단편소설처럼 만들어버리고 만 것이 문제였다. 물론 출판사에서는 이 책을 말 그대로 장편소설로 시중에 내놓았을 것이다. 하지만 내가 보기에 이 책은 장편소설이라기보다는 양만 잔뜩 부풀려놓은 단편소설에 불과했다. 장편과, 장편처럼 늘여놓은 단편의 차이는 안된 일이지만 이 소설의 제일 마지막 장을 보면 알 수 있었다. '오스마니 부인'이라는 소제목이 붙어 있는 장인데, 주인공 오스마니 부인은 과부로, 밤마다 한밤중에 아래층에서 들려오는 망치 소리를 참다못해 경찰에 신고를 하게 된다. 한밤의 망치 소리는 점차 살인과 수수께끼로 발전하고, 더 나아가 유령까지 출몰하면서 소설은 추리소설로 발전해간다.

나는 자정 무렵 아이들이 잠자리에 든 후에야 본격적으로 그럴듯한 비평을 써볼 요량으로 책을 마주하고 앉았다. 하지만 아직도 삼십 분은 더 기다려야 할 것 같았다. 아내가 화장을 지우고 잠자리에 들기를 기다려야 하기 때문이었다. 아내까지 잠들고 나야 비로소 조용한 가운데 작업을 시작할 수 있는 것이다.

그런데 새벽 한시가 다 돼갈 무렵, 마치 환상소설 속 한 장면이라도 되는 듯이 우리 아파트 어디선가, 아마도 아래층 어딘 것 같기는 한데, 하여간 누군지 모르지만 집 개조 공사라도 시작하는 것 같았다. 가구를 이리저리로 끄는 소리가 나는가 하면, 의자 넘어지는 소리, 심지어 망치질하는 소리까지 들렸기 때문이다. 아마도 누군가 이삿짐을 챙기든가, 아니면 별안간 집 정리를 해야겠다는 생각이 든 모양이었다(사람들은 자신이 잠을 자지 않고 밤을 지새우는 경우, 다른 사람들이 잔다는 사실마저 망각하곤 하는 법이니까). 어쩌면 이웃집에 도둑이 들어 주인이 살해되었을지도 모를 일이었다. 이유야 어찌되었든지 간에, 나는 글쓰기에 집중할 수가 없었다. 일 때문에 잠자기를 포기해버린 사람들에게는 조용한 밤시간이야말로 크나큰 축복인 법인데, 뜻밖의 소음으로 나는 적잖이 당혹해하고 있었다.

결국 나는 컴퓨터를 끄고, 공책과 볼펜을 챙겼다. 그러고는 자고 있는 아내의 귀에 대고 근처 스낵바로 가서 작업을 마무리짓고 오겠다고 속삭였다. 아내는 잠결에 걱정스러운 듯한 목소리로 알겠다고 대답했다. 마치 꿈속의 인물에게 대답하기라도 하는 듯이.

그런 아내가 미덥지 않아 나는 공책을 한 장 뜯어내 조금 전 말한 내용을 다시 쓴 뒤 현관문 바로 안쪽 바닥에 놓아두었다.

결혼한 이래로 이렇게 늦은 시간에 외출해본 일도 거의 없었고, 스낵바에 가는 일은 더더욱 그랬다. 하지만 오늘은 달리 대안이 없었다. 다음날 오후까지는 서평을 넘겨야 하는데다, 오전 중에는 다른 약속이 몇 건 있었고, 이런 소음 속에서는 도저히 글을 쓸 수 없으니 말이다.

총각 시절에는 한밤중이건 새벽이건 아무 때고 외출했다. 사실 당시 나를 엄습하던 불안감은 적막하기만 한 방을 벗어나 다른 사람들이나 자동차, 다른 익숙한 움직임들을 관찰할 수 있는 곳을 찾아 나서야지만 해소되었다. 다행히 결혼을 하고 아빠가 되면서 나는 전에 비해 훨씬 안정감을 가질 수 있었다.

나는 마치 내게는 아무 일도 일어날 리 없다는 듯 동네를 가로질러 '아게로와 리바다비아'라는 24시간 스낵바로 들어섰다. 신기하게도 오래 전 심적으로 안정되지 못했던 미혼 시절에 늘 하던 습관을 새삼스레 되풀이해야 한다는 것에 서글픈 생각이 들기보다는, 안락한 결혼생활을 하고 있는 기혼남으로서 다시는 맛볼 수 없으리라 생각했던 자유의 편린을 되찾은 것 같아 푸근한 행복감을 느꼈다. 나는 큼지막한 캔 맥주와 과자 한 봉지를 고른 뒤, 젊은 아가씨 셋이 둘러앉은 테이블 뒤쪽 자리에 가 앉았다. 아가씨들 이야기 소리에는 아랑곳하지 않고, 나는 곧바로 일에 집중했다. 가끔 한 단락을 쓰고 나서 수정을 한 뒤 다음 단락으로 들어갈 때쯤에 한번씩 고개를 들고 앞 테이블의 아가씨들 쪽에 시선을 던졌다. 기분이 좋아서인지 서평도 최대한 우호적으로 쓰게 되었다. 맥주가 큰 힘이 되어준 것 같았다.

그때, 웬 남자가 미소를 지으며 내가 앉은 테이블 앞으로 다가섰다.

남자가 한 손을 불쑥 내밀었다.

난 순간, '이 책의 저자인가보다'고 생각했다.

아파트 아래층에서 망치 소리가 들린 것도 모자라 이렇게 작가와 맞닥뜨리는 우연의 일치까지, 갑자기 내 일상의 논리가 완전히 뒤흔들리는 것 같았다. 하지만 다음 순간, 나는 내가 들고 온 책이 시종일관 표지가 바닥을 향한 채 탁자 위에 놓여 있었음을 깨달았다. 결국 이 남자가 있던 곳에서는 내가 읽고 있던 책의 제목을 알아낸다는 것이 절대 불가능했다.

남자는 내 이름을 부르며, 혹 내가 그 이름의 주인이 아니냐고 물었다.

나는 호기심 어린 눈빛으로 남자를 한동안 쳐다보고서야 마침내 탄성을 내질렀다.

"판초!"

그는 판초 페를만이었다.

상대방은 만면에 미소를 머금었다. 어찌나 살집이 붙어 있는지 그의 얼굴은 금방이라도 터져버릴 것만 같았다. 얼굴에 하도 살이 쪄 눈이 파묻혀서 쬐그만해 보일 정도였다. 그가 나보다 서너 살 더 많을 것이다(속으로 셈을 하면서도 내게는 우리 두 사람 사이에 가로놓인 세월의 간극이 실질적인 날짜의 합이라기보다는 변해버린 그의 얼굴 자체 같았다).

그의 이름을 얼른 떠올릴 수 있었던 것은 그의 이름이 워낙 특이한 덕이었다. 유대 혈통인데 이름이 프란시스코이며 별명까지 판초인 사람이 그리 많지 않았던데다, 우리가 처음 만난 '유대 클럽'에서 그 이름을 가진 사람이 그 한 사람뿐이었기 때문이다.

그러나 다른 소소한 것들은 차치하더라도 특별히 기억될 만한 사건이 하나 있었다. 판초 페를만이 어렸을 때 그의 아버지가 자살해버린 사건이 그것이었다. 물론 나 역시 어렸을 때의 일이었다.

어쩌다가 내가 판초 아버지의 장례식에까지 참석하게 되었는지는 잘 기억나지 않는다. 하여간, 뚜껑이 굳게 닫힌 관이 놓인 전통적인 유대 식 장례식이었다. 관 위 한가운데에 다윗의 별이 수놓인 크림색 덮개가 씌워져 있었다. 덮개 네 모서리 가운데 하나에는 담뱃불로 지진 자국이 있었는데, 당시 내 눈에는 그 자국이 자살한 사람의 유골함이라는 것을 상징하는 것으로 보였다.

부모님께 여쭤보지는 않았지만, 그후로도 꽤 여러 해 동안 나는—말은 안 했지만 마음속으로는—유대인은 자살하는 경우 묘지 담장 너머에 매장될 뿐 아니라, 다윗의 별이 새겨진 관 덮개 한쪽 모서리도 담뱃불로 태우는 것이 상례라고 믿어왔다.

그러다가 꽃다운 나이에 그것도 성공의 절정기에, 이리 보나 저리 보나 인생의 황금기라 할 시점에서 자살하고 만 친구의 섬뜩한 장례식에 다녀오면서야 비로소 이런 이교도적 믿음에서 벗어날 수 있었다—정말 벗어난 것인지 자신은 없지만 말이다. 어쨌거나 그 친구가 왜 자살했는지는 끝내 알 수 없었다.

판초 페를만의 아버지가 자살한 원인도 모르기는 마찬가지였다.

나는 판초더러 잠시 앉으라고 권하고는, 이러저런 이유를 대가며 지금 쓰고 있는 서평 원고를 내일까지 넘겨줘야 한다고 설명했다. 이십 년 만에 만난 것이고, 한때 자살한 그의 아버지 장례식에도 다녀왔을 만큼 절친했고, 이렇게 운명이 우리 두 사람을 다시 만나게 해주었고, 그간 어떻게 지냈는지 하고 싶은 말도 너무 많지만, 내 밥벌이로 우리 온 가족이 먹고살고 있으며, 따라서 밥벌이를 위해서는 오늘 밤에 무슨 일이 있어도 이 원고를 끝장내야 한다는 당위성에 대해 설명하지 않을 수 없었던 것이다.

'이봐, 판초! 제 손으로 제 목숨 끊지 않고 살아남은 사람들은 어쨌거나 할 일 하면서 살아야 하지 않겠나?' 나는 속으로 이런 잔인한 말을 내뱉으면서 스스로도 놀라고 있었다.

"네 기사 늘 읽고 있어. 제대로 쓰는 기자들이 많지 않은데, 넌 글 좀 쓰더라고."

판초가 말했다.

"그저 최선을 다할 뿐이지만, 하여간 고맙다."

내가 대답했다.

"커피 한 잔 가져올게."

그가 말했다.

"저……"

내가 뭔가 말하려 했다.

하지만 판초는 이미 진열대 쪽으로 가버리고 없었다. 잠시 후, 그가 한 손에 커피를 들고 돌아왔다.

"네가 쓰고 싶은 대로 다 쓰지는 못하지, 안 그래?"

"그렇지는 않아. 그나저나, 나 지금 이걸 써야 하는데 어쩌냐?"

내가 말했다.

"꼭 지금 써야 돼?"

판초가 믿을 수 없다는 듯한 표정으로 물었다.

"그래, 지금." 내가 대답하면서 한마디 물었다. "그런데 넌 혼자 여기서 뭐 하고 있는 거야?"

판초는 말할지 말지 한참 뜸을 들이더니, 결국 대답했다.

"해만 지고 나면 혼자 집구석 지키고 있기가 통 힘들더라고."

그의 고백에 그만 나의 의지가 꺾이고 말았다. 속에서는 일부터 끝내야 한다고 외쳐대고 있었지만, 이미 난 다음에 다시 만나 이야기하자며 단호히 돌아설 힘을 잃고 만 것이다.

"참, 너 결혼은 했나?"

판초가 내게 물었다.

"그럼. 아들도 하나 있는걸."

내가 대답했다.

판초는 커피잔을 탁자 위에 내려놓았지만 선뜻 자리에 앉지 못했다.

"앉아." 결국 항복해버린 내가 말했다. "넌?"

판초는 별것 아니라는 듯 퉁퉁한 몸을 테이블과 의자 사이로 밀어넣었다. 진하늘색 셔츠 자락을 허리춤에 잔뜩 구겨넣어 배가 더 불룩해 보였고, 청바지는 허옇게 빛이 바랬으며, 밤색 가죽구두는 솔질조차 하지 않아 때에 찌들어 있었다.

그는 이 질문에 또다시 머뭇거렸다.

"벌써 지나간 일이지만……" 그가 대답했다. "두 번 결혼했어. 그중 더 형편없는 마누라 사이에 아이도 둘 있고."

"몇 살이야?"

내가 물었다.

"아홉 살하고 일곱 살." 그가 대답했다. "그런데 전처가 만나질 못하게 하네……"

판초가 자신의 인생 드라마의 한 단면을 드러낸 직후 정적이 흐르는 동안 나는 우선 판초가 하는 이야기부터 다 듣고 나서, 몇시가 되었든 간에 그때부터 다시 서평을 마무리해야겠다고 작정했다. 집에 들어가자마자 얼른 컴퓨터 앞에서 작업을 하고 잠깐 눈을 붙였다가 오전 약속에 맞춰 나가면 될 것 같았다. 그러자니 우선 진한 커피부터 한 잔 마셔야 할 것 같았다.

"잠깐만! 나도 커피 한 잔 가져올게."

내가 말했다.

판초가 고개를 끄덕였다. 정말 다행이라는 듯 고독한 미소가 그의 얼굴에 퍼져나가는 게 보였다. 한밤중 이야기 상대를 찾아다니는 쓸쓸하고 초라한 남자만이 내보이는 고요함이었다.

진열대 쪽으로 걸어가면서 나는 어린 시절의 판초가 참 단순한 아이였다는 기억을 되살렸다. 아마 친구들은 그를 산초 페를만이라고 불렀을 것이다. 판초는 모든 것이 겉으로 그대로 드러나는 투명한 아이였다. 감정도, 욕망도, 입으로 말하기 전에 이미 다 드러나버리는 아이. 빵빵하게 살찐 얼굴에 몸집이 커 동작 하나하나까지도 유난히 눈에 띄었다.

우리 식구들은 감정도, 고통도 쉽게 드러내지 않는 성격이었다. 그래서인지 식구들 모두 기쁜 일이 있었건, 슬픈 일이 있었건, 하여간 실제로 어떤 일이 있었건 간에 누군가를 마주할 때면 심각한 표정부터 지었다. 우선 그런 표정을 보여준 후에야 말을 하는 것이다. 하지만 표정을 통해서든, 말을 통해서든, 우리 식구들은 절대로 남들에게는 물론 가족 사이에서도 집안의 비극이나 기쁨을 공공연히 드러내지 않았다. 사람은 그 누구도 자기 자신의 감정을 제대로 파악할 수 있을 만큼 지성적이지 못하다고 한다. 따라서 우리 식구들은 생각 없이 말을 내뱉는 비지성적인 언행을 결코 용납하지 못했다. 뿐만 아니라 전체의 75퍼센트도 이해하지 못하는 일에 대해 떠벌리는 것은 있을 수 없는 일이라고 생각했다.

페를만 집안은 우리집보다 형편이 많이 어려웠다. 게다가 교양도 없고, 속물근성만 가득한 집안이었다. 그 집 식구들에게 최고의 음식은 감자튀김을 곁들인 등심구이였고, 둘세 데 레체*가 가장 황홀한 디저트였다. 우리 식구들이 고등어구이를 좋아하지 않고 다른 생선을 즐겨 먹는다면서 우리더러 '입맛 참 고약한 집안'이라고 부르던 사람들이었다. 판초의 어머니 베티 페를만 아주머니는 옷을 무척 촌스럽게 입으면서도 툭하면 우리 어머니와 옷을 바꿔

---

* 남미에서 먹는 캐러멜 맛의 잼.

입자고 졸라댔다. 그래서 가끔 우리 어머니는 베티 아주머니에게 옷가지를 몇 벌씩 빌려주고 대신 아주머니 옷을 하나 가져다가 내 내 옷장 속에 걸어두었다. 물론 되돌려줄 때는 아주머니가 무시당했다고 언짢아할까봐 일부러 옷에 구김을 낸 뒤 줬다. 판초의 아버지 나탈리오 페를만 아저씨는 우리 아버지보다 훨씬 독실한 유대교 신자였지만, 유대문화 전반에 대해서는 우리 아버지만큼 알지 못했다.

사실 우리 집안도 특별히 내놓을 것 없는 평범한 중산층에 불과했지만, 페를만 집안은 한마디로 가장 기본적인 필요조건만 충족되면 다른 것에는 관심조차 갖지 않는, 뭐라 규정하기 힘든 집안이라고 하면 딱 맞았다. 이탈리아식 조악함과 유대식 경망함만 따온, 그야말로 먹을 것만 있으면 정신없이 달려들어 게걸스럽게 먹어대고 모였다 하면 떠들어댈 뿐, 다른 걱정이라고는 손톱만큼도 없는 그런 사람들 말이다.

그렇지만, 그렇지만…… 페를만 집안에는 웃음이 넘쳐흘렀다. 우리 아버지의 히스테릭한 웃음, 우리 어머니의 억눌린 미소와는 다른 웃음소리가. 그 집 사람들은 틈만 나면 아무 때고 웃어댔다. 바보 같은 농담에도 웃어댔고, 누구에게 어떤 일이 있었네 하면서 또 웃어댔다. 나탈리오 아저씨와 베티 아주머니는 틈만 나면 입을 맞추었다. 툭하면 애들을 할아버지 할머니에게 맡겨두고 두 분이 여행을 다녀오기도 했다. 가끔은 우리 식구들이 다 보는 앞에서도 거침없이 언성을 높이며 부부싸움을 하기도 했다. 그럴 때면 우리 어머니는 이런 말씀을 하셨다.

"봐라. 날마다 뽀뽀를 해대면 뭐 하니? 속으론 저렇게 미워하고 있는걸."

난 어머니에게 감히 이렇게 대답할 엄두가 나지 않았다.

"아녜요, 엄마. 저 두 분은 서로 미워하지 않아요. 원래 부부는 저렇게 고래고래 소리치며 싸우기도 하고 화도 내고 그러는 거잖아요. 정말 서로 미워하는 사람들은 엄마와 아빠세요. 두 분은 서로 소리쳐 싸우지는 않지만, 입맞춤도 하지 않으시잖아요."

사실 난 부부라는 것이 어떤 건지 잘 알지도 못했고, 따라서 우리 아버지와 어머니에 대해서나 베티 아주머니와 나탈리오 아저씨에 대해서 뭐라 말할 자격은 없었다.

지금도 나와 내 아내의 관계에 대해 충분히 알지 못하기는 마찬가지이다. 모르긴 해도 판초 역시 왜 자신이 전처와 이혼해야만 했는지, 또 헤어진 전처는 왜 아이들을 못 만나게 하는지 잘 알지 못할 것이다.

"그런데 왜 이혼한 거야?"

내가 커피를 가져와 앉으며 물었다.

"너도 루바비츠 알지?"

판초가 물었다.

"그럼. 나도 내 기사에서 다룬 적이 있는걸."

내가 대답했다.

루바비츠는 유대교 전통 교리에서 따온 이론적 틀에 개혁적 방법론을 접목시킨 일종의 유대 '계율'이었다. 루바비츠 교도들은 확성기가 장착된 자동차를 타고 거리를 다니며 다양한 행사를 열고, 어떤 이들이 진정한 유대인인가를 설파하며 사람들에게 기도와 테필린*을 하도록 종용했다.

"그럼 이번에는 좀 다른 글을 써주면 좋겠다." 판초가 말했다. "내 전처가 루바비츠에 푹 빠져버렸지 뭐야. 난 독실한 유대교도고 처음에는 우리 둘 다 집에서 교리에 충실한 생활을 했어. 그런데 그 여자가 루바비츠에 빠지면서 확 변해버리더라고. 머리를 자르고 치마를 입더니 나중에는 애들까지 머리를 양 갈래로 땋고 다니게 하더라고. 상상이나 가냐? 하여간 난 더 참을 수 없었어. 나라는 사람은 골수 유대교도로, 나름대로의 전통을 지닌 사람 아니냐고. 나름대로 먹는 음식도 따로 있고 말이야. 이젠 루바비츠 쪽에서 전처더러 아이들까지 나랑 갈라놓으라고 하는 모양이야."

난 하마터면 이렇게 물을 뻔했다. '부모님께선 뭐라셔?' 하지만 순간 나탈리오 아저씨는 이제 이 세상 사람이 아니라는 데 생각이 미쳤다.

"어머니께서는 뭐라시고?"

내가 물었다.

"완전히 정신 놓으셨지 뭐." 판초가 대답했다. "더 살고 싶지도 않으시대. 그래서 요즘은 전처와 협상중이야. 내가 일 주일에 한 번씩 아이들 만나는 걸 포기할 테니, 대신 우리 어머니께서 일 주일에 한 번이나마 아이들을 보게 해달라고……"

"그럼 너는 어떻게 하고?"

"그쪽에서 보여줄 때 보는 거지 뭐."

판초가 대답했다.

나는 플라스틱 컵 바닥에 남은 차갑게 식어버린 커피의 마지막

---

* 성구함. 유대교에서 기도할 때 이마나 왼팔에 가죽끈으로 동여매는 작은 가죽상자.

한 방울을 털어 마셨다.

  단순하기 그지없었던 판초 페를만은 이제 예전처럼 그렇게 한없이 단순하기만 한 남자가 아니었다. 그렇지만, 여전히 단순 무지한 사람임에는 틀림이 없었다. 모든 가정들이, 아니 세상 사람 누구나 살아가면서 사고를 겪기도 하고, 격하게 싸우기도 하고, 판초처럼 이혼하기도 하는 등 갖가지 비극을 경험하게 된다. 단순 무지한 사람과 고매한 사람의 차이는 바로 이런 극적인 재난에 대처하는 자세에서 드러나기 마련이다. 판초 페를만은 뉴 루바비츠에 빠져버린 아내와 함께 부부상담소의 문을 두드리지 못했다. 그의 아내 역시 자연식이나 요가 등을 통해 자신의 좌절감을 극복해보려 하지 않았다. 루바비츠에 첫발을 담그기 전에, 아니면 결혼생활을 시작하기 전이나 하다못해 결혼생활이 삐그덕거리기 전에 판초 페를만의 아내는 곧장 샘터를 찾았어야 했다. 조상님들이 늘 그랬던 것처럼 슈테틀*을 찾았어야 했던 것이다.

  이혼…… 대화도, 평화적 타결점을 찾으려는 노력도 없는…… 열정, 그리고 그뒤의 증오. 꼴도 보기 싫어요. 아이들 볼 생각은 꿈도 꾸지 말라고요!

  이건 문제의 해결 방법이 아니었다. 하지만 달리 방법이 없다는 것도 분명한 사실이다. 솔직히 다른 건 차치하고 판초 페를만과 그의 전처도 그것을 알았던 것이다. 나는 내 아내가 날 버릴 생각만은 안 하기를 바랄 뿐이었다. 제발 우리 아들이 서른 살이 될 때까지는 우리 가정이 그대로 유지될 수 있기를 바랐다. 그야말로 정상

---

* 옛날 러시아와 동유럽 등지의 작은 유대인 마을.

굳게 닫힌 관에 부쳐 51

적이라고 간주되는 범주에 속하기 위한 방안으로 생각나는 것이라고는 이것뿐이었다.

내가 판초에게 해줄 수 있는 유일한 충고라고는 '좀 실리적으로 생각해봐라. 어떻게든 전처랑 재결합할 길을 찾아봐라'는 것뿐이었다. 하지만 그나마도 실제로 말할 수는 없었다. 판초는 이미 재혼까지 한 터였으니까. 더욱이 허기가 밀려오면서 저만치 햄과 치즈를 가득 넣은 호밀빵 샌드위치가 '절 전자레인지에 넣어 돌려주세요'라고 애원하듯 내 시선을 잡아끌었다. 이런 상황에서 누굴 붙잡고 조상님들 말씀이 하나도 틀린 것 없으니 따라야 한다고 말할 수 있겠는가.

판초가 에콰도르 출신의 물라토*인 두번째 아내 이야기를 하고 있는데도 나는 샌드위치를 가지러 가려고 일어섰다.

이제 내 눈에 오스마니 부인 이야기가 담긴 '실험적인' 소설은 더할 나위 없이 훌륭하고 섬세하며 매력적인 작품으로 보였다. 전개상의 문제점도 발견할 수 없었고, 분량도 전혀 문제될 게 없는 것 같았다. 전자레인지 속 접시가 한 바퀴씩 돌 때마다 내가 살아온 시간이 한 해씩 헤아려지는 것 같았다. 그 순간, 문예비평가가 하룻밤 새는 수고를 회피함으로써, 판초 페를만 같은 친구를 우연히 맞닥뜨리지 못함으로써, 얼마나 많은 작품들이 호의적인 서평을 달고 빛을 볼 기회를 상실했던가를 떠올렸다.

'잘 선택한 거야!' 내가 중얼거렸다. '감자튀김을 곁들인 등심구이, 둘세 데 레체, 에콰도르 출신의 물라토 아내.'

---

* 중남미 대륙에 사는 혼혈인종 중 백인과 흑인의 제1대 혼혈아를 가리키는 말.

판초 페를만은 자기 식으로 가문의 계보를 제대로 잇고 있는 셈이었다. 나는 또 한번 그의 단순함에 경탄하지 않을 수 없었다. 그런데…… 나탈리오 아저씨는 왜 자살한 걸까? 이미 말했듯이 난 아직도 그 이유를 모른다. 아니, 사람들이 왜 자살하는지 그 이유를 아는 사람은 아무도 없을 것이다. 사실, 우리가 왜 살고 싶어하는지 그 이유도 모르기는 마찬가지 아닌가?'그런데도 살고 싶어하는 건 정상적으로 느껴지고, 자살하는 건 이상하게 보인다.

나탈리오 아저씨는 평범한 이웃이었다. 평범한 음식을 먹었고, 평범하게 행동했으며, 평범한 방식으로 아내와 자녀를 사랑했다. 심지어 '시크제'*인 가정부와 바람을 피운 행위조차도 평범하기 그지없는 일이었다.

메리는 파라과이 출신으로 몸매가 진짜 풍만한 여자였다. 가슴이 그야말로 '이따만' 했는데, 클럽에서 일하는 다른 시크제들에 비해 하나도 밀릴 게 없는 몸매라고들 했다. 하지만 그래봐야 베티 아주머니의 가슴 크기에 비하면 아무것도 아니었다. 게다가 메리는 아줌마보다 그렇게 어린 것도 아니었다.

그런데 어쩌다가 그런 예기치 못했던 비극적 사건이 벌어진 것일까?

수많은 유부남들이 나탈리오 아저씨처럼 바람을 피운다. 자기 집에서 일하는 가정부와 눈이 맞기도 하고, 친구의 아내와 불륜을 저지르기도 하고, 그 밖에 온갖 X양과 문제를 일으키기도 한다. 그리고 대다수의 경우가 그렇듯이, 결론은 가정부 해고에서부터, 애

---

*shikse. 정통파 유대인의 입장에서 유대인이 아닌 여자나 비유대적인 유대인 여자를 경멸조로 부르는 말.

인에게 다시 버림받기, 아내와의 이혼에 이르기까지 다양하다. 하지만 자살을?

메리가 임신했다고 사람들이 수군거리기도 했다. 나야 상관할 바는 아니었지만. 그런가 하면 나탈리오 아저씨만 메리한테 푹 빠져 있을 뿐, 메리는 파라과이에 딴 남자가 있다는 소문도 있었다. 우리 부모님은 어떤 소문도 귀담아 듣지 않았다. 워낙 뒤에서 남 이야기 하는 것 자체를 고운 눈으로 보지 않는 집안이었기 때문이다. 더구나 공공연한 소문에 대해서는 더 말할 것도 없었다. 그러니 우리 부모님으로서는 천박한 사람들이 처절하게 망가지는 모습을 지켜보면서 오히려 안도하셨을지도 모를 일이다.

문간에 서서 뽀뽀를 쪽쪽 해대는 사람들, 끝이 저럴 줄 알았다니까. 우리 어머니의 목소리가 들리는 것만 같다. 생각 없이 마구 웃어대는 사람들, 남 말 하기 좋아하는 사람들, 고래고래 소리치며 싸움질해대다가는 언제 그랬냐는 듯 화해하는 사람들. 그런 사람들은 결국 저렇게 된다니까……

절제하는 삶, 욕망을 억제하는 삶, 성욕까지 통제할 줄 아는 삶, 그런 삶이야말로 언젠가는 큰 보상을 받게 되는 법이란다. 애야, 우린 절대로 자살 같은 건 하지 않잖니.

맞는 말이다. 하지만…… 하지만…… 사실 우리 집안에도 자살한 사람이 있었다. 엄마의 남동생, 즉 나의 외삼촌이 그 주인공이었다. 이스라엘 외삼촌은 열아홉의 나이에 목숨을 끊고 말았다. 1967년, 그러니까 내가 막 돌이 지났을 때였다.

단순 무지한 사람들과 고매한 사람들은 비극에 대처하는 자세에서 차이를 드러내는 법. 나는 열다섯 살이 되어서야 비로소 이스라엘 외삼촌의 존재를 알게 되었다. 그야말로 하루 아침에 외삼촌이 존재했다는 것과, 당시 열아홉 살이었다는 것과, 자살했다는 것을 한꺼번에 알게 된 것이다. 그런데 우리 외할머니께서는 마치 그 아들을 어디 양자로 보내기라도 하신 양반처럼, 평생 아들의 자살을 남들에게 비밀로 하고 사셨던 것이다.

내 사촌들에게는 6일 전쟁* 통에 삼촌을 잃게 되신 거라고 말씀하셨더랬다. 외삼촌이 존재했다는 것과 스스로 목숨을 끊었다는 것을 알게 된 지 십여 년도 더 지났을 때, 나는 이미 어른이 되었음에도 유대의 나라 '이스라엘'과 이름이 같았던 외삼촌의 이름만 들어도 온몸이 부르르 떨렸다. 공교롭게도 외삼촌이 자살을 하기로 선택한 날이 이스라엘이라는 나라가 지도상에서 없어질 뻔한 위기에 처했던 바로 그날이었던 것이다. 다만, 결국 나라를 지켜냈던 유대인들과는 달리 외삼촌은 내면으로 침투한 악마의 힘에 무릎을 꿇고 만 것이었다. 자살한 내 친구도, 나탈리오 아저씨도 마찬가지였고.

도대체 외삼촌은 왜 자살을 선택한 것일까? 난 그 이유를 알지 못한다. 하긴, 누군들 알겠는가?

어머니께서는 달리 설명할 방도가 없자, 결국 정신병적 증세 때문이 아니었겠냐고 말씀하셨다. 하지만 그것도 신빙성이 없기는 마찬가지였다. 외삼촌은 자살하기 전까지는 그야말로 말짱하기 그지없는 청년이었다니까.

외삼촌은 내가 이 세상에 막 태어나던 순간에도 내 곁에 있었고,

---

* 1967년 이스라엘과 아랍 사이에 일어난 전쟁. 이스라엘의 압도적인 우세 속에서 6월 10일 정전이 실현되었다.

내가 할례를 받던 순간에도 나를 두 팔에 안고 있었다는데, 나는 열다섯이 되도록 외삼촌의 존재조차 모르고 있었다. 이것이야말로 고매한 가문의 사람들이 비극에 대처하는 방식이었다.

단순 무지한 페를만 집안 사람들은 나탈리오 아저씨의 관 앞에서 대성통곡했다. 장례식에는 친지들도 다수 참석했지만, 타블라다 묘지에는 베티 아주머니와 자녀들, 고인의 부모님만 조촐하게 참석하여 가족장으로 입관식을 치렀다. 유대교에서는 자살을 금하고 있었기 때문에, 스스로 목숨을 끊은 사람의 시신은 다른 사람들의 묘역에서 멀리 떨어진 담벼락 너머에 조성된 묘역에 따로 매장하게 되어 있었고, 그래서 입관식에도 가까운 친인척만 참석했다. 하지만 나탈리오 아저씨가 자살했다는 것은 어차피 동네 사람 모두가 아는 사실이었다.

권총 자살이었던가? 음독 자살이었던가? 기억이 잘 나지 않는다. 그렇지만 새벽 두시, 이런 시간에 판초에게 그런 걸 물어볼 생각은 없다. 내가 알기로, 우리 외삼촌은 열아홉 해를 평범한 젊은이로 살다가 어느 날 테라스 한구석에 쪼그리고 앉아 총구를 입에 물고 방아쇠를 당겼다.

샌드위치를 먹고 나니 식곤증이 몰려와 커피를 한 잔 더 마셔야 할 것 같았다.

다시 일에 몰두할 수 있게, 커피를 가져왔을 즈음에는 부디 판초가 자리를 뜨고 없기를 바랐다. 그런데 어느새 나는 이렇게 묻고 있었다.

"아버지는 어떻게 돌아가신 거였어?"

아니, 어떻게 이런 질문을 할 수 있담? 갑자기 돌아버린 거 아냐? 나처럼 고매한 집안의 혈통이 어떻게 이런 짓을 할 수가 있단 말인가? 절제할 줄 알고, 예의 바르게 행동할 줄 아는 우리 집안의 핏줄이 과연 맞는 건가? 도대체 내가 어떻게 된 것 아냐? 진실을 말해봐야 아무런 소용이 없다고 생각될 때에는 그저 대수롭지 않은 말이나 주워섬기는 게 오히려 물의를 일으키지 않는다는 것을 잘 알고 있는 내가?

판초가 날 쳐다보았다. 아마도 속으로 수도 없이 질문을 쏟아내고 있을 게 뻔했다. '저 자식 미친 거 아냐? 우리 아버지가 어떻게, 아니면 왜 자살하셨느냐고? 지금 이런 질문을 던지는 이유가 비극 앞에서 냉철할 수 있다는 걸 보여주겠다는 의도야? 아니면, 어렸을 때부터 궁금해 죽을 뻔했는데 차마 물어보지 못했던 궁금증을 더 꾹꾹 누르고 있을 수 없다는 거야?'

그 모든 질문에 나는 '그래!'라고 대답할 것 같았다.

판초의 커피잔에는 커피가 한 방울이라도 남아 있는 걸까? 도대체 흰 플라스틱 컵은 왜 입가로 가져가는 거지?

판초의 커피잔 속에 남아 있는 게 무엇이든 간에—녹다 만 설탕가루일 수도 있고, 아니면 정말 빈 컵일 수도 있겠지만—하여간 판초는 컵을 들고 무언가를 들이켰다.

그러고는 벽에 걸린 시계를 한번 쳐다보더니—시곗바늘은 두 시 십분을 가리키고 있었다—이번에는 앞 테이블의 아가씨 셋도 한번 보았다. 세 아가씨 중 하나는 앉은 채 졸고 있었다. 마침내 판초가 입을 열었다.

"아버지는 자살하신 게 아니었어."

잠시 후 이어진 대화 속에서 나의 수용 능력은 완전히 한계를 넘

어서고 말았다. 내가 정말 묻고 싶은 것들을 묻고 있는 것인지, 함
구하고 싶은 것은 무엇이고 정말 말하고 싶은 것은 무엇인지 분간
할 수 없었다. 정말 내가 알고 싶은 것이 무엇인지도 알 수 없었다.
다만 분명했던 것은 아니, 지금 생각해도 분명하고 또 앞으로도 영
원히 분명할 사실은, 내가 무얼 알게 되든지 간에 진실만은 결코
알지 못하리라는 것이었다.

"그럼, 살해당하신 거야?"

내가 물었다.

"아니. 살아 계셔."

관도, 가장자리에 탄 자국이 있던 관 덮개도, 단순 무지한 온 가
족의 곡소리도…… 모두가 거짓이었다.

나탈리오 아저씨는 시크제와 도망친 것이다. 베티 아주머니는
그 사실을 용납할 수가 없어서 남편을 죽은 사람으로 만들기로 했
다. 그래서 진실을 숨기고, 동네 사람들 모두가 남편이 자살한 것
으로 믿게 만들었다.

나탈리오 아저씨의 부모도, 장인 장모도 그를 죽은 사람으로 만
드는 데 동의했다. 그래서 온 가족이 영구차를 타고 어딘지도 모를
곳으로 잠시 떠났다가 다시 집으로 돌아왔다. 아이들에게는 사실
대로 알려줬다. 아빠가 메리 아줌마랑 도망친 것이라고. 하지만 가
족을 제외한 다른 모든 사람에게 판초의 아버지 나탈리오 페를만
씨는 자살한 사람이었다.

나는 나탈리오 아저씨의 자살 사건 이후 몇 년간 더 판초를 보았
다. 내 기억이 틀리지 않는다면, 아마도 우리가 마지막으로 만난

건 바르 미츠바*에서였을 것이다.

내가 여태껏 모르고 지냈던 것처럼 다른 사람들도 그후로 이 사건의 진실에 대해 알지 못했는지 어쨌는지는 나도 모르겠다. 물론 나는 새벽 두시 반에 그것도 24시간 스낵바에서 그것까지 일부러 확인하지는 않았다.

모르긴 해도, 판초는 언젠가는 전처와 두 자녀에게 진실을 말해줄 것이다. 뭐 진실을 알려준다고 해서 달라지는 것은 아무것도 없겠지만 말이다. 어쩌면 아무런 느낌조차 없을지도 모를 일이다. 과연 판초는 아내와 아이들에게 진실을 말할까? 뭣 하러?

남편이 가정부와 야반도주한 것을 거짓말까지 해가며 숨긴 어머니의 떠들어대기 난감한 이야기를 들려주느니, 차라리 할아버지와 시아버지가 돌아가신 것으로 믿고 살도록 내버려두는 게 낫지 않을까?

불현듯 관 덮개의 태운 자국이 떠오르면서 구역질이 밀려왔다. 나는 벌떡 일어나 얼른 화장실로 달려갔다. 하지만 거울 속을 들여다보는 순간, 토기는 사라져버리고 새로운 깨달음이 왔다. 관 덮개의 태운 자국은 자살했음을 가리키는 게 아니라, 알 만한 사람들에게는 관이 비어 있음을 알려주는 일종의 신호였다는 것을.

'걱정 마, 얘들아. 이 관은 빈 관이야. 다 쇼라고.'

자리로 돌아가면서 나는 어머니와 이야기를 나누는 상상을 했다. '이것 보세요, 어머니. 문간에 서서 입맞춤을 하고, 날마다 웃어대고, 또 날마다 언성 높여 싸우는 사람들이라고 해서 다 자살하는

---

* 유대교에서 남자 아이가 열세 살이 되면 치르는 성년식.

것은 아니에요. 그 사람들도 천수를 다하기도 한다니까요.'

"너 설마 쇼크 먹은 건 아니지?"

판초가 물었다.

내가 고개를 저었다.

"그런데 어쩜 그렇게 철저히 숨긴 거야?"

내가 물었다.

판초는 양 어깨를 으쓱해 보였다.

하긴, 우리 외할머니도 최소한 내게는 십오 년 동안이나 아들의 존재에 대해 철저히 침묵하지 않으셨던가!

"지금은 아르헨티나에 살고 계셔."

판초가 말했다.

"누가?"

내가 물었다.

"우리 아버지. 나탈리오 페를만 씨 말이야."

판초가 대답했다.

난 뭐 좀더 먹을 거나 마실 게 없을까 싶어 진열대 쪽을 쳐다보았지만, 딱히 구미가 당기는 게 없었다.

"그 파라과이 여자가 벌써 십 년쯤 전에 아버지를 차버렸다나봐. 아니, 파라과이에 가기도 전에, 그 여자가 이미 결혼한 상태라는 걸 아셨다지? 법적 결혼은 아니더라도 파라과이에 남자가 있다는 걸 알게 되신 모양이야. 결국 우리 아버지는 그 여자 결혼 비용만 대준 꼴이 된 거지. 신랑 자리에는 딴 남자가 섰고, 우리 아버지는 그야말로 오쟁이진 남편 꼬락서니가 된 거라고."

"그래서 돌아오시긴 하셨어?"

"우리 어머니가 단단히 앙갚음을 해주셨지. 끝까지 아버지가 죽은 걸로 해두셨거든. 게다가 할머니랑 할아버지도 아버지가 유대인이 아닌 다른 여자랑 줄행랑쳐버린 사실을 끝내 용서하지 않으셨고."

"그런데 왜 내가 그 장례식장에 있게 내버려두신 걸까?"

"네가 어쩌다가 거기 오게 된 건지는 우리 식구들도 잘 모르던걸."

"그냥 너희 집에 놀러갔다가, 느닷없이 그…… 그러니까 그 자리에 있게 된 거야."

"말도 안 돼. 어떻게 그럴 수가 있어?"

판초가 말했다.

"난들 아냐?" 내가 대답했다. "어쨌거나 우리 둘 다 어린애였잖아."

마치 홀로그램처럼 내 뇌리 속에 반바지 차림의 판초와 내가 나란히 서 있는 모습이 스쳐 지나갔다. 그 당시 우리는 인심 좋은 나라의 온세* 지역에 사는 유대 혈통의 아이란 과연 무엇일까를 알기 위해 애쓰고 있었던 것 같다. 마치 지금 이 순간, 어른으로 살아가는 건 과연 무엇일까를 고민하듯이.

나는 주변을 한바퀴 돌아보고 물었다.

"그래, 아버지를 뵙긴 했니?"

"두 달 전에 한번 만났어." 판초가 대답했다. "형편이 말이 아니더라고." 그러더니 뜬금없는 소리를 덧붙였다.

"요즘은 어머니도 애들을 돌봐주지 못해서. 오히려 당신 시중 들

---

* 부에노스아이레스의 유대인과 한인이 밀집해 있는 번화가.

어줄 사람이 필요하시니까."

"두 분은 서로 만나보셨나?"

"아마 아닐걸. 아버지는 노인 보호시설에 계셔."

"일은 있으시고?"

"일은 무슨 일. 예전에 국경지역에서 밀수업을 해 돈을 버신 모양인데, 아직 그때 모아두신 '전(錢)'이 조금 있으신 것 같더라고."

'전'이라는 소리가 마치 장례식장의 종이피리 소리처럼 내 귓전을 울려댔다. 진짜 장례식장에서 울리는.

"잠잘 시간을 놓쳐버린 것 같네."

단순 무지한 판초가 말했다.

"난 일을 해야 할 것 같아."

내가 말했다.

"그럼 갈게."

판초가 말했다.

아직 괜찮다고 말하려 했지만, 어느새 판초는 가버리고 없었다.

여하튼, 그는 단순 무지한 집안 태생이었다. 그리고 단순 무지한 사람은 결코 자살하지 않는다. 많은 경우, 자살한 것처럼 위장할 뿐이었다.

『오스마니 부인』은 정말 훌륭한 책이었다. 나는 '픽션으로서 갖춰야 할 모든 것을 갖춘 소설'이라고 서평에 썼다. 앞 테이블에 앉아 있던 아가씨들 가운데 하나가 일어서더니 풍만하고 아름다운 엉덩이를 살랑거리며 과일 샐러드를 사러 갔다. '사실성을 거부한다. 그러면서도 플롯이 논리적이고 사실적이다.'

historias

de

Sobre la calle Cerviño 세르비뇨 거리에서

hombres

casados

I

　나는 '엘 트롱코'* 식당에서 아내 파울라와 밥을 먹고 있었다. 그때 발레리아가 들어왔다. 그녀의 머리 스타일은 삼 년 전 마지막으로 보았을 때와 달라진 것이 없었다. 풍성한 금발이 어깨까지 굽이치고, 때때로 녹색이나 파란색으로 변하는 작은 두 눈동자는 놀란 두 마리 새를 연상시켰다. 언젠가 그녀의 머리를 쓸어넘겨주다가 그녀의 얼굴에 짓궂은 표정도 숨어 있다는 것을 알고는 놀란 적이 있다. 그 어디에도 연약한 모습은 없었다. 한번은 그녀의 머리가 마치 솜사탕 같아서 부끄러운 줄도 모르고 한 움큼 덥석 입으로 문 적도 있다. 솜사탕처럼 풍성하면서도 생머리처럼 곧고 길게 내

---

　* 에스파냐어로 '나무 둥치'라는 뜻.

려온 머리가 잘 어울리는 여자는 드물다. 발레리아처럼 둥근 얼굴과 오똑한 코, 홍조를 띤 두 뺨과 적당한 두께의 입술이 조화를 이루지 않으면 불가능한 스타일이다. 그래서 나는 마치 잃어버린 무언가를 찾는 듯 그녀의 머리카락 사이로 손을 집어넣는 것을 매우 좋아했다.

파울라가 그녀에게 인사하기 위해 일어났지만 나는 두 눈을 그리신*에 고정했다. 그리신이 무슨 재료로 만들어졌을까 늘 궁금했다. '엘 트롱코'라는 이름이 새겨진 포장지에는 '맥아 제조'**라고 쓰여 있을 뿐이었다. 파울라가 발레리아에게 다가가 뺨에 입을 맞추며 인사했다. 발레리아를 바라보는 아내의 표정과 입술의 움직임, 어깻짓을 보아서는 진심에서 우러나온 인사였다. 발레리아는 나보다 태연했다. 나를 친구의 남편 대하듯 바라봤고, 사심은커녕 관심도 없다는 듯한 손짓으로 인사했다. 그녀는 혼자 식당에 들어왔지만, 완벽하게 생긴 목을 뻗어 이리저리 둘러보더니 자신을 기다리고 있던 남자에게 다가갔다. 남자는 언뜻 스물다섯 살 정도 되어 보였다. 발레리아는 지금 아마 서른다섯, 어쩌면 서른여섯일 것이다. 아내가 우리 테이블로 돌아오는 사이 나는 발레리아와 젊은 남자의 만남이 어떻게 이루어지는지 살짝 훔쳐보았다. 둘은 연인처럼 손을 잡았다. 그가 키스하려고 했지만 그녀는 조심스럽게 얼굴을 피했다. 발레리아는 앉으면서 나를 곁눈질했다. 그리고 떠날 때까지 한 시간 반 동안 단 한 차례도 내게 시선을 주지 않았다.

발레리아에게 인사를 하고 돌아온 아내가 말했다.

---

* 막대과자. 가늘고 길게 생겨 '손가락 과자'라고도 한다.
** 엿기름을 써서 만드는 제조법.

"항상 아름다운 모습이야."

난 대꾸하지 않았다.

십오 분쯤 지났을까, 아내가 다시 말했다.

"젊은 남자하고 같이 있는 게 전혀 어색하지 않네. 여보, 우리 요리 하나 더 시킬까?"

II

발레리아를 처음 만난 건 삼 년 전 아들을 유치원에 데려다주던 날이었다. 파울라는 다리에 생긴 모반 때문에 병원에 가야 했다. 아내나 나나 다리에 생긴 회색 점의 정체를 알 수 없었지만 결국 해롭지 않다는 것을 알게 되었다. 실제로 시간이 흐르면서 점은 서서히 없어져갔다. 그러나 그날 아침 아우구스토를 유치원에 데려다주며 발레리아를 본 순간, 만약 파울라가 갑자기 죽는다면 새 아내이자 어린 아들의 새엄마는 발레리아여야 한다고 생각했다. 두번째 인생을 살 기회가 주어진다면, 발레리아는 그 일생을 같이하고픈 여자였다. 학부모들끼리 서로 인사하는 자리에서 발레리아가 내게 말을 건넸다. 그때 그녀의 몸에서 신선한 우유 향이 풍겼다. 목소리는 약간 저음이었다. 순간 그녀에게 뭐라도 해보고픈 충동이 일었다. 그러나 후에 그녀는 수수께끼 같은 존재라는 것을 알게 되었다. 무엇이 그녀를 만족시키는지는 알 수 없었다. 그러나 그녀의 신음소리가 결코 꾸민 것이 아니라는 것은 확실했다. 어쨌건 나는 애인으로서는 항상 빵점이었다. 특히 성관계중에는 언제나 나 자신이 우선이었고, 여자가 리드해주기를 원했다. 여자 쪽에서 애무를 요구해오면 거부하지는 않았지만, 나의 최종 목적은 언제나 나 자신의 만족이었다. 발레리아도 그런 나의 스타일을 좋아했다. 하지만 그날 유치원에서 처음 만났을 때는 둘 다 자기중심적인 상대를 편하게 느낀다는 것을 몰랐다. 발레리아도 나와 마찬가지로 자신이 줄 수 있는 것 이상을 바라는 상대를 두려워하고 거부감을 느꼈다. 그녀와 인사를 나누는 순간 신선한 우유 향이 났다. 나는 그녀의 얼굴을 끌어당겨 키스를 한 뒤 도톰한 입술을 깨물어주고 싶었다. 아이들, 그녀의 딸 미라와 우리 아들 아우구스토가 유치원 안으로 사라지자 학부모들은 유치원 옆에 있는 카페로 들어갔다. 아이들이 유치원에 갓 입학한 때라 혹시라도 혼자 있는 걸 못 견디는 아이들이 생길까봐 선생들은 학부모들이 근처에 있어주기를 바랐다. 혼자 있는 것을 못 견디는 아이들, 예를 들어 나 같은 아이……

　여자는 대략 여덟 명이었고 내가 유일한 남자였다. 여자 세 명과 두 명이 두 그룹이 되고, 다른 테이블에는 발레리아와 다른 학부모 둘이 앉았다. 나는 신문을 보고 있었지만 그 자리가 불편하기 그지없었다. 왜 자녀 교육을 부인과 공유하는 남편이 이렇게 없는 걸까? 내가 너무 여성스러운 건가? 아니면 주책없는 건가? 순간 나는 아내가 올 수 없었던 까닭을 떠올리면서 속 좁은 자신을 나무랐다. 파울라의 다리에 생긴 것은 무엇일까? 결국 우리 가정에도 불운의 그림자가 드리워지는 것일까? 커피 한 잔을 더 주문했다. 신문을 안 보고 지낸 지 오 년이 훨씬 넘었다. 파울라가 집에 돌아왔는지 전화해보았지만 자동응답기의 기계음만 들릴 뿐이었다.

공중전화의 버튼을 눌러 유일하게 저장되어 있는 메시지를 들어보았다. 젊은 여자의 목소리가 흘러나왔다. '각종 질병'에 대비해 건강보험에 가입하라는 내용이었다. 왠지 비보를 예견해주는 것 같았다.

저쪽 학부모 그룹에서는 '새로 개발된 지역'인 알마그로와 아바스토를 언급하며 그곳으로 이사하고 싶다는 이야기를 나누고 있었다. 다른 그룹에서는 아이들을 재우는 데 가장 효과적인 방법을 이야기하고 있었다. 발레리아가 상대와 무슨 이야기를 나누는지 들리지는 않았지만 그녀는 다른 생각에 빠져 있는 듯했다. 붉은 갈색이 도는 벽돌색 립스틱을 바른 살짝 벌어진 입술은 자신의 의지와는 무관하게 그녀를 관능적으로 보이게 했다. 언젠가 그녀를 품었을 때도 카페에서처럼 잠시 시선이 흩어지는 듯했지만 크게 신경쓰이지는 않았다. 내가 가장 좋아하는 방식으로 만족을 느끼고 있었기에, 그녀의 관심이 어디에 쏠려 있는지보다 그녀의 육체를 탐닉하는 데만 열중했기 때문이다.

그때 선생 한 명이 와서 아이들을 데려갈 시간이라고 말하자 엄마들이 우르르 자리에서 일어났다. 그러자 발레리아와 나만 남았다. 나는 긴장을 풀고 농담을 건넸다.

"다음번에는 남편분께서 오라고 하세요. 축구 이야기를 같이 할 사람이 없으니 이것 참……"

"전보 값만 내주세요." 그녀가 대답했다. "제가 편지를 쓸 테니 댁이 보내면 되겠네요."

"부군이 멀리 사시나봐요?"

내가 물었다.

"적어도 집에서는 멀죠."

그녀가 대답했다.

순간 나는 눈치도 없이 이미 세상을 떠난 친척의 근황을 물은 사람처럼 입을 다물고 말았다. 기쁜 얼굴로 달려오는 아이들의 모습에 그 이상의 대화는 접어야 했다.

III

유치원에서 돌아온 그날 오전, 아내와의 만남은 거의 눈물의 상봉에 가까웠다. 아침 아홉시에 헤어져서 각자 볼일을 보고 정오에 만났는데도 우리는 일 년이 넘도록 떨어져 있던 사람들처럼 껴안았다. 주치의는 종양이나 기타 불치병에 대한 가능성을 불식시켜주었다. 혹시 몰라 공제조합에 소속된 피부과 의사 친구에게도 찾아갔는데, 그는 그 점은 차차 없어지는 것이라며 주치의의 소견을 재차 확인해주었다. 어느덧 파울라와 나는 건강하던 사람이 갑자기 요절했다는 슬픈 소식을 접하는 나이 대에 접어들어 있었다. 굳이 우리 나이가 아니더라도 누구에게나 이런 일은 발생할 수 있다. 단지 이번 일 때문에 우리도 예외가 아니라는 것을 새삼 느끼게 된 것일 뿐이다. 어쨌든 파울라를 꼭 끌어안아준 다음 제일 처음 든 생각은 앞으로 발레리아를 죄책감 없이 원할 수 있게 됐다는 것이었다. 집에 있는 아내의 몸에서는 무시무시한 점이 자라고 있는데 나는 낯선 여자에게 주체할 수 없는 욕정을 느끼고 있다니 생각만 해도 불쾌했다. 나는 파울라의 건강함과 오늘날까지도 간직하고

70

있는 아름다운 몸매를 깊이 사랑했기 때문이다.

"우리 오늘은 외식하자."

내가 말했다.

파울라는 그러자며 내 목을 끌어안았다.

IV

이튿날부터는 늘 그랬던 것처럼 파울라가 아우구스토를 유치원에 데려갔다. 아내의 표정은 그 어느 때보다도 밝았다. 집안을 온통 우울하게 만들어놓은 반점 소동 이후 아내의 몸과 마음은 다시 태어난 것 같았다. 나도 그런 그녀를 보고 같이 얘기하는 것이 좋았다. 명랑한 아내와 함께하는 것은 자주 찾아오지 않는 기회라서 축복에 가깝다. 그런데 신기하게도 나에게는 명랑함과 섹스가 별개다. 가끔 다른 상대와 육체적 만남을 갖고 난 뒤면 쾌활하게 웃고 나른함을 느끼기도 하지만, 그것이 지속되는 것은 아니다. 게다가 상대를 소유하고픈 욕망이 강하다고 해서 그 여자와 함께 있는 시간을 즐기는 것도 아니다. 그럼에도 얼마 동안 나는 아우구스토가 태어난 후 처음으로 파울라와 만족스러운 날들을 보냈다.

이제 아내를 평생 내 곁에 둘 수 있다는 확신—이것은 내게 이루 형언할 수 없는 기쁨을 주었다—과 그후로 축복처럼 찾아온 갑작스럽고 반가운 가정의 화목은 발레리아를 향한 사랑을 잊게 하는 데 한몫했다.

남자들이 다른 여자에게서 사랑을 갈구하는 것은 가정에 불만이 있어서가 아니다. 이런 잘못된 추측이 수많은 연인을 나락으로 이끌었다. 누구는 좋아하고 누구는 싫어하는 감정은 아무도 설명할 수 없다. 어제까지만 해도 사랑스러웠던 사람이 하루 아침에 정나미가 뚝 떨어지는 것은 또 어떻게 설명할 수 있을까. 행복의 절정에 있으면서도 혹시 다른 무언가가 있지 않을까 하며 또다른 길을 찾아나서는 것 역시 설명할 수 없는 것이다. 가끔은 무언가를 찾아나서기 위해 이렇듯 끊임없이 문제를 일으키는 것도 자신의 운명을 거스르고 싶어하는 인간의 반항심에서 비롯되는 게 아닌가 하는 생각이 든다. 아무리 행복하고 바르게 살아도 결국 죽는 것은 마찬가지라고 생각하는 것처럼. 아무리 살려고 발버둥 쳐도 결국 이 세상에 있을 수 있는 기한은 정해져 있다. 그러니 무엇 때문에 지금 이 행복한 순간이 영원히 지속될 것인 양 행동해야 하나? 일시적인 행복조차도 고맙지도, 받고 싶지도 않다. 그건 인생이 우리에게 던져주는 수치스런 적선에 불과하다. 난 이런 것에 속고 싶지 않다. 그러나 사람들은 이런 식으로 사랑하는 이들을 속이며 산다.

발레리아와의 두번째 만남은 그녀의 집에서 이루어졌다. 유치원 학부모들이 그 집에서 모인 것이다. 새 학기가 시작된 지 다섯달이 지난 시점에서 나름대로 유치원을 평가해보고, 방학 동안 발레리아의 집에서 매우 가까운 리베르타도르 대로 근처의 연수원에 겨울학교를 개설할 것이라는 통신문 내용에 대해 의견을 나눠보자고 몇몇 학부모가 제의해 만든 자리였다. 발레리아는 세르비뇨 가에 살았다. 그곳은 우연히도 내가 신분증에 군복무 면제 도장을 받으려고 찾아간 육군 부대에서 몇 블록 떨어지지 않은 곳이었다. 그녀의 집에 들어서자 푹신푹신하고 감각 있는 디자인의 쿠션, 두꺼운 벽 그리고 도발적인 카펫이 눈에 들어왔다.

여자들은 집 안 구석구석 돌아보며 연신 찬사를 내뱉었고, 발레리아를 바라보는 남자들의 표정에는 나와 똑같은 생각이 숨어 있었다. 대부분의 부모는 유치원에 대한 미덥지 못한 점들을 언급하며 개학이 얼마 남지 않은 겨울학교에 대해서 이야기를 나누었다. 가장 많은 불만을 토로한 사람들은 유치원 수업의 '창의성 부족'과 선생님들이 '아이들에게 학습동기를 충분히 부여해주지 못함'을 지적했다. 그다지 말을 많이 하지 않은 사람들은 학습동기 부여와 창의성이 서로 연관되어 있는 것 같다고 말했다. 발레리아와 파울라 그리고 나는 한마디도 하지 않았다. 그때 초인종이 울렸다. 발레리아는 말없이 일어나 문으로 걸어갔다. 누구냐고 물었지만 이미 예상하고 있었다는 목소리였다. 문이 열렸다.

"왔군요."

전남편을 향한 발레리아의 목소리에 숨길 수 없는 씁쓸함이 묻어났다.

어쨌건 그는 미라의 아빠였다.

그는 자리에 앉아 '학습동기' 결핍과 '창의성' 부족 등, 학부모들이 하고 있던 이야기에 가세했다.

"플로레스 지역의 유치원에서는 모든 것이 흥미 위주로 진행됩니다." 그가 말했다. "컴퓨터 수업뿐만 아니라 그림 교실도 있고, 점토 수업은 매일 있습니다. 그러니까 아이들이 즐겁게 놀면서 수업을 받는다는 겁니다. 이 유치원하고는 달라요. 매일같이 애들 동요나 가르쳐주는 것 외에는 할 줄 아는 게 없잖습니까."

이유는 알 수 없었다. 그렇게 십오 분가량 이야기하던 사람이 갑자기 조용해지더니 내 눈을 바라보면서 이렇게 묻는 것이었다.

"선생님은 어떻게 생각하십니까?"

왜 나한테 묻는 거지? 내가 자기한테 뭘 어쨌다고. 그 작자가 모든 게 흥미 위주로 진행된다고 했을 때 벌떡 일어나서 "이 속물 같은 놈아" 하고 소리를 지를 수도 있었지만 나는 조용히 앉아 있었다. 그런데 저자가 왜 나를 걸고넘어지는 거지? 이것은 십계명의 핵심인 '네 이웃을 귀찮게 하지 마라'는 것을 어긴 것이나 다름없다. 그러나 호아킨은—기분 나쁘게도 저 나사 빠진 히피 녀석의 이름인데—나를 불쾌하게 만들었고, 나는 어쩔 수 없이 대답해야만 했다.

"글쎄요. 우리 중에 어느 누구도 누구네 아이가 누구 아이를 때렸다는 말은 하지 않았습니다. 또한 유치원 선생님들이나 원장님에 대한 좋지 않은 소문을 들은 적도 없고 말입니다. 지난번에 우리 아들 아우구스토가 유치원에서 처음으로 팔을 다쳤는데 원장님이 즉각 연락해주더군요. 그런 행동은 상당히 책임감 있어 보였어요. 솔직히 말해서 제가 가장 원하는 건 우리 아들이 그곳에서 즐겁게 지내는 겁니다. 실제로 유치원에서 돌아오는 아이의 얼굴을 보면 항상 밝아요. 이런 말을 해서 죄송하지만, 저는 컴퓨터나 점토 혹은 놀이 수업 등에는 전혀 관심 없습니다. 우리집에도 다 있는 것들이니까요. 그리고 겨울학교와 관련해서는, 전문가의 손에 아이들을 맡겨놓고 조금이나마 내 시간을 가질 수 있다는 것이 매우 기대됩니다. 저는 선생님들을 전혀 의심하지 않아요. 이것이 제 의견입니다."

순간 나는 내 말에 동조하는 발레리아의 침묵을 느꼈고, 내 의지와는 상관없이 좌중을 압도하고 말았다. 대부분의 부모가 내 말에 안정을 되찾았고, 짜증스러운 모임도 막바지에 다다랐다. 나는 자신의 의견을 열심히 피력하던 사람들이 진정으로 걱정하고 있었던 것이 아니라고 확신했다. 그저 남들 앞에서 큰 목소리로 지껄이는 걸 즐기는 것뿐이었다. 사람들은 말을 하면 누군가가 경청해주기를 바란다. 물론 그 자체가 나쁘다는 것은 아니다. 어찌 되었건 신은 인간을 적개심 가득한 세상에 덩그러니 던져놓았기 때문이다. 문제는 인간이 지껄이는 것 중에 정작 중요한 건 얼마 되지 않는다는 것이다.

우리는 치즈케이크를 먹으며 차를 마셨다. 그리고 얼마 있다가 내가 그만 일어나야겠다고 말하자 파울라가 조금 이른 것 같은지 내 무릎을 살짝 눌렀다. 그러나 발레리아가 현관문을 열어주기 위해 열쇠를 집어들었다. 파울라는 모든 사람의 뺨에 일일이 입을 맞추며 인사했다. 어느 자리에서건 작별인사를 할 때마다 십오 분씩 걸리는 이유이기도 하다. 대신 나는 손을 들어 쭉 흔들어 보이고는 밖으로 나왔다. 얼른 뜨고 싶은 자리에서 써먹는 인사법이다.

발레리아도 밖으로 나왔고, 나는 그녀에게만은 예외적으로 볼에 키스를 했다. 가능한 한 그녀의 귓불 가까이에 입술을 가져갔다. 내 안에 숨어 있는 그녀를 향한 열망이 조금이라도 귓속으로 전해지기를 바라며. 그녀에게 무언가 속삭이고 싶었지만 보는 눈이 너무 많았다. 꿈속에서조차 그녀를 만나기에 적당한 시간과 장소를 찾는 것이 힘들었다. 추억이나 꿈, 감정, 이 모든 것은 부당하고 제멋대로다. 유리문이 뒤에서 닫히는 사이 나는 파울라의 손을 잡았다. 마치 에덴동산에서 쫓겨난 아담과 이브 같았다.

V

다시 발레리아를 만난 것은 그로부터 일 주일이 지난 금요일이 었다. 겨울학교 개학을 앞둔 마지막 금요일이었다. 작업실로 걸어 가는 도중 미라를 유치원에 데려다주고 돌아오는 발레리아와 마주 쳤다. 어쩌면 방금 내 아내와 작별인사를 나눴을 수도 있을 것이 다. 내가 인사를 하자 그녀가 만면에 환한 웃음을 띠며 다가왔다.

어디를 가냐고 묻자 그녀는 집에 간다고 대답했다.

"집이 참 근사하더군요."

내가 말했다.

"감사합니다." 그녀가 대답했다. "어디 가시는 길이세요?"

"작업실에 가는 길입니다. 댁의 집처럼 예쁘진 않지만 내게는 마 냥 편한 곳이죠."

"그곳에서 뭘 하시는데요?"

"글도 끼적이고, 음악도 듣고, 마테 차도 마시고, 그냥 편하게 쉽 니다."

"무슨 일을 하시는데요?"

"방금 말한 거요."

그녀는 이해가 가지 않는다는 표정으로 날 바라보았다.

"정말입니다." 나는 의욕을 잃고 대답했다. "월말이 되면 어떤 이유에서건 수표 한 장이라도 꾸준히 들어온답니다."

그녀가 웃었다.

"전남편과 함께 살던 집이에요?"

"네." 그녀가 대답했다. "그런데 그 사람이 떠난 뒤로 집이 더욱 근사해졌어요."

"무슨 말씀인지 알겠습니다." 내가 대답했다. 그러고는 무의식 중에 허물없는 말 한마디를 덧붙이고 말았다. "향 피워놓고 손님을 기다리며 비즈를 파는 히피 가게 같았겠지요."

발레리아가 웃으면서 고개를 끄덕였다.

"단 한 번도 비즈가 정확히 무엇을 의미하는지 알지 못했습니다." 나는 그녀의 웃음에 용기를 얻어 이렇게 말했다. "그런데 대부분의 수공예가들이 그 말을 쓰더군요."

서로 대조적이면서도 동일한 자극을 주는 여자들의 반응에는 두 가지가 있다. 쾌감에 젖어 흐느끼듯 신음을 내뱉는 것과 깔깔대며 웃는 것이 그것이다.

몇 해 전 나는 내 평생 가장 기분 좋았던 두 가지 말을 들은 적이 있다. 한 여성이 내가 쓴 유머책을 읽고는 천식이 가라앉았다고 말한 것이 첫번째이고, 나와 얘기를 나눈 덕분에 다음날 모로코로 떠나는 비행기가 절대로 추락하지 않을 것이라고 확신하게 됐다고 울면서 말한 사람이 두번째이다.

발레리아의 웃음은 이 둘을 합친 것만큼 대단했지만, 그녀로서는 아무 의미가 없었던 것일 수도 있다.

그녀는 웃을 때면 가슴이 살짝 들썩였다. 안타깝지만 섹스와 관련해서는 그녀와 많은 것을 할 수 없을 것 같은 불안감이 들었다. 원석을 정성스럽게 연마해 보석으로 만드는 것처럼 그녀를 보듬어 무언가를 끄집어내고 싶었지만, 그녀의 아름다움에 저지당할 것임을 잘 알고 있었다. 할 수만 있다면 그녀의 풍만한 가슴 위에서 헤엄치고 허벅지를 부드럽게 어루만져줄 텐데. 그러나 끝내 그녀를 정복하지는 못할 것이다. 영원히 내 소유라는 노예징표를 새기지는 못할 것이다. 오히려 그녀의 찬란한 미모에 압도되어 모자를 벗어 정중히 인사할 것이고, 존경과 감사의 인사만 주고받는 그녀의 신사들 중 한 명이 될 것이다. 여성의 미모와 사랑을 한꺼번에 쟁취하는 것은 쉬운 일이 아니다.

"왜 그 사람과 결혼한 겁니까?"

내가 물었다.

"그때는 너무 어렸거든요. 열일곱은 아빠만 아니면 세상의 모든 남자가 다 좋을 나이니까요."

"열일곱 살이라고요?"

내가 놀라서 물었다.

발레리아가 고개를 끄덕였다.

"게다가," 그녀가 말을 이었다. "처음에는 아무하고나 결혼하잖아요. 그리고 나중에야 깨닫지요."

이번엔 내가 웃었다.

"그렇죠." 그 다음 말은 혀를 깨물지 않고는 할 수가 없었다. "그러나 전 결혼생활에 만족하고 있어요. 제가 사랑한 여자와 결혼했고, 지금도 그 사랑에는 변함이 없으니까요."

순간 그녀의 입가에 짓궂은 미소가 한 줄 상처처럼 스쳤다.

"제 작업실까지 함께 가실래요?" 내가 말했다. "그래준다면 전 오늘 이 세상에서 가장 행복한 남자가 될 텐데요."

"선생님 작업실이 어디쯤인데요?"

그녀가 물었다.

"발렌틴 고메스 가와 안초레나 가 교차로 부근이요." 내가 말했다. "아바스토*에서 한 블록밖에 안 돼요."

그녀가 잠시 생각하는 동안 나는 뜬금없는 말을 했다.

"좋은 동네예요."

그녀는 한바탕 웃음으로 침묵을 깨고는 나와 동행했다.

VI

그녀와 함께 걸어간 시간은 매우 행복했다. 좋아하는 사람과 처음으로 나란히 길을 걷는 것은 섹스만큼이나 짜릿하다. 나는 그녀의 걸음걸이를 바라보는 것이 좋았고, 걷는 속도와 말투도 마음에 들었다. 대개는 이런 경우 긴장하는 바람에 상투적인 말을 하게 된다. 그러나 나는 좋아하는 여자와 첫 데이트를 할 땐 긴장하지 않는다. 여배우를 캐스팅하는 영화감독처럼 말을 하기보다는 경청하고 관찰하는 편이기 때문이다. 그러나 대부분의 여자들이 내 캐스팅 조건에 적합함에도 불구하고 결국에는 내 영화에 출연하는 것을 거부하고 만다.

발레리아는 마테 차 한 잔과 내가 직접 짜주는 오렌지 주스를 마시기 위해 작업실로 함께 올라갔다. 오렌지를 짜는 모습이 그녀에게 관능적으로 비칠지도 모른다. 하지만 작업실에서는 그 누구와도 관계를 맺을 수 없다. 마땅한 가구도 없거니와 그곳은 나만의 자유로운 공간이기 때문이다. 아내가 철저히 신뢰하는 공간에서

---

* 부에노스아이레스의 유명한 쇼핑센터.

은밀한 짓을 벌일 수는 없다. 내가 작업하는 공간에 대해 아내가 의심을 갖는 순간부터 상황은 최악으로 치닫는다. 그러므로 일하는 곳에서는 결코 교접하지 않는다, 이것이 내 철칙이고 내 작업실은 바로 그런 공간이었다. 나와 내 영혼만이 작업을 하는 곳인 것이다.

발레리아는 내가 그녀를 덮치지 않는 것에 신기해했다. 나도 일일이 설명하고 싶지 않았다. 두 시간쯤 지난 뒤, 그녀가 딸을 데리러 유치원에 가서 아내와 또다시 인사해야 할 시간이 되었을 때— 나랑 만났다는 말을 하지 말아달라고 당부해야 할까?—내가 말했다.

"세르비뇨 가에서 나는 완전히 자유로운 인간이 되었습니다. 물론 인간이 자유롭다고 해서 꼭 행복한 것은 아닙니다. 그러나 세르비뇨 가에서 나는 군복무를 면제받았고, 덕분에 매우 기쁜 마음으로 자유의 의미를 이해하게 되었습니다."

발레리아는 얼굴에 웃음을 머금고 무언가를 기대하는 듯 내 말을 기다렸다.

"당신 집에 가면 이 같은 일이 또 한번 일어날 것 같은데요."

내가 말했다.

그녀가 또 한번 웃었다.

이번엔 내가 그녀를 배웅했다. 문을 열어주었다. 문을 닫는 순간 사방이 지옥으로 변했다.

VII

우리의 육체와 영혼은 인생을 맞이할 준비가 되어 있지 않다. 인생을 살아가기에는 부족하다. 누군가를 보고 싶어하는 욕망이 낳는 아픔을 안고 간신히 살아가는 것이 진정한 인간의 모습이다. 스스로에게 상처를 주는 아픔들을 인간 자신의 영혼이 만든다는 것도 선뜻 이해되지 않는다. 모든 것은 내가 원하는 대로만 이루어지지 않는다. 우리는 항상 입 안에 상반된 초조함을 담고 살고, 그런 자신의 모습을 보며 더욱 나약해지고 비참해져간다. 즉 인생의 참여자로 사는 것이 아니라 주어지는 대로 살아가는 것이다. 주어진 것을 거부하면 모든 것을 잃게 된다. 그러나 달리 방법이 없다. 한 번 발기된 것은 시간이 지나도 가라앉지를 않았고, 불타오르는 가시덤불처럼 내 심장은 이글거리고 있었다. 적어도 발레리아에게 전화를 거는 용기를 낸다면, "안 돼요"라는 그녀의 목소리로 깊숙한 내면까지 자위를 할 수 있을 텐데. 그렇게 하면 내 심장은 재만 남아 더이상 나를 괴롭히지 않을 텐데. 인생이 없는 곳에는 아픔도 없다. 대체 왜 그녀를 컴퓨터 책상 위로 밀어 눕히지 못했을까? 왜 그녀에게 금지된 사랑의 뼈저린 교훈을 알 수 있는 기회를 주지 못했을까? 모든 게 다 내가 클라우스 킨스키*가 아니기 때문이다. 나는 겨우 나일 뿐이다. 클라우스 킨스키라면 광대처럼 무표정한 얼굴과 냉철한 현명함으로 이 모든 문제를 한 방에 해결했을 텐데. 그러나 나는 그런 기질도 없거니와 그처럼 인생에 철저히 무관심

---

* 독일의 배우이자 감독, 극작가. 세계적인 여배우 나스타샤 킨스키의 아버지.

할 수도 없었다. 나는 아내와 아들이 필요했고, 모든 것이 두려웠다. 아내와 갈라서는 것은 결코 견딜 수 없을 터였다. 그러나 발레리아 없이 하루하루를 보내는 것도 고역이었다.

결국 수요일 아침에 그녀에게 전화를 걸었다. 아이들의 겨울학교가 시작된 직후였다. 볼일이 있어 세르비뇨가 근처에 갈 예정인데 그녀를 보러 가도 되냐고 물었다. 단지 물 한잔만 주면 된다고, 아로마 향과 비즈는 내가 챙기겠다고 했다. 그녀가 승낙했다.

순간 내 심장이 몇 초간 멈췄다. 공기도 침도 아닌 것을 꿀꺽 삼키고 난 나는 육층 작업실에서 거의 몸을 던지다시피 해서 지나가는 빈 택시에 올라탔다. 그러나 약속 시간보다 십 분 일찍 도착하는 바람에 그녀의 집 주위를 여러 번 돌아야 했다. 나는 내 인생을 구원한 부대 정문 앞에 도착했다. 그리고 안을 들여다보았다. 텅 비어 있었지만 당시 우리를 몰아넣었던 창고는 그대로였다. 그곳에서 나는 육군 하사에게 나를 코모도로 리바다비아* 행 입영열차에 태울 경우 창문에서 몸을 던지겠다고 말했다. 운명의 여신은 내 편이었다. 인생을 망치는 짓거리를 일삼으며 인생의 행운까지 걷어찬 나를 어느 인내심 많은 천사가 불쌍히 여겼나보다. 나는 굴복이라는 말을 모르는 마을에서 태어났다. 그래서 사랑 때문에 죽어가면서도 다시 일어날 수 있었다. 내 몸 위로 여자 네 명이 지나가도 벌떡 일어나 전쟁을 치를 수 있다. 힘이 세거나 용기가 있어서가 아니라 근성이 있기 때문이다. 내가 알기로 인생은 끈기와 참을성이면 해결된다. 행운이 찾아오기를 기다리는 것보다 살아남는

---

* 부에노스아이레스 남부의 추부트 주에 있는 도시. 코모도로 리바다비아 육군 부대가 있다.

것이 중요한 것이다.

드디어 약속 시간이 되었다. 나는 초인종을 눌렀다. 잠시 후 뭔가 잘못된 게 아닐까 하는 불길한 생각이 드는 순간 그녀가 예의 낮은 목소리로 응답했다. 갓 샤워를 끝낸 그녀는 영국의 공주가 평상복으로 애용하는 청바지와 티셔츠 차림으로 문을 열기 위해 내려왔다. 오뚝한 코, 우유로도 샤워할 수 있다는 것을 보여주는 듯 여지없이 그녀의 몸에서 풍겨오는 신선한 우유 향. 아무것도 바르지 않은 촉촉한 입술. 그리고 자극적인 가슴. 이 모든 것이 나를 더는 버틸 수 없게 만들었다. 온몸이 달아오르는 게 느껴졌다. 그 순간 나는 남자였다. 모진 세상 풍파에도 끄떡없었고, 나무들은 내 속도에 맞춰 자랐으며, 지는 달도 무릎을 꿇었고, 바람은 내 명령에 따라서만 불었다. 세상 모든 게 '나'라는 하나의 용암에서 흘러내리고 있었다. 나는 세상을 지배할 수 있었다. 그러나 한편 신중하고 관대했다. 엘리베이터에 타자마자 그녀를 거울로 밀어붙이곤 키스를 퍼부었다. 그리고 그녀의 집에 들어서자마자 카펫 위에 무릎을 꿇고는, 이 말이 훗날 어떤 대가를 치르게 할지 모른 채 그녀의 손에 키스하며 이렇게 말했다.

"고마워요, 정말 고마워요."

나는 서두르지 않고 천천히 수순을 밟아나갔다. 소파와 침대에서.

VIII

그녀의 집을 나와 계단을 내려가면서 좀전에 만끽한 격정에 대해 차분히 생각해보았다. 미의 여신이 우리를 비웃는 것 같았다. 사랑은 짓궂다. 섹스에는 은근한 감정이 요구되는데 나는 그런 면이 부족하다. 난 단지 충실한 남편에 불과하다. 십오 년 전 여기 이 거리에서 군복무를 면제받은 것만으로도 만족하며 살 수 있었다. 십오 년이 지난 지금 내겐 행운의 여신에게 다른 여자와의 새로운 관계를 요구할 자격이 없었다. 하지만 이 모든 것은 저절로 찾아왔고, 나는 내 능력이 허락하는 한 받아들였을 뿐이다. 어찌 되었건 간에 나는 안도의 한숨을 내쉬었다. 도전 끝엔 항상 안도의 순간이 찾아온다. 성공 여부에 관계없이. 그런데 저기 미스터 비즈가 걸어오고 있는 것이 아닌가. 회색 조깅복에 형형색색의 목도리를 두르고 면도도 하지 않은 얼굴에, 듬성듬성 난 머리칼은 빗질도 안 한 상태였다. 우울해지는 순간이었다. 날씨도 안 좋은 수요일 정오에, 그것도 방금 잠자리에서 일어난 몰골로 추위를 가르며 전 마누라 집에는 뭣 하러 오는 거야? 혹시 자신의 옛 둥지에 딸아이 친구의 아버지가 놀러오면 연락해달라고 이웃에 부탁이라도 한 거 아니야?

삼십 미터 앞에서 우리의 시선이 마주쳤고, 그가 나를 알아보는 데는 몇 초 걸리지 않았다. 나는 "여긴 웬일이세요?"라고 그가 물으면 대답할 핑곗거리를 재빨리 생각했다.

"사진 전해주러 왔습니다."

"학부모 서명 받으러 왔습니다."

유치원의 다양한 행사를 감안했을 때 충분히 그럴듯한 핑계였다. 물론 미스터 비즈는 도시의 유치원을 속속들이 알고, 어떤 곳은 학습동기를 부여하고 놀이 수업도 한다는 것을 꿰고 있어서 쉽사리 속일 수 있는 만만한 사람은 아니지만. 그런데 그의 입에서 뜻밖의 말이 나왔다.

"여기서 아이를 데려가시나요?"

종반부를 향해 급격히 치닫는 텔레비전 드라마처럼 순간 자동차 경적 소리가 두어 번 울리더니 그의 딸 미라와 우리 아들 그리고 다른 아이들을 태운 유치원 승합차가 나타났다.

"예." 내가 대답했다. "직장이 이 근처거든요."

차가 우리 앞에 서더니 운전사인 릴리가 미라를 내려놓았다. 미라는 아빠를 보더니 잽싸게 달려갔다. 우리 아들은 미처 나를 보지 못했고, 릴리가 놀란 눈으로 나를 보았다.

"여기서 데려가시게요?"

그녀가 물었다.

"오늘은 그렇게 됐네요."

내가 대답했다. 다른 방법이 없었다.

그때 아우구스토가 나를 발견하고는 손으로 가리키며 소리를 지르기 시작했다. 릴리가 다가가 차문을 열었지만 아우구스토를 안 아내릴 필요는 없었다. 문이 열리기가 무섭게 아들 녀석은 침팬지같이 잽싸게 뛰어내리더니 용수철처럼 튀어올라 나를 끌어안았다. 나는 있는 힘껏 아들을 껴안았고, 손을 흔들어 릴리에게 인사를 하고는 호아킨에게는 눈짓을 건넸다. 그러고는 제일 처음 온 빈 택시를 잡아탔다.

교통은 최악이었다. 학부모들과 아이들이 겨울방학에 무엇을 할 것인지 이야기하며 오가는 동안 나는 발레리아와 사랑을 나누었다. 그리고 지금은 아들 녀석을 데리고 집으로 가고 있었다. 나는 제발 통학차와 같은 시각에 집에 도착하기만을 바랐다. 아우구스토는 아빠와 함께 가는 것이 기뻤는지 입을 꼭 다물고 얌전히 앉아 있었다. 나도 그랬다. 신기하게 택시기사도 조용했다.

평소보다 늦게 도착했는데도 파울라가 밖에 나와 있지 않았다. 이상했다. 평소대로라면 밖에 나와서 아우구스토를 기다리고 있어야 했다. 나는 택시 요금을 지불하고 아우구스토를 안아올렸다. 잠시 기다리면서 파울라가 보이는지 주위를 살폈다. 그러다가 결국 집으로 올라갔다. 현관문을 열자마자 이상한 기운이 느껴졌다. 냄새나 공기와는 전혀 상관없는 것이었다. 그것은 사람의 부재로 인한 적막감이었다. 뭔가 이상했다. 나는 아우구스토를 바닥에 내려놓지 않았다. 그때 거실 마룻바닥 위에 무선 전화기를 든 채 눈을 감고 쓰러져 있는 파울라를 발견했다. 나는 얼른 아우구스토를 내려놓고는 아내를 부르며 뛰어갔다. 놀란 아들이 울기 시작했다. 나는 파울라의 손에서 무선 전화기를 빼앗은 뒤, 숨을 쉬는지 확인해보았다. 기절한 것이었다. 송화기 부분이 아내의 숨결 때문에 축축했다. 나는 아내의 두 뺨에 키스를 했다. 반응이 없었다. 부엌으로 뛰어가 물 한 잔을 가져와 얼굴에 뿌렸다. 그러자 아우구스토가 깔깔대며 웃었다. 나는 무선 전화기를 들고 응급 전화번호를 눌렀다.

"모반 때문이야." 내가 중얼거렸다. "악성이었어."

교환원이 안내원과 연결해주었다. 안내원은 아내의 목덜미를 차가운 수건으로 받쳐서 머리를 높이라고 말하며, 대략 오 분 안으로 앰뷸런스가 도착할 거라고 했다. 아우구스토가 내 품에서 빠져나가더니 혼절해 있는 엄마에게 달려갔다.

'내가 발레리아와 함께 있는 걸 누군가 얘기한 거야.' 나는 속으

로 말했다. '모반 때문에, 그리고 내 배신 때문에 아내는 죽고 말 거야. 그럼 나도 살 수 없어.'

앰뷸런스가 도착하기 전에 파울라가 눈을 떠 아들을 바라보았다. 처음에 그녀는 아들의 얼굴을 만지는 듯 허공에서 손을 휘저었다. 내가 소리쳤다.

"파울라!"

그런데 아내는 나를 보지 않았다. 파울라는 아우구스토의 얼굴을 손으로 부여잡더니 놀란 눈빛으로 바라보며 입술에 뽀뽀를 했다. 그러고는 아들의 얼굴을 다시 몇 센티미터 뒤로 밀어내더니 다시 뺨에 뽀뽀를 하기 시작했다.

"엄마." 아우구스토가 말했다. "엄마 자고 있었어."

파울라가 나를 바라봤다.

"어떻게 온 거야?"

내게 물었다.

"세르비뇨 가에서 통학차를 만났어."

나는 뒷일은 생각지 않고 대답했다.

그러자 파울라가 갑자기 웃음을 터뜨리며 울기 시작했다.

"방금 전화가 왔어." 아내가 말했다. "몇 시였더라, 여하튼 조금 전에 유치원 차가 사고가 났대. 릴리가 굉장히 안 좋은가봐. 아이들도 다섯 명이나 다쳤고, 하나는 중태래. 학부모들이 전부 페르난데스 병원으로 갔을 거야. 난 기절했나봐, 그렇지? 여보, 지금 꿈이 아니지?"

나는 그렇다고 했다가 아니라며 머리를 저었다. 아내와 아들에게 다가갔다. 그리고 이전까지는 느껴보지 못했던 사랑으로 그들을 꼭 껴안았다.

IX

소를 싣고 가던 트럭이 릴리의 승합차를 들이받았다. 트럭에 받힌 승합차는 그대로 신호등을 들이받았고, 이 과정에서 아이 다섯이 조금 다쳤다. 일 주일이 지나자 상처도 거의 아물었다. 그런데 금발에 매우 귀여운 아이였던 안토니오는 심하게 다쳐서 뒤통수를 여러 바늘 꿰매야 했고, 골반도 어떻게 됐다고 했다. 하지만 자세한 이야기는 끝내 알 수 없었다. 안토니오가 유치원을 그만둔 뒤로는 그 가족의 소식은 듣지 못했다. 릴리는 다리 한쪽이 잘못됐는데, 소문으로는 영원히 못 쓰게 되었다고 했다.

우리집에는 축배의 분위기와 침울한 기운이 동시에 감돌았다. 짧은 기간 벌써 두 차례나 죽음의 문턱을 넘어섰고, 아슬아슬하게 비극의 손길을 피한 것이었다. 미라와 아우구스토만이 사고를 당하지 않은 유일한 아이들이었다.

그로부터 삼 주가 지났다. 그 동안 사람들은 지칠 줄 모르고 그 사건을 입에 담았고, 두려워하고 언성도 높여가며, 내가 이젠 됐다고 아내가 깨어났다고 침착하게 앰뷸런스 운전사에게 설명한 것처럼, 차분한 목소리로 당시 사고 정황을 재구성했다. 삼 주가 흐른 뒤 결국 파울라가 내게 물었다.

"그런데…… 궁금한 게 있어. 당신 그날 세르비뇨 가에서 뭐 하고 있었던 거야?"

나는 입을 다물었다. 파울라에게는 "사진 전해주러 갔어" "학부모 서명 받으러 갔어" 따위는 통하지 않았다.

그렇다고 해서 아우구스토를 거짓말에 끌어들일 수도 없는 문제였다. 신기하게도 우리 아들은 그날 아빠를 어디서 만났는지 엄마에게 한마디도 하지 않았다.

아마도 내 표정이 이상했나보다. 파울라가 갑자기 웃기 시작했다. 처음에는 자신의 터무니없는 질문에 비웃는 듯한 웃음을 보이더니, 느닷없이 깔깔대며 웃어댔다. 아내는 자리에서 일어서더니 내 뺨에 키스를 했다. 그러고는 더 묻지 않았다.

얼마 전에 우리 가족 모두 발레리아를 유치원 앞에서 다시 만났다. 그로부터 삼 년이 지난 뒤였다. 미라와 아우구스토는 이제 같은 유치원에 다니지 않는다. 그리고 삼 년 전 그날 이후 발레리아와 나는 우연히 마주치는 일조차 없었다. 그런데 다시 만난 것이다. 발레리아와 미라, 파울라, 아우구스토 그리고 나는 유치원 앞에서 만났다. 아내는 환한 웃음을 지으며 진심으로 두 팔을 활짝 펴고는 발레리아에게 다가갔다. 그리고 이렇게 말했다.

"고마워요, 정말 고마워요."

historias

de

El pañuelo amarillo 노란 스카프

hombres

casados

꽤 오래도록, 자연으로 회귀하는 사람들을 보면서 코웃음을 쳐 대던 것이 나란 사람이었다. 그런데 어느 날 불현듯 이 숨 막히는 대도시의 삶을 더는 감당할 수 없을 것 같다는 생각이 들었다.

중산층 서민들의 현관문 아래로 구독을 원치 않는 신문을 억지로 밀어넣듯이, 인류의 죄를 심판하는 역병이 스멀스멀 퍼지는 영화 속 한 장면처럼, 불경기의 한파가 슬금슬금 스며들고 있었다.

거리마다 절도범과 강간범이 들끓었고, 광장에는 어디랄 것 없이 불량배와 주인 잃은 개들과 그 개들의 배설물이 넘쳐나고 있었다. 한때 내 미각을 즐겁게 해주던 바와 식당들도 식재료가 없다보니 손님을 받을 수 없어 텅 비어 있었다. 연어도 카레도 수입 주류도 아무것도 없었고, 양고기 요리고 쿠스쿠스고 타코고 퐁듀고 아무것도 만들 수 없었던 것이다. 문명의 힘으로 권태를 극복해나갈 수 있었던 시절, 내게 도시는 타락한 인간성을 피해 안주할 수 있는 피난처였다. 그런데 그 도시가 이제는 고철덩어리로 가득한 공간으로 변해버리고 말았다. 그러니 굳이 발코니에 기대서서 황량한 거리거리를 제멋대로 휩쓸고 다니는 불한당들의 향연을 지켜보며 살 이유가 없어진 것이다.

그래서 우리 가족은 바릴로체의 한 농장으로 이사했다.

내 친구들과 지인들, 친척들 상당수가 나를 따라 도시를 떠나왔다. 언젠가 나는 한 칼럼에서 스파르타인의 목소리를 빌려, 자신들의 실패를 감춰보려 전전긍긍하는 아테네인들을 향해 한껏 경멸의 언사를 퍼부은 적이 있었다. 그런데 이 도시는 이제 완전히 패망해버린 셈이었다. 덩달아 나 역시 실패했음이 너무나도 자명했다. 따라서 과거 내가 썼던 글에 연연해하며 고통을 무릅쓰기보다는 차라리 실패를 인정하는 것이 나았다.

시골로 가면서 나는 컴퓨터를 챙겨 갔고, 아내는 소아과 의사 일을 계속하기로 했다. 농장을 매입하는 김에 젖소도 한 마리 사들였던 터라 처음 며칠간 나는 젖 짜는 일에 도전해보았다. 하지만 결국 포기하고 사람을 써서 매일 찾아와 착유 작업을 하도록 했다. 나는 갓 짜낸 우유를 좋아했다. 우리는 암탉도 사들였는데 역시 매일 와서 닭을 돌볼 사람을 따로 써야 했다. 시골 농장에 내려와 사는 사람들은 대부분 우리처럼 부에노스아이레스에서 내려온 사람들이었기 때문에 새로운 삶을 개척해나가기 위해 남부 협동조합을 활용했다.

처음 얼마간은 널찍한 평원에서 맞이하는 밤과, 탁 트인 하늘, 저 멀리 굽이치며 펼쳐져 있는 산줄기를 바라보며 어린애처럼 행복해했지만, 머지않아 네온등 찬란한 밤거리를 활보할 수도 없고,

서점이나 극장은 물론이고 새롭고 신기한 것이 하나도 없다는 것에 그만 노인네처럼 맥이 탁 풀리고 말았다. 그래서 결국 나는 어른스럽게 별수없다고 받아들였다. 그저 별탈 없이 무사히 살아갈 수 있음에 하느님께 감사드리며, 남에게 연민을 베풀 수 있는 정도는 못 되더라도 최소한 손은 벌리지 않도록 열심히 일해서 가족을 부양하며 사는 것도 나쁘지 않았다.

우리 농장에서 그럭저럭 걸어다닐 만한 거리에 있는 두번째 농장에는 브레데스타인 씨 가족이 살고 있었다. 처음 브레데스타인 씨를 봤을 때 어디서 본 듯한 얼굴이라는 생각이 들었는데 두번째에도 그렇기에 이런 것이 데자뷔인가보다 하고 생각하고 말았다. 브레데스타인 씨나 그 부인이나 처음 만난 사람들이었기 때문이다. 그러던 어느 날 오후, 장에 갔다 집에 돌아와보니 브레데스타인 씨가 집사람과 아이들과 함께 다 죽어가는 우리집 암소를 돌보고 있었다.

브레데스타인 씨는 읍내 수의사에게 데려가기 위해서 젊은 부인까지 동원해 자신의 낡은 트럭에 암소를 실었다. 결국 암소는 가는 길에 죽고 말았지만, 브레데스타인 씨와 단둘이 차를 타고 가다 나는 마침내 그를 어디서 봤는지 기억해낼 수 있었다. 그는 내 선친의 친구였던 것이다.

내가 얼른 그를 알아보지 못한 건 그가 나보다는 스무 살 위이지만 돌아가신 내 아버지보다는 열여덟 살 아래이기 때문이었을 것이다. 살아 계셨더라면 금년에 아버지는 일흔셋이 되셨을 터이니, 아틸리오 브레데스타인 씨는 쉰다섯일 것이다. 두 분 다 공인회계사로 법률자문 일을 했고, 한 억만장자 젊은 과부가 연루되어 떠들

썩했던 소송 건으로 같이 일하면서 사안을 쥐락펴락하셨던 터라 그 일을 계기로 친분을 쌓았다. 나도 회계사 경험을 쌓기 위해 한두 차례 아버지와 동행한 적이 있는데, 그때 브레데스타인 씨를 만나 커피를 마시기도 했다. 사실 나는 정확히 기억도 나지 않았지만, 브레데스타인 씨는 반론의 여지가 없을 정도로 세세하게 그 순간을 기억하고 있었다. 그래서 나는 그에게 내 아버지에 대해 좀더 자세히 들려달라고 청했다. 갈수록 아버지에 대한 기억이 흐려지고 있었기 때문이다. 가끔 내 아이들이 할아버지에 대해 물을 때면 내가 들려주던 아버지의 특징을 브레데스타인 씨 역시 똑같이 기억하고 기리는 것을 보자 마음이 좋았다.

암소를 살려내기 위해 우리가 할 수 있는 일이라고는 아무것도 없었지만, 어느덧 둘 사이에는 서서히 우정이 싹트고 있었다.

그날 저녁, 우리 두 부부는 함께 저녁식사를 하게 되었고, 그사이 나의 아내는 브레데스타인 씨의 아내 헤마의 카운슬러가 되어 있었다.

헤마는 서른 살이었다. 그녀는 우리 부부보다 겨우 여섯 살 아래였지만, 쉰다섯 살 된 남자와 결혼생활을 하고 또 남편의 전처 소생인 스무 살 난 딸 디아나와 하도 치고받으며 지내서 그런지 몰라도 나이보다 훨씬 더 젊어 보였다.

나의 아내 에스테르는 우리 두 사람 이외의 다른 사람들의 문제를 통찰하는 데 매우 남다른 식견을 갖추고 있었다. 내 아내가 아니었더라면, 나라도 문제가 생길 때마다 비싼 값을 치르고라도 에스테르에게 상담을 청했을 것 같다. 그런데 그녀와 결혼이라는 것을 하면서, 내가 아내를 사랑하고 또 아내에게 사랑받는 대가로 그녀가 지니고 있는 한 여자로서의 최고의 장점을 포기하고 만 것이다. 결국 아내의 가장 은밀한 신비를 맘껏 향유하는 대신, 객관적인 조언자나 카운슬러에게서 제공받을 수 있는 모든 것은 물 건너간 셈이었다.

디아나와 헤마의 관계도 급진전되어 전에는 도살장에 끌려가는 소처럼 안 오려고 버티던 디아나가 두 집안이 함께 하는 저녁식사에 참석하기 시작했다. 이제 저녁 모임은 화기애애한 분위기 속에 즐거운 대화로 가득 찼다.

비록 짧고 갑작스런 우정이기는 했지만, 내 아버지와 브레데스타인 씨가 친구였다는 사실 덕분에 나는 주문에 걸린 사람처럼 종교적인 힘에 이끌려 형이상학적 욕망을 느끼며 그에게 다가가고 있었다. 또한 헤마가 내 아내에게 고마움을 느끼고 있었다면, 디아나 역시 감정적으로 에스테르에게 강렬하게 매료당하고 있었다. 디아나는 에스테르를 통해 친어머니가 돌아가신 뒤에 잃어버렸던 일종의 기댈 곳을 발견하게 되었고, 새어머니와의 관계 속에서 생긴 감정의 굴곡에서—일부러 피하려고 할 필요도 없이 자연스럽게—벗어나 평화를 얻을 수 있었다. 정말 특이한 것은, 전처의 딸이 새어머니인 자기보다 오히려 에스테르를 더 좋아해 푹 빠져버렸는데도 헤마가 에스테르에게 질투심을 느끼기보다는, 마치 이제야 겨우 숨통을 터줄 사람을 만났다는 듯 안도했다는 것이다.

한마디로 나는 돌아가신 아버지의 후광으로 브레데스타인 씨에게 호감을 느끼게 되었고, 디아나는 고고학자라도 된 듯 에스테르를 통해 죽은 어머니의 향기를 되살리고 있었다. 물론 이게 뭐 대단한 일이냐 죽은 사람 타령이냐 하겠지만, 사실 도시생활에서는 이보다 못한 일들투성이였기 때문에 그저 흡족할 따름이었다.

농장에는 양과 오리도 몇 마리 있었다. 그래서 더러 장에 나가지 못하는 날이면 한 마리쯤 잡아먹을 수 있었고, 예전에 아는 사람 하나가 인도 여행을 다녀오면서 사다준 카레도 잔뜩 쌓여 있었다. 평생 갖가지 술들을 다 마셔봤지만, 어느덧 나는 이곳 볼손 양조장에서 만들어낸 맥주를 제일 좋아하게 되었다.

어느 날 밤, 한겨울치고는 꽤 따사로운 날이었는데, 이름이 뭐였는지 기억조차 나지 않는 새 한 마리가 멍청하게도 식수 공급용 자동펌프에 감전되어 죽는 사고가 발생했다. 펌프 옆으로 깃털과 피와 발이 온통 짓뭉개진 채로 널려 있었고—꽤 여러 마리가 죽어 나자빠진 것 같은 모습이었는데 온통 엉망이 되어버린 와중에도 섬유질로 이루어진 발 두 개만은 아주 말짱하게 형태를 유지하고 있었다—닭 요리를 하다 실수로 태운 때처럼 탄내가 진동했다. 죽은 새를 보겠다고 아우성쳐대는 아이들을 겨우겨우 현장에서 밀어낸 뒤, 나와 에스테르 그리고 헤마와 브레데스타인 씨는 곧 대책을 논의했다. 일단 지금 당장 새 펌프를 사러 이십 킬로미터 떨어진 읍내 공구상으로 가야 할 것인가가 관건이었다. 문을 열었다는 보장도 없는 상황에서 말이다. 아니면 오늘 밤과 내일 새벽, 어쩌면 오후까지 물 한 모금 마실 수 없게 될지 모르지만 그래도 기다렸다가 내일 아침에 사러 갈 수도 있었다. 내 입장에서야 더 생각할 일도 없었다. 어차피 지금 물탱크 속에 남아 있는 물만 가지고도 내일 아침까지 식수로 사용하고 아이들 목욕까지 할 수 있기 때문이었다. 하지만 에스테르는 좀 걱정이 되는 모양이었다. 한술 더 떠서 브레데스타인 씨는 지금 당장 새 펌프를 사러 가는 일에 사활이라도 걸린 사람같이 굴었다.

"자네 아이들을 물이 바닥날 위험 속에 놓아둘 수는 없는 노릇일세." 브레데스타인 씨가 단호하게 말했다. "지금 당장 새 펌프를 구하러 가지 않는다는 건 곧 아이들에게 영원히 사막 한가운데서 사는 형벌을 내리는 것이나 마찬가지라고."

디아나는 남자친구 집에 저녁식사 초대를 받아 가고 없었고, 헤마는 원래 브레데스타인 씨의 말에 가타부타 토를 달지 않는 성격이었다. 절대 과반수에 밀려 나는 어쩔 수 없이 에스테르에게 아이들이 내장까지 다 터져버린 새의 사체를 보지 못하도록 잘 잡아두라고 이른 뒤 브레데스타인 씨의 트럭 조수석에 올라탔다. 일이야 어찌 되었건, 밤하늘에 별이 총총한 가운데 차창 밖을 내다보며 적당히 멀리 떨어진 읍내로 달려가는 것도 나쁘지는 않아 보였다.

그런데 농장이 시야에서 멀어지기가 무섭게 브레데스타인 씨는 트럭을 멈추더니 내게 은근한 눈빛을 보내는 것이었다. 나는 브레데스타인 씨가 부득부득 펌프를 사러 가자고 우긴 데에 숨은 뜻이 있었음을 간파했다. 순간 오싹한 생각이 엄습했다. 혹 그가 동성애자라고 고백이라도 하는 건 아닐까 하는 생각이 든 것이다. 하지만 브레데스타인 씨는 조수석 앞 글로브 박스에서 고무줄로 묶어놓은 조그마한 하늘색 종이상자 하나를 끄집어내더니 그 속에서 담뱃가루로 보이는 것하고 담배를 말 때 쓰는 종이를 꺼내는 것이었다. 마리화나인가? 아버지의 친구가 마리화나를 피우는 모습을 상상하니, 그나마 남아 있던 삶에의 기대 같은 것이 와르르 무너져내리는 것 같았다. 그러나 알고 보니 그건 마리화나가 아니라 평범한 프랑스 제 담배였다. 천만다행이었다.

"집사람이 내가 담배 피우는 걸 모르거든." 브레데스타인 씨가 차 안으로 스며드는 희미한 별빛에 의지해 어렵사리 담배를 말면서 불량 고등학생처럼 말했다. "아침부터 담배 한 개비 피울 수 있기만을 학수고대하고 있었는데, 도무지 혼자 있을 시간이 나야지. 사람들 보는 데서 담배 피우는 건 나도 싫거든. 자네만 알고 있게나."

겨우 담배 한 개비를 말아쥐고 브레데스타인 씨는 성냥을 그어 불을 붙인 뒤 손을 가볍게 흔들어 불을 끄더니 창밖으로 성냥을 던져버리고 나서야 다시 시동을 걸었다. 그런데 불과 오 분도 달리지 않아, 이번에는 내가 잠시 차 좀 세워달라고 청한 뒤 나도 담배 한 개비를 말았다. 담배를 끊은 지 오 년쯤 되었는데도, 허허벌판 한가운데를 달리는 트럭 속에서 프랑스 제 담배 한 대를 피워물고 싶다는 욕구가 결심을 무너뜨려버린 것이었다.

"사람들 속여먹는 거 참 재미있단 말이야." 부정함과 재회한 두 애연가는 공연히 의미 없는 말 몇 마디를 주고받은 뒤, 금지되어 있기에 더욱 간절한 흡연을 통해서만 삶의 위안을 받을 수 있다는 듯 질식사할 정도로 말 한마디 없이 줄담배를 피워댔다. 얼마 후 브레데스타인 씨가 말을 꺼냈다. "여자들 속여먹는 거 말이야."

"물론 딴 여자 문제로 속이는 건 제외하고." 그가 말을 이었다. "예전에 마르타에게도 거짓말을 한 적이 있었지. 자넨 마르타 모르지? 디아나의 생모 말이야. 괜히 재려고 하는 말이 아니라, 여자들에게 한두 가지쯤 거짓을 말하는 것도 재미난 일이란 걸 그때 알게 되었어. 나라는 사람이 정말 어떤 사람인지, 내가 정말 하고 있는 일은 과연 무엇인지 그녀가 정확히 알지 못하게 말이야. 사람들은 자신을 제대로 알아주는 사람이 하나도 없다고 불평하지만, 난 아무도 알지 못하는 나만의 무언가를 가지고 있는 게 좋기만 하던걸."

　도로는 곧게 뻗어 있었고, 우리 두 사람은 그 길을 따라 곧장 읍 내 쪽으로 달려가고 있었다. 하지만 차를 타고 달려가는 동안 나는 이 시간이면 공구상이 이미 문을 닫았을 거라는 것을 브레데스타인 씨도 잘 알고 있음을 깨달았다. 그가 우리 아이들을 물 한 방울 없이 놓아둘 수 없다고 쇼를 벌였던 것도 알고 보면 느긋하게 담배 한 대 피워물고 싶어 둘러댄 구실에 다름 아니었다는 걸 말이다. 황당하기는 했지만, 그렇다고 해서 그렇게 충격을 먹은 것은 아니었다. 이제 난 브레데스타인 씨의 전혀 새로운 모습을 발견해 가고 있었다. 정말이지, 그의 말대로, 그가 실제로 어떤 사람인지 내가 여태껏 제대로 모르고 있었다는 것을 인정하지 않을 수 없었다. 그리고 순간, 말도 안 되는 소리 같으면서도, 돌아가신 아버지 가 정말 어떤 사람이었는지에 대해서도 내가 모르고 있는 것이 아닐까 하는 생각이 뇌리를 스쳤다. 더욱이 그간 브레데스타인 씨를 통해 아버지에 대해 좀더 알았으면 하는 크나큰 기대를 가졌던 만큼, 나는 곱절의 좌절감을 맛보아야 했고 고통스러운 당혹감에 빠져들었다.

　"사람은 남몰래 은밀한 거짓말을 하면서 좀더 성장하게 되는 것 같아. 난 실제로 그걸 느꼈거든. 내가 마르타에게 엄청난 거짓말을 한 건 1973년 일이었어. 그해에 나는 욤 키푸르 전쟁에 참전했는데, 아내에게는 유럽엘 좀 다녀오겠다고 했지. 정규군으로 받아주질 않아서 자원 민병대로 들어갔지만 말이야."

　예전부터 곳곳에서 만난 브레데스타인 씨 연배의 유대인들에게서 이 비슷한 이야기를 수백 번도 더 들어왔다. 부에노스아이레스에서도, 로사리오에서도, 살타에서도, 보고타에서도, 산티아고에서도, 몬테비데오에서도. 그때마다 난 그저 '흘러간 옛이야기' 정도로 취급해버렸다. 그런데 이제 그 이야기들이 내게 하나의 강박관념으로 되돌아오는 듯했다. 이런 이야기를 들을 때마다 그 이야기를 하는 사람에게서, 왜인지는 모르겠지만 이야기를 하고 있는 그들이나 듣고 있는 나나 자원 참전이라는 그 위대한 경험의 의미를 제대로 포착해내지 못하고 있는 것이 아닌가 하는 모종의 불만 어린 시선을 보았던 것이다. 나로서는 그들의 이야기에 귀 기울이고, 그들의 느낌을 생생하게 느껴보려고 노력했지만, 그럼에도 불구하고 그들은 결국 쌍방이 서로 다르게 느끼고 있고, 따라서 상대방에게, 아니 심지어 자기 자신에게조차 그 느낌을 제대로 전달할 수 없다는 걸 깨닫곤 하는 것이었다. 그 누구와도 함께 나눌 수 없다는 강박관념에 사로잡히는 것만큼 철저히 사람을 외롭게 하는 것도 없을 것이다.

여하튼 브레데스타인 씨의 이야기에서 가장 핵심은 거짓말을 했다는 것, 즉 그가 아내에게 거짓말을 했고 그 거짓말 때문에 거기서 파생된 수많은 거짓말을 또 지어내야 했다는 것이었다.

"전쟁도 막바지로 치닫던 무렵이었는데……" 브레데스타인 씨는 이야기를 계속했다. "한번은 의무병으로 복무하던 중에 이스라엘 군과 이집트 군의 교전으로 사막 한가운데 고립된 일이 있었어. 이렇게 펌프를 구하러 길을 나섰으니 말인데, 내가 왜 이 문제에 이렇게 집착하는지 설명하자면, 갈증의 고통이 얼마나 큰지 경험해봤기 때문이라네. 사람이 온갖 경험을 해본다 해도 지금까지 우리가 무엇으로 살아왔을까라는 질문에 명확한 대답을 제시할 수 있는 경험은 별로 없는 법일세. 더러는 사랑으로 살아온 게 아닐까 싶기도 하고, 또 더러는 행복으로가 아닐까 싶기도 하지. 심지어, 좀 심하게 말하면, 자식에 대한 사랑으로 살아온 건 아닐까 하는 생각도 한다 이거야. 그런데 그 질문에 대한 분명한 답을 던져줄 수 있는 흔치 않은 경험 하나를 바로 내가 겪은 걸세. 바로 갈증에 시달려본 거지. 그러니 더 무슨 설명이 필요하겠나?"

우리 앞으로는 여전히 시커먼 어둠이 펼쳐져 있었다. 더러 희미한 별빛 아래로 시커먼 그림자 같은 모습의 목장과 산줄기가 눈에 들어왔다. 그런데 한밤중에 독한 프랑스 제 담배를 말아 피우고 난 뒤끝이라 그런지 몰라도, 순식간에 내가 이스라엘 군 지프를 타고 가다 드넓은 사막 한가운데 고립되어버린 채 극심한 갈증에 시달리고 있는 것 같은 환상에 사로잡히고 말았다. 갑자기 주위에서 물 한 방울 구할 수 없게 되어, 눈과 얼음이라도 녹여 아이들에게 마시게 해주려고 산에 오르는 상상을 했다. 언젠가 읽은 비버의 『스탈린그라드』라는 책에서 물 대신 눈을 먹는 것은 인체에 크게 해롭다고 했는데……

"물이 없었는데 조만간 공수되리라는 희망도 전혀 없는 상황이었어. 그제야 난 지난 모든 일을 후회하기 시작했지. 내가 왜 마르타에게 거짓말을 했을까? 뭣 하러 자원해서 참전했을까? 뭣 하러 사막까지 기어들어온 것일까? 탈영해버릴까, 아니면 자해 소동이라도 벌여볼까 생각도 했지. 그럼 지프에 태워 도시로 후송해줄 것도 같았으니까. 아니면 물을 찾으러 갈 수 있도록 허락해달라고 상부에 청을 해볼까 하는 생각도 했어. 하지만 난 이미 말은커녕 몸도 꿈쩍할 수 없을 만큼 탈진한 상태였어. 더는 어느 진영에도 속하고 싶지 않았고, 그저 모두 가증스러울 뿐이었어. 내가 바라는 것은 오직 한 가지 물, 물뿐이었단 말이야. 군사적 위험은 이미 가시고 없는 상황임에도 불구하고, 그 순간 내가 가장 간절히 바라던 건 죽는 거였어. 그래서 천국에 오르면 하느님께서 시원한 얼음물이 든 큼지막한 컵을 들고 날 반겨주셨으면 했다네. 난 사막의 모랫바닥 위로 나자빠져버렸지. 계속 행군하라는, 그것도 완전군장까지 하고 계속 걸으라는 장교 두 사람의 호령 소리도 더는 들려오지 않았어. 그런데 다음 순간, 난 누군가의 손이 내 입 안으로 노란 스카프를 꾸겨넣고 있다는 걸 깨달았어. 그건 스카프 모습으로 나타난 오아시스였던 거야. 자그마한 천 조각의 모습을 빌린 샘물 말이야. 물에 적신 스카프에서 나온 물방울이 내 혀와 입천장을 적시는 걸 느꼈어. 그런데도 목구멍으로 물을 넘기기는 정말 쉽지 않더군. 어찌나 스카프를 쪽쪽 빨아댔는지 스카프가 다 말라버릴 지경이었지. 하지만 나중에 스카프를 입에서 끄집어내보니 침으로 범벅이 되어 여전히 축축하더군. 청년의 얼굴은 가무잡잡한 게 아주 착해 보였어. 순간 그가 너무나도 사랑스럽지 뭔가?"

나는 앞좌석에서 불편한 듯 몸을 움직거려보았지만 브레데스타인 씨는 전혀 눈치채지 못하는 것 같았다.

"그 청년은 사브라 출신인 것 같았어. 그러니까 이스라엘 태생이라는 말이지. 잘해야 스물, 아니면 스물셋밖에 안 되어 보였고. 주변에 있던 다른 병사들 가운데 물이나 스카프를 달라고 하는 사람은 없었어. 그 몇 방울의 물이 내 마음을 아주 편안하게 해주었어. 물론 여전히 물이 필요했지만, 그래도 이 세상 어딘가에 물이 있다는 걸 알게 되었고, 또다른 위급한 상황에서도 누군가 물을 구해줄

지도 모른다는 걸 알고 나니 원기가 절로 나더라 이거야. 난 침에 젖어 여전히 축축한 그 스카프를 목에 동여매고 어깨에 군장을 짊어진 뒤 모래 위 행군 대열로 끼어들었지. 세 시간쯤 후, 라디오 방송을 통해 어디선가 또다시 교전이 시작되었다는 소식이 들려왔고, 나한테 물에 적신 손수건을 주었던 그 청년을 포함한 군인 넷이 지프에 올라타 떠나는 게 보였어. 그후, 그 청년 소식은 들은 적이 없고.

　그후로도 두 주 정도 더 이스라엘에 머물렀어. 온통 암울함뿐이었지. 용케 살아남은 적군도 있었고, 또 우리 가운데도 용케 살아남은 자들이 있었지만, 그 누구도 예상치 못한 값비싼 대가를 치르고 난 뒤였지. 실종된 병사의 수는 셀 수도 없을 정도였고, 사망자 수도 삼천에 이른다고 하더군. 국방부 문간에는 수많은 어머니들이 몰려와 아들의 생사를 물었고, 시민들은 너 나 할 것 없이 온갖 구호를 외쳐대며 정부에 항의 농성을 벌였지. 사람들은 골다 메이어 수상이 적에게 너무 관대하다고 비난했는데, 실은 그전에는 반대로 너무 가혹하다고 비난했던 게 바로 그 사람들이었어. 너무 많은 이들의 죽음, 그야말로 그 어떤 이유로도 해명할 수 없는 카타르시스에 다름 아니었지. 마침내 나도 형편없는 몰골이 되어 집으로 돌아왔어. 이제는 마르타에게 거짓말을 둘러댈 힘도 없었어. 그래도 끝끝내 비밀로 했다네. 온갖 고초를 겪었으니 적어도 내 거짓말을 유지할, 내 비밀을 지켜갈 권리 정도는 있었지. 밤마다 잠들기 전에, 내 곁에 누워 잠들어 있는 아내는 상상조차 할 수 없는 사연이 내게 있다는 생각을 할 수 있는 권리 말이야.

　일단 마르타가 그간의 내 행적에 대해 질문하지 않게 되자(곧 묻지 않더라고. 어차피 결혼 십 년차쯤 되면 상대방이 무슨 일을 하고 있는지 서로 그다지 관심을 기울이지 않게 되는 법이니까) 노란 스카프를 숨기는 일이 제일 큰 숙제더라고. 물론 마르타에게 그 스카프를 돈 주고 샀다고 할 수는 없는 노릇이었어. 워낙 내가 목에 스카프 같은 걸 두르지 않는데다 아무리 봐도 여성용인 게 분명한 노란 실크였으니…… 아마도 그 병사가 여자친구에게 선물로 받았던 게지. 그렇다고 그 스카프가 어쩌다 내 수중까지 오게 되었는지를 고백할 수도 없고, 공연히 미지의 여자를 떠올리게 만들 게 뻔한 상태에서 다른 그럴싸한 이야기를 지어낼 수도 없었어. 그래서 결국에는 나의 비밀과 더불어 그 스카프도 꼭꼭 숨겨두기로 결심했어. 문제는 어떻게 그 노란 스카프를 잘 숨길 수 있을까 하는 것이었지.

물론 내가 미혼이었더라면 그것만큼 쉬운 일도 없었을 거야. 하지만 자네도 알다시피 일단 결혼이란 걸 하고 나면 상대방에게 모든 비밀도 털어놓지 않을 수 없을 뿐만 아니라, 특히 남자 입장에서는 무슨 물건을 감춘다는 게 불가능한 일이 되고 말지.

그래도 한동안 제법 잘 숨길 수 있었어. 하루 종일 지니고 다니는 게 그리 어렵지 않았거든(안주머니나 서류가방 같은 데 넣어가지고 말이야). 옛일을 되돌아보면 그 정도 고생은 약과였으니까. 더러 바지를 갈아입기 위해 침대 위에 소지품을 꺼내놓거나 샤워하러 들어가면서 욕실 바닥에 꺼내놓다가 스카프가 나오게 되는 경우도 있었지만, 다행히 마르타 눈에는 띄지 않았어.

그런데 이 년 후, 그러니까 우리집 첫 가정부 마리가 일을 그만두고 떠난 뒤 일 주일 후, 그만 그 스카프가 사라지고 말았어. 사실 정확히 언제 없어졌는지는 나도 모르겠더라고. 사실 그 무렵 그 스카프는 내 열 손가락과 다름없었거든. 아침에 눈을 뜨자마자 발가락 열 개가 제대로 다 붙어 있나 세어보는 사람이 어디 있는가? 마찬가지로 나도 그 스카프에 그렇게 큰 주의를 기울이지 않았다 이거야. 하여간 내 바지와 점퍼, 셔츠를 비롯해 옷이란 옷에 있는 주머니는 전부 뒤져봤어. 그런데 없더라고. 혹시 노란 스카프를 보지 못했냐고 마르타에게 물어볼 수도 없는 노릇이었고. 마리가 우리집을 그만두면서 그걸 들고 나갔을 가능성도 거의 없었어. 우리집에서 오 년을 일했어도 뭐 하나 없어진 일이 없었으니까. 마리는 그 무렵 월급을 더 잘 주겠다고 한 다른 집으로 옮긴 상황이었어. 하필이면 다른 집도 그랬지만 그때가 한창 살림이 어려워졌을 때라 우리도 월급을 올려주겠다고 할 수 없었던 거야. 물론 지금도 형편은 비슷하지만, 당시만 해도 도시에 눌러앉아 있을 때였지. 여하튼, 제아무리 예쁘다고 해도 새것도 아닌 쓰던 스카프를 훔치다니, 그것도 월급을 더 많이 주는 곳으로 옮기면서 그런 무모한 짓을 했으리라고는 생각할 수 없었어. 더구나 그녀는 우리집을 그만두면서 서운해서 울기까지 했고, 또 그만둔 후에도 몇 달 동안은 곧잘 전화했으니까 말이야. 어쩌면 우연히 그 스카프를 보고 어디 적당한 곳에 잘 모셔두었을 수도 있었을 텐데, 도무지 내가 전화를 받을 기회가 없다보니 물어볼 수도 없었지. 그녀가 함께 있었던 오 년 세월 동안 마리와 마르타는 서로 존중하고 깍듯이 예의도 지키는 사이였어. 그렇다보니 집사람에게까지 철저히 비밀로 지켜온 것을 마리에게 말하는 게 정신 나간 짓이라는 생각이 들더군. 그래서 내가 혹시 어디 흘린 건 아닐까도 생각해봤지. 어디 식당이나 사무실 같은 데서 가방을 열다가 말이야. 어쩜 그런 곳에서 누군가 집어간 것일 수도 있겠다 싶어서. 한창 잘나가던 시절엔 말이야, 자네도 자네 선친을 봐서 잘 알겠지만, 워낙 여기저기로 바쁘게 이동하느라 정신이 없어서 그 노란 스카프를 어디 떨구었다면 그게 어디였는지 기억하지 못하는 건 물론이라, 누굴 붙잡고 하소연할 수도 없었지. 그래서 결국 나는 어디서 잃어버린 걸로 결론지었지. 마음이 무척 아려왔지만, 정말 그랬지만, 그나마 조금은 위안이 되더군. 이제 욤 키푸르 전쟁에 참전했다는 내 평생의 비밀은 기억 속에만 자리 잡게 된 거지. 어쩌면 최악의 경우, 그러니까 마르타가 이미 그 스카프를 발견하고도 혹 남편이 바람이라도 피웠으면 어쩌나 싶어 아예 남편의 불륜이 남긴 아주 미미한 흔적마저 없애버리고는 마지막 순간까지…… 그러니까 이 세상을 뜨는 그 순간까지 끝내 입을 열지 않고 간 것일 수도 있겠지."

"부인께서 임종시에 무슨 말씀 없으셨어요?" 이야기에 푹 빠져든 내가 아무 생각 없이, 나도 모르게 이렇게 묻고 말았다.

"아니." 브레데스타인 씨가 대답했다. "내 말은 스카프에 대해서는 끝내 아무 말 하지 않더라 이 말이야."

천상에서 떨어진 혹은 추방당한 별들인 양, 희미하게 반짝이는 불빛 열두어 개가 우리의 목적지를 가리키고 있었다. 볼손에서 제일 가까운 읍내인 몬테시토로 들어가는 도로에 세워진 가로등 불빛이었다.

"다 왔군."

브레데스타인 씨가 말했다.

"잠깐만요!" 브레데스타인 씨가 공터에 차를 세우는 것을 보고 내가 말했다. "욤 키푸르 전쟁, 그러니까 브레데스타인 씨가 참전했던 그 전쟁이 살아오면서 가장 중요했던 일이라고 생각하세요?"

브레데스타인 씨는 잠시 뜸을 들였다. 주위를 둘러싼 산줄기도 하나같이 나처럼 그의 대답을 기다리고 있는 것 같았다. 이런 순간이야말로 누구라도 자신이 정말 중요한 존재라고 느끼게 되는, 자신을 둘러싼 우주의 신비만큼이나 스스로도 중요하다고 생각하게 되는 얼마 안 되는 순간이었다.

"그래." 마침내 그가 대답했다. "딸애의 출산과 더불어 내 생애에서 가장 중요한 일이라고 봐."

이번에는 침묵을 깨뜨릴 권리가 내게로 넘어왔다. 내가 말했다.

"어른이 된 후 삶의 대부분을 함께 보낸 사람을, 평생 최고의 선물이라던 딸을 낳아준 사람을 속였다는 데 마음이 울컥하다거나 가슴이 미어지거나 견딜 수 없을 만큼 힘들거나, 뭐 그렇지 않으셨어요?"

브레데스타인 씨가 미소를 지었다.

"물론 가슴이 울컥했지만, 좋은 의미에서의 울컥거림이었어. 나도 독립된 인간으로서 비밀 하나쯤은 가질 권리가 있으니까. 그렇지 않았더라면 단지 결혼했다는 이유만으로 나만 아는 비밀 하나 가질 수 없다는 현실을 견딜 수 없었을 거야."

"그런 비밀을 이제 제가 알게 된 거로군요."

내가 말했다.

"일단 토니가 자러 가기 전에 펌프부터 하나 사고 나중에 돌아가는 길에 남은 이야기를 마저 들려줌세."

난 토니가 도대체 누구인지 알지 못했지만, 그가 누구이건 간에 이미 시계가 새벽 한시를 가리키고 있는 마당에, 도시에서 추방되어 느닷없이 농부로 변신한 것도 모자라 날밤을 새워가며 펌프 하나 사겠다고 득달같이 달려나온 인간들을 계산대 뒤에 서서 기다렸다는 듯이 맞이해줄 리는 없다고 생각했다. 담배도 아니고, 맥주도 아니고, 초콜릿도 아니고, 수도 펌프를 새벽 한시에 사겠다고 나타난 사람들을 말이다. 여하튼, 그날 밤의 소동을 통해 나는 오밤중에 펌프를 사러 오는 일이 엉뚱하기는 하지만, 그래도 그 시간에 맥주를 마시겠다고 하거나 담배를 피우려 드는 것보다는 훨씬 낫다는 것을 나중에 알게 되었다.

브레데스타인 씨는 유리창에 '공구, 연장, 가전 일체'라고 쓰인 한 상점으로 나를 데려갔다. 하지만 공구상에는 밤이면 모든 상점이 내리는 은빛 알루미늄 셔터가 내려져 있었고, 문은 과거로 되돌아가는 입구보다도 더욱 굳게 닫혀 있었다. 사실 나는 평소에도 낮시간에 공구상에만 가면 움츠러들었는데, 이번만큼은 어떤 이유에서라도 좋으니 부디 문이 열려 있었으면 하고 바랐다. 그런데 정말로 문이 닫힌 걸 보니 1973년 시나이 사막에서의 브레데스타인 씨처럼 갈증으로 죽어가고 있을 내 가족의 얼굴이 떠오르는 것이었다.

셔터 격자 뒤로 초인종을 누르는 브레데스타인 씨를 보면서 잠시 희망이 솟기도 했지만, 주인은 깨지 않는 모양이었다. 초인종을 일곱 번이나 더 누르고 또 얼마간 기다려보다가 우리는 결국 포기하고 말았다.

"아이들이 괜찮을지 모르겠어요." 상점이 닫힌 것에 대한 원망으로 나는 브레데스타인 씨에게 말했다.

"걱정 말게나." 그가 대답했다. "토니에게 전화를 걸어볼 테니."

우리 조상님들이 모세를 외면하고 황금 송아지를 숭배했다가 신의 노여움을 사 시나이에서—1973년, 물에 적신 노란 스카프 덕에 브레데스타인 씨가 목숨을 부지할 수 있었던 바로 그 시나이 말이다—갖은 고초를 겪었음을 알고 있으면서도, 이 늦은 밤 나는 아르헨티나 남부 시골 마을의 작은 신과도 같은 토니를 향한 일종의 은밀한 종교의식에 동참하고 있는 셈이었다. 브레데스타인 씨와 마찬가지로 우리 조상님들이 우상숭배를 한 것도 결국에는 갈증 때문이었을 것이다. 예전에 시나이에 살았던 우리 조상 가운데는 브레데스타인이나 모센 같은 이름은 없었다. 그들의 성과 이름은 유럽 전역으로 퍼져나갔는데, 그 와중에 이름 철자들이 뒤섞이고 바뀌었지만, 1948년 이래로 하나 둘 중동으로 재집결하면서 원래의 전통적인 이름, 그러니까 바라크, 베이르, 엘리에제 같은 이름을 다시 쓰기 시작했다. 그런데 삼천 년의 세월이 흐른 지금, 광대한 산자락에 빙 둘러싸인 이곳에서, 오래 전 조상들이 느꼈던 바로 그것과 똑같은 갈증을 느끼며 브레데스타인이라는 사람과 모센이라는 사람이 서 있는 것이다.

내 생각을 읽기라도 했다는 듯, 브레데스타인 씨가 나를 근처 바로 데려갔다. 목재로 꾸민 아담한 바에는 테이블이 네 개 있었고, 스탠드 너머로는 싸구려 포도주와 부에노스아이레스에서는 이제 찾아보기조차 어려운 수입 위스키 병들이 진열되어 있었다. 그러나 아무리 둘러보아도 전화는 보이지 않았다. 공중전화는 물론, 주인이 쓰는 전화도 없는 것 같았다. 다시금 토니가 현존하지 않는 존재로 느껴졌다. 아니 어쩌면 브레데스타인 씨가 자기 부인들뿐 아니라 고난을 함께하는 주변 사람들에게까지 어마어마한 비밀을 감추고 있는 것이 아닐까 하는 생각마저 들었다. 그런데 브레데스타인 씨는 테이블을 가리키며 나더러 가 앉아 있으라고 했다. 자신은 주인에게 부탁해 토니에게 전화를 넣겠다는 것이었다.

"방금 나갔는데……" 주인이 말했다. "조금 전에 진을 한잔 하고 집으로 들어갔어요. 삼십 분쯤 후에 다시 나오겠다고 하긴 했습니다만. 지금은 전화하지 않는 게 좋겠어요. 아무래도……" 주인은 낯가릴 것도 없다는 듯 말을 이었다. "지금쯤 부인과 한창 재미보고 있는 중일 테니까요. 그 친구, 진 한잔만 들어갔다 하면 원기가 불끈불끈 솟는 친구라서 말입니다."

그러면서 주인은 웃었다.

"한 시간 정도 기다려보고도 안 나오면 그때 전화하지요." 하신토가 말을 이었다. 주인 하신토는 수염을 덥수룩하게 기르고 흰머리를 길러 목덜미 뒤로 말꼬리처럼 묶은, 막 노년의 문턱으로 들어서고 있는 사람이었는데, 놀랍게도 목에는 하늘색 머플러를 두르고 있었다. 한때 기술자로 일하다가 지금은 바를 운영하고 있는 것이었다.

"한잔 하시겠습니까?"

나는 가격도 묻지 않고 그냥 JB 한잔을 주문했다. 브레데스타인 씨는 탄산이 섞이지 않은 생수를 달라고 했다.

술잔이 나오자, 나는 궁금해서라기보다는, 가족들이 갈증에 시달리고 있을지도 모른다는 망상을 어떻게든 떨쳐버릴 요량으로 브레데스타인 씨에게 물었다.

"그래서 그 노란 스카프는 어떻게 되었나요?"

브레데스타인 씨는 물을 병째로 들고 한 모금 들이켜더니 주머니에 넣어온 담뱃갑부터 꺼냈다. 그러고는 담배를 하나 말기 시작하면서 내게도 한 대 하겠느냐고 물었다. 그가 주머니에서 담뱃갑을 꺼낼 때 이 페소짜리 지폐 한 장도 같이 나와 바닥에 떨어졌다. 나는 한 대 달라는 뜻으로 고개를 끄덕였다.

"노란 스카프도 이랬던 게 아닐까 모르겠습니다." 내가 떨어진 지폐를 주워주며 말했다. "우리 할머니께서는 손수건과 돈은 절대로 한 주머니에 넣는 게 아니라고 늘 말씀하셨더랬죠."

"자네 말에도 일리는 있네만……" 브레데스타인 씨는 고개를 끄덕이며 지폐를 대충 주머니 속으로 구겨넣고 말했다. "내 스카프는 주머니 속에 있지 않았어."

그럼 도대체 어디 있었냐고 막 물으려는데 우리 테이블 옆에 어느새 경찰 둘이 와 서 있었다. 뭔가 우리에게 말을 걸려는 눈치였다.

잠시 나는 외지인을 보면 경찰들이 통상 하는 질문, 즉 여기서 뭐 하고 있느냐는 식의 질문을 할 것이라고 생각했지만, 곧 이어 뭔가 잘못되어도 한참 잘못되어가고 있다는 느낌이 들었다. 경찰 가운데 한 명은 서른이 채 안 되어 보였고, 다른 한 명은 쉰이 한참 넘어 보였다. 그중 나이가 많아 보이는 쪽이 사나운 목소리로 우리에게 물었다.

"당신들 지금 뭐 피우고 있는 거요?"

아마도 창밖에서 우리가 담배를 말고 있는 것을 보고는 마리화나라고 생각한 모양이었다. 사실 아르헨티나 사람치고, 특히 시골 사람들치고 담배를 종이에 말아 피우는 것이 특별할 게 없다는 것을 모르는 사람이 어디 있을까만은, 내가 신문에서 읽은 대로 최근

볼손 마을 경찰에게도 마리화나의 확산 문제가 골칫거리가 되고 있다는 것이 문제였다. 더욱이 토니(난 두 사람을 보자마자 둘 중 나이 들어 보이는 쪽에 토니라는 이름을 붙였다)와 더글러스(그리고 젊은 경찰에게는 이 이름을 붙여주었다)로서는 외지인으로 보이는 두 남자가 냄새도 국산 가빌란과는 확연히 다른, 하늘색 종이 상자에 든 프랑스 제 담뱃가루를 종이에 말아 피우는 걸 본 이상, 금지된 연초 마리화나로 보고 검거하는 것이 당연하다고 생각하는 것 같았다. 경찰을 본 순간 얼어버린 내 몰골을 상상하며 쭈뼛거리던 내가 브레데스타인 씨와 함께 이건 그냥 프랑스 제 수입 담배라고 설명을 해볼 틈도 없이, 경찰들은 우리더러 일어나라고 명령하더니 '동행할 것'을 요청했다.

며칠 후 브레데스타인 씨와 그때 상황을 다시 점검해본 결과, 아마도 경찰들은 그게 담배일 가능성은 무시해버린 채 그냥 별 생각 없이 지난 세월 동안 아르헨티나에서 늘 그랬던 것처럼 예방 차원에서 한밤중에 나돌아다니는 두 외지인을 향해 '당장 일어나시오' 식의 '강력한 처신'을 한 게 아니었겠나로 결론을 지었다. 우리 둘 다 외지인인데다 한밤중이었으니, 모든 조건을 갖춘 셈이었던 것이다.

바에서 나가면서 브레데스타인 씨는 아직도 기운이 남아 있는지 하신토를 돌아보며 이렇게 말했다.

"토니더러 우리가 돌아올 때까지 좀 기다려달라고 해줘요."

내 생각에는 '기다려달라고' 하는 것은 무의미한 것 같았다. 어차피 우리 두 사람은 감옥에서 죽게 될 테니까. 또 공연히 가엾은 토니에게 물건은 팔아주지 못할망정 되레 마약거래상으로 의심받을 소지만 만들어준 것 같았다. 한편, 우리 식구들은 식수를 구하기 위해 집을 나설 것이고, 언젠가는 우리 두 사람이 돌아올지도 모른다고 손톱만큼도 믿지 않게 될 것이다.

"비밀 같은 건 갖지 말아야 해." 나는 혼자 중얼거렸다. "영혼을 더럽히고 주변을 온통 부패시켜버리니까. 이 모든 일이 다 브레데스타인 씨의 비밀 때문에 생긴 거야."

결국 죽고 만 우리집 암소 건 때 브레데스타인 씨가 도움을 주었던 것에 대해 감사와 애정을 느꼈던 것만큼이나 이번에는 강렬한 증오심이 느껴졌다.

"암소도 저 양반 때문에 죽은 것일지도 몰라. 저 양반이 간직하고 있는 비밀이 뿜어내는 독기 때문에 말이야. 토라를 읽어봐도, 정말 꼭 필요한 경우가 아니고는 비밀을 가져서는 안 된다고 되어 있지 않은가!"

토니와 더글러스는 우리를 지방경찰청 문장이 달린 작은 경찰서로 데려갔다. 생기기는 꼭 애들이 다 빠져나간 텅 빈 교실 같은 것이, 한밤중에 개미새끼 한 마리 안 보이는 텅 빈 학교에서 느껴지는 으스스함이 풍겨나오고 있었다.

우리 두 사람은 각각 별도의 유치장에 감금되었다. 유치장은 삼면이 벽이었고, 등 뒤로 손바닥만 한 창문이 하나 나 있었으며, 앞쪽으로는 쇠창살로 된 문이 달려 있었다. 저만치서 한 경찰의 목소리가 들려왔다. 아마도 서장에게 보고 전화를 넣고 있는 토니의 목소리인 것 같았다. 더글러스의 목소리는 들리지 않았다.

나는 당시 느꼈던 끝없는 두려움과 절망을 도저히 글로 표현해낼 수 없을 것 같다. 물론 천부적 재능을 지닌 작가들이야 다르겠지만, 내가 소설가로 대성하지 못한 것도 실은 내 생애 최악의 순간들을 제대로 묘사해내지 못하는 바로 이 능력의 한계 때문이 아니었던가.

하여튼 그 당시에는 그렇게 유치장 속에 갇힌 채 배고픔과 목마름으로 죽거나, 총탄에 벌집이 되어 죽거나, 아니면 그저 두려움과 절망감만으로도 주눅 들어 죽어가게 될 거라는 데 추호의 의심도 들지 않았다. 누구에게나 건드리면 도저히 배겨내지 못하는 약점 하나쯤은 있기 마련인데, 나는 꽤 많은 약점을 가지고 있었다. 외로움도 견디지 못했고, 경찰의 통제를 받는 상황도 견디지 못했고, 심판을 받는 것도 견디지 못했으며, 특히 결정적으로 그 순간에는 조금의 틈도 없는 감방에 갇혀 있는 상황을 견딜 수 없었다. 예전에 사막에서 브레데스타인 씨가 그랬던 것처럼, 이 상황에서 내가 할 일은 최대한 빨리 모든 희망을 던져버리고—물론 나는 내세에 대한 희망마저 없었기 때문에 브레데스타인 씨보다도 한 걸음 더 나아간 셈이지만—가급적 고통을 최소화하기 위해 얼른 죽어버리는 것이라는 생각이 들었다. 나는 처음부터 우리 가족에게 물을 제공해줄 만한 능력이 없는 사람이었다. 그러니 집사람은 좀더 능력 있는 남자를 찾아봐야 할 것이다. 그 편이 모두에게도 좋을 것이다. 공연히 객적은 비밀 이야기 같은 것에 귀 기울이지 않는 진짜 사나이 말이다.

멍하니 혼자 생각에 빠져 당장이라도 죽음을 결심할 것 같은 나를 퍼뜩 제정신이 들게 만든 것은 우습게도 브레데스타인 씨가 거칠게 내뱉은 말 한마디였다.

"이집트 치들이네."

그가 웃음을 섞어가며 개그라도 하듯이 말하는 걸 듣는 순간 나는 그가 미쳐버린 게 아닌가 생각했다.

"우릴 잡아 가둔 게 이집트 치들이라니까."

그가 다시 한번 웃어가며 말했다.

조금 전에 나이 든 경관의 말소리가 내 귀에 또렷이 들렸던 걸로 미루어보아 저쪽에서도 우리 말소리를 다 알아들을 수 있을 거라는 생각이 들었다. 하지만 브레데스타인 씨에게 대꾸하지 않을 수 없었다.

"쓸데없는 농담 말아요. 까딱하다가는 우리가 이집트인들과 마약거래라도 한 줄 알겠어요."

브레데스타인 씨는 내 대답을 때와 장소에 도무지 어울리지 않는 그의 농담에 맞장구 치는 것으로 받아들였는지 크게 웃어댔다.

"브레데스타인 씨, 지금 농담하고 있는 거 아니라니까요!" 나는 숨죽이며 협박하듯 말했다. 경찰관들이 들으면 어쩌나, 브레데스타인 씨 때문에 이 비극적 상황이 더욱 나빠지면 어쩌나 겁이 났기 때문이었다. "제발, 조용히 좀 계세요!"

"아마 포로 교환 때까지 기다려야 할 거야." 브레데스타인 씨가 웃느라 숨넘어가는 소리로 말했다. "그래도 이집트 사람들이 시리아 사람들보다는 낫다고들 하던걸."

난 더는 대꾸하지 않기로 했다. 완전히 돌아버렸든가 아니면 바보 천치인 것이 분명했다. 모자란 인간이나 정신 나간 인간하고 대화를 나누느니 차라리 혼잣말을 중얼거리는 게 낫겠다 싶었다.

시간이 얼마나 흘렀는지 알 수가 없었다. 무서워서 감히 시계 볼 엄두도 나지 않았으니까. 혹여 시계를 들여다보기라도 했다가는,

그 순간 시간이 멈춰버려 죽지도 못하고 영원히 이 상태가 지속되는 것인지도 모른다는 생각이 들었다.

갑자기 철문이 덜커덩 열렸다. 천당에서 지옥으로 불어오는 한 줄기 바람처럼 기적같이 흘러든 한 줄기 자유의 바람에, 나도 모르게 나 자신을 주체하지 못하고 철문을 연 제복의 사나이를 향해 두 팔을 벌리며 다가가 껴안으려 했다. 상대가 토니였는지, 더글러스였는지, 아니면 경찰서장이었는지는 알 바 아니었다. 나중에 알고 보니 그 주인공은 토니였는데, 그는 내가 갑자기 덤벼들듯 그를 향해 다가서자 한쪽 팔을 들어 얼른 나를 제지했다. 그의 몸짓에서는 놀람과 경멸이 한꺼번에 묻어나고 있었다. 그런데 그 순간 내게 떠오른 일종의 확신이 내가 돌발적으로 두 팔을 벌렸던 것보다 더욱더 날 놀라게 만들었다. 만일 토니든 더글러스든 경찰서장이든 날 다시 감방 안에 처넣으려 했다면 부끄러움이고 뭐고 없이 달려들어 그들의 무기를 탈취하든가, 모가지를 물어뜯든가, 내 두 손으로 숨통이 끊어질 때까지 그들의 목을 졸라댔을 것이라는 확신이었다.

나는 평생 겁쟁이로 살아갈 수 있는 순박한 인간이다. 그런 순박한 인간이 이런 생각을 했다면, 그것은 절망의 나락으로 떨어져서라기보다는 예기치 못했던 용기와 불굴의 정신이 솟았기 때문이었으리라. 정말, 괜한 허풍이 아니라, 그 순간 내 안에서는 영웅적 기상이 용솟음쳤으며, 또다시 감옥살이를 해야 한다면 자유가 아니면 죽음이라며 투쟁했을 것이라고, 추호의 망설임 없이 장담할 수 있다. 그러고 나니 이제야 무지막지한 브레데스타인 씨가 저쪽 감방에서 큰 소리로 이집트인 관련 메타포를 마구 떠들어대던 것이 어떤 의미였는지 조금 알 수 있을 것 같았다.

브레데스타인 씨도 유치장에서 풀려났다. 경찰관들이 우리에게 미안하다고 사과까지는 하지 않았지만, 그래도 브레데스타인 씨의 하늘색 종이상자에 든 프랑스 제 담배를 되돌려주는 것을 보니 놀랍기도 했다. 그들이 우리 두 사람을 경찰서 입구에 세워놓고 들어가버리자, 우리는 다음 명령이라도 기다리는 사람들처럼 그 자리에 가만히 서 있었다. 하지만 등 뒤로 경찰서 문이 닫혀버린 지 오 분가량이 지나도록 경찰관들이 다시 나타나지 않자, 그제야 예전에 유대인들이 이집트 땅을 떠났던 그날처럼 그렇게 아무런 해명도 필요 없이 이곳을 떠나도 된다는 걸 깨달았다. 처음에는 탈옥범으로 몰아 등 뒤에서 우릴 쏘려는 건 아닐까 싶어(물론 나 혼자만의 생각이었지만) 아주 조심스럽게 몇 걸음 뗐다가, 잠시 후 발걸음에 속도를 내기 시작했고(어차피 우리를 죽일 생각이라면 조심해봐야 아무 소용없다는 생각이 들었다), 결국 우리는 마침내 악몽이 막을 내렸음을 실감했다.

"악몽도 이쯤에서 끝내려면 뛰지 않는 게 좋아요."

나는 브레데스타인 씨에게 말했다.

"왜, 그것도 할머님 말씀인가?"

나는 고개를 끄덕였다.

우리가 다시 바로 들어섰는데도 하신토는 아무것도 묻지 않았다. 그저 토니가 공구상에서 기다리고 있다는 말만 전할 뿐이었다.

위스키 병이 줄지어 선 진열장 뒤쪽 거울을 통해 보니 내 얼굴은 파리하다 못해 거의 투명해 보일 정도로 하얗게 질려 있었다. 수염이 이렇게 자라 있는지도 몰랐다. 분명 오늘 아침에 면도를 한 기억이 나는데도, 마치 지난 일 주일 내내 면도 같은 것은 아예 하지도 않은 사람 같았다. 괜한 생각이겠거니 하는 찰나, 브레데스타인 씨가 거울 속 내 모습을 흘끗 보더니 놀랐다는 듯, 그렇지만 친근하게 말하는 것이었다.

"수염이 많이 자랐군."

온몸에 흘러내리던 식은땀이 찬 바깥 공기에 그대로 얼어버리는 것 같았다. 밤이 되면서 기온이 뚝 떨어지고 있었다.

"열병이 나 죽더라도 감방을 벗어나니 좋네요."

내가 말했다.

"토니가 공구상에서 기다리겠다고 했는데……"

하신토가 중얼거렸다.

브레데스타인 씨가 고개를 끄덕이더니 자리를 뜨기 앞서 얼른 담배를 한 대 말려고 했다. 나는 아까 경찰관이 유치장 철문을 열던 순간 내 안에서 치솟았던 그 대담함으로 브레데스타인 씨의 손을 잡으며 말했다.

"나중에 트럭 안에서 피우도록 하지요."

브레데스타인 씨도 동의하고는 나와 함께 바를 나섰다.

토니, 그러니까 진짜 토니는 아예 계산대 위에 누워 자고 있었다.

난 평생을 살아오면서 자기 상점 계산대 위에 누워 자고 있는 장사꾼은 본 적이 없다.

똑바로 누워 두 손은 목 뒤로 깍지를 낀 채, 두 발목을 살짝 꼬아 편안하게 힘을 빼고 잠든 모습이었다. 얼른 보아도 진을 한잔 한 뒤 아내와 기분 내고 온 것이 분명했다. 나도 오늘 밤에는 침대 옆 작은 머릿장 안에 넣어둔 국산 위스키 병을 바닥낼 작정이었다. 아내야 옆에서 자든 말든, 혼자서라도 되찾은 자유를 자축하는 의미에서 병을 다 비우고 말 생각이었던 것이다. 토니는 눈꺼풀을 뚫고 우리의 모습을 지켜보고 있었기라도 하듯 우리가 초인종을 누르기도 전에 일어났다. 아까도 신 같다고 했지만; 그의 주변으로 신비로운 후광이라도 빛날 것만 같았다.

만나서 자세히 보니, 토니는 오직 그를 만나야 한다는 일념으로만 가득했던 그 무시무시한 밤 내내 내가 상상했던 것보다 훨씬 젊은 친구였다. 그 역시 하신토처럼 머리를 목덜미 뒤로 묶어 늘어뜨리고 있었는데, 하신토보다 훨씬 더 길었다. 공구상으로 둔갑한 장인의 모습이랄까.

순간 우리가 펌프 하나 달라고 하자마자 지금은 재고가 없다는 대답이 튀어나오는 장면이 머릿속에 떠올랐다. 나는 왠지 모르게 웃음이 터져나와 혼자 웃어댔다. 다행히 두 사람은 나더러 왜 웃느냐고 묻지 않았고, 그래서 나 역시 해명하지 않을 수 있었다. 그런데 나의 웃음은 순간 걱정으로 변해버리고 말았다. 토니가 얼마 되지도 않는 펌프 값을 말하는 순간, 돈을 하나도 가져오지 않았다는 것이 생각났기 때문이었다. 그런데 브레데스타인 씨가 열두어 가지 공구 이름이 죽 열거된 종이 위에 서명을 하는 것이 아닌가. 매월 말에 한꺼번에 결제를 한다는 것이었다.

내가 같이 들자고 했지만 브레데스타인 씨는 괜찮다며 펌프를 자기 겨드랑이 밑에 꼈다. 토니는 우리와 함께 가게를 나와서 상점 문을 잠그더니, 포장도 되지 않은 골목길을 터벅터벅 걸어들어갔다. 우리도 트럭에 올라탔다. 내가 말했다.

"이제 다시는 트럭에서 내리지 않을 겁니다."

브레데스타인 씨가 가볍게 웃었지만, 곧 시동 거는 소리에 묻혀 버리고 말았다. 그렇게 우리 두 사람은 몬테시토 읍내를 떠났다. 시계를 보니 새벽 세시였다.

"이 엿 같은 읍내를 벗어나자마자 잠시 차를 세워 담배 두 대를 말도록 하지요." 내가 말했다. "내 평생 처음으로 마리화나건, 코카인이건, LSD건, 다른 젠장 할 건 다 해볼 생각이니까요."

브레데스타인 씨는 벌써 다 잊어버렸다는 듯 호탕하게 껄껄거리며 웃어댔다. 그러고는 적당하다고 생각되는 곳에 차를 세우더니 담배 두 개비를 두툼하게 말았다. 나는 삼십 년 동안 옥살이를 하고 처음 감방을 벗어난 장기수 모양으로 담배를 뻑뻑 피워댔다. 담배를 끊고 뭐고 이젠 문제도 아니었다.

"그래서, 그 노란 스카프는 도대체 어찌 되었습니까?"

내가 물었다.

"음, 글쎄……" 브레데스타인 씨가 흐뭇한 표정으로 말했다. "일단 이렇게 살아나왔고 펌프도 구했으니, 자네 그 목소리부터 좀 진정시키게나."

"펌프는 핑계일 뿐이고, 실은 헤마를 속이고 담배 한 대 피우실 생각으로 나오신 게 아닌가 싶은데요. 정말 그렇다면 평생 다시는 브레데스타인 씨를 안 보고 살 겁니다."

"자네 은근히 극적인 구석이 있군그래." 브레데스타인 씨가 대꾸했다. "아니, 그 이집트 경찰들이 한 일을 가지고 왜 날 탓하는 건가?"

나는 담배만 뻑뻑 피울 뿐 대꾸하지 않았지만, 사실 대꾸할 거리도 없었다. 뭐 어쨌거나 내가 이렇게 진짜 사나이가 되어 집으로 돌아갈 수 있게 된 것도, 아이들에게 마실 물을 줄 수 있게 된 것도, 알고 보면 다 브레데스타인 씨의 배짱 덕분이었으니까. 그건 아버지만이 보여줄 수 있는, 내가 남자로 성장하기 전에 이미 세상을 뜨고 만 아버지가 보여주었을지도 모를 보호본능이었다.

"한 달 후, 새 가정부를 들였지."

둘 다 담배를 다 피우고 신중하게 불을 끈 후 꽁초를 창밖으로 던져버리고 나자, 브레데스타인 씨가 다시 입을 열었다. 다른 말은 더 안 하고 브레데스타인 씨는 시동을 걸고 차를 출발시키고 있었다. 상황이라는 것이 얼마나 자주 우리가 삶을 추상화하도록 허용하는지. 그날 밤에는 트럭을 타고 달리는 것 자체가 자유를 의미했으니 말이다.

그의 이야기가 다시 시작되었고, 나는 내가 조금 전 몬테시토 유치장에서 겪었던 황당한 사건(앞으로 남은 평생 내가 겪은 가장 악몽과도 같은 일화로 남아 있을 사건이었다)에 대해서는 입을 다물어버리고 그저 먼 옛날이야기를 멍하니 듣고 있다는 것이 어리둥절할 따름이었다. 내 평생 가장 악몽 같은 사건을 겪었는데 옛날이야기에나 귀 기울이고 있다니…… 그런데 그날 밤, 나는 그간 모르고 지냈던, 내 안에서 환히 빛나는 어떤 빛을 발견했다. 나 자신에 대해 지난 삼십 년간 알아온 것보다 더 많은 것을 하룻밤 만에 깨달은 것이었다. 나는 브레데스타인 씨에게 이런 말을 해주고 싶었다. 이 세상에 자기 자신도 모르게 지니고 있는 저 무언가보다 더 대단한 비밀은 없다고.

"경제적으로 어려움이 있기는 했지만 그래도 가정부를 두지 않을 수는 없는 상황이었지. 마르타가 손님들 주문을 받아 옷을 만들어 팔기 시작하면서, 어린 디아나를 돌보고 집안일을 도와줄 손이 필요했으니까. 그래서 우리는 가무잡잡한 피부에 스물두 살 난 기예르미나라는 가정부를 들였다네. 꼭 텔레비전 드라마에 나오는 가정부를 그대로 데려다놓은 것 같았지."

가무잡잡한 피부의 스물두 살 난 아가씨라는 이야기가 나오자 나는 그 표현이 혹 성적인 관계를 암시하고 있는 건 아닌지 말없이 눈빛으로 물었다. 나 때문에라도 브레데스타인 씨는 운전에만 열중하고 있는 듯했지만, 내 궁금증을 이해하는 것 같았다.

"사실 난 자질구레한 일들에는 관심없어. 마르타 이외의 여자에게 한눈을 판 적이 있었는지는 기억나지 않는군…… 정말 기억이 나지 않아. 마르타와 사별하고 다시 헤마와 재혼하기까지 그사이에 만난 여자들은 꽤 여럿 되지만 말이야. 어쨌거나 우리집에 들인 가정부와 일을 친 적은 단 한 번도 없었어. 그건 어리석은 짓일 뿐 아니라, 죄악이라고 보거든. 그거야말로 아내에게 직격탄을 날리는 꼴이니까. 다시 말해, 그건 아내에 대한 배신이라는 것을 떠나 아내에 대한 범죄행위라 이거야. 물론, 기예르미나에게도 그런 시선을 보낸 적은 없다네. 마르타나 나나 그녀를 범죄자로, 그러니까 우리집에서 뭔가를 훔치진 않았나 하는 눈으로 보지는 않았다는 말이야. 그녀가 들어오고 나서 육 개월째 되는 때부터 뭔가가 없어지기 시작했을 때조차도.

그즈음 디아나의 책이 없어지는가 하면, 마르타의 블라우스깃 두 개, 내 검정 허리띠 한 개 등이 없어졌어. 하지만 그간 마리에 대한 신임이 무척 두터웠던 터라 우리 두 사람은 우리집에서 일하는 누군가가 물건을 훔친다는 것을 도저히 믿을 수 없었어. 그런데 얼마 후, 결혼 선물로 받고 한 번도 사용하지 않은 채 잘 모셔두었던 은 포크 두 개가 사라져버리자, 우리 부부는 얘기 좀 하자고 기예르미나에게 말했지.

그래서 디아나가 잠든 후, 우리 세 사람은 식당에서 마주 앉았다네. 마르타가 그녀에게 물증은 없다, 우리도 이런 이야기를 나누게 되어 무척 유감스럽게 생각은 하지만 지난 여섯 달 사이 집 안에 없어진 물건이 좀 있는데 혹시 거기에 대해 알고 있는 게 있는지 물어보지 않을 수 없다고 말했어.

기예르미나는 별로 언짢아하지도 않더군. 오히려 물증이 없음에도 불구하고 그녀에게 그런 질문을 해야 하는 우리 입장을 이해해주더라고.

'사실 물건은 그리 중요한 게 아니에요.' 마르타가 말했지. '어차피 우리 자식까지 맡겨놓은 마당인걸요. 하지만 자식을 맡기는 일에는 전폭적인 신뢰가 바탕이 되어야 해요.'

기예르미나는 우리 입장을 충분히 이해한다고 하면서도, 없어졌다는 물건에 대해서는 전혀 아는 바 없다고 주장했어. '아이 동화책을 무엇 하러 가져가겠어요? 새것도 아닌 쓰던 옷깃 두 장에 일자리를 잃을지도 모를 위험을 감수할 필요가 있을까요? 더구나 제 사이즈도 아닌걸요. 은 포크 같은 경우에는 위험을 무릅쓸 가치가 있을지 모르지만, 정말이지 그건 본 적도 없어요.'라고 고집을 부리더군. 어찌나 차분하고 확신에 찬 어조로 이야기하는지, 우리는 일단 주말까지 결정을 보류하기로 했어. 그날 밤, 마르타와 나는 누구 의심 가는 사람은 없는지 떠올려봤어. 디아나의 동화책 같은 경우 친구들이 놀러왔다가 별 생각 없이 들고 갔을 수도 있고,

은 포크와 옷깃 같은 경우 지난 여섯 달 사이에 우리집을 들락거렸던 다른 사람들, 그러니까 배관공이나 전기기사 같은 사람들이 가져갔을 수도 있겠다는 생각도 해봤지. 하지만 그 사람들의 면면을 다시 한번 살펴보니, 그사이 우리집에서 공사를 한 사람은 나이 많은 배관공 단 한 사람뿐이었는데, 그분은 우리 부부가 어린 시절부터 평생을 알아왔던 분이었고, 또 디아나의 친구들 경우 아이들이 알고든 모르고든 남의 책을 들고 왔다면 그 부모들이 아마도 연락을 했을 거라는 결론에 도달했어. 결국 우리 부부는 모든 정황으로 볼 때 거짓말을 하고 있는 게 너무나 확실한데도 결백하다고 주장하는 기예르미나를 계속 믿어주어야 하는 기막힌 상황에 처한 셈이었지. 하지만 어쩌겠어? 증거가 없는 걸? 그러니 어떤 결정도 내릴 수 없었지.

그때 마르타가 전혀 비상식적인 제안을 한 거야. 늘 이성적인 여자라 생각했던 아내가 그런 착안을 했다는 것 자체가 나에게는 충격이었지(사실 그녀와 침대에서 뒹굴 때나, 아니면 그녀보다 훨씬 신비주의적인 사람이며 내 내면에 존재하는 거대한 물웅덩이가 없이는 살 수 없는 나를 사로잡은 아내의 매력은 수수하면서도 결코 현실감각을 잃지 않는다는 점이었거든)."

나는 브레데스타인 씨의 이야기를 들으면서 단 한 번도 끼어들지 않았다. 반면 그는 이십 년의 우정을 쌓아오지도 그다지 절친하지도 않은 남자들 사이에 오갈 수 있는 것보다 훨씬 많은 이야기를 하고 있다는 것을 아는지 모르는지, 줄기차게 이야기를 쏟아냈다. 하지만 나도 알고 있었다. 비록 짧은 시간이었지만 각자 감방에 갇혀 있었던 그 시간이 우리 두 사람을 강렬한 힘으로 결속시키고 있다는 것을.

"마르타는 자기 친구 남편을 불러오자고 하더라고. 모피 상점을 운영하는 사람인데, 사람들이 진실을 말하는지 그냥 안다는 거야."

"상대가 거짓말을 하면 곧바로 안다 이거죠?"

나는 그의 표현을 바로잡기 위해서라기보다는 어떻게 모피 가게 주인에게 그런 능력이 있을까 신기해서 물었다.

"맞아, 같은 얘기지만 말이야." 브레데스타인 씨가 내 진의를 제대로 알아차리지도 못하고 대답했다. "만일 그 모피상이 자네 눈을 들여다보면서 질문을 던지잖아? ……사람들이 그러는데, 그러고는 자네의 행동을 관찰하면 거짓말을 하는지 아닌지 알 수 있다는 거야. 말하자면 살아 있는 거짓말 탐지기라 이거지."

"어떻게 그럴 수가 있어요? 원래 예언자나 심령술사였나요?"

"아니. 홀로코스트에서 구사일생으로 살아남은 사람이라더군."

"세상에, 말도 안 돼!" 내가 소리쳤다. "어떻게 그럴 수가! 말이 돼요? 이게 뭐 영화도 아니고…… 그야말로 다 해먹고 있는 거잖아요! 욤 키푸르 전투의 용사인가 하면, 쇼아의 생존자이기도 하고, 경찰에 억류되었던 유대 청년이기도 하고! 말도 안 돼요! 완전 코미디라니까요! 누구 하나라도 빼세요! 모두 다 집어넣을 수는 없어요!"

브레데스타인 씨는 웃지 않았다. 아니, 오히려 모욕을 당하기라도 했다는 듯한 표정이었다. 내가 이런 식으로 말을 끊어버린 것이 언짢은 모양이었다. 아내에게 평생 숨기고 싶었을 정도였기에, 자신이 존재하고 있다는 것만큼이나 엄연한 사실을 이야기하고 있는데 상대방이 의문을 제기하자 화가 난 모양이었다.

"그 사람은 쇼아의 생존자였어." 브레데스타인 씨가 내가 쏟아낸 표현을 써가며 다시 말을 이었다. "자네도 소위 우리 민족 이야기가 나오는 글을 써본 적이 있는 글쟁이가 아닌가? 그럼 그런 이야기에 6일 전쟁에 참전했던 사람, 욤 키푸르 전쟁에 나갔던 사람, 레바논 내전에서 전사한 친척이 하나쯤 있는 쇼아의 생존자 같은 사람이 빠지지 않고 등장한다는 것쯤은 알겠지?"

"압니다." 내가 대답했다. "맞는 말씀이세요. 하지만 한 편에 한두 명 정도는 등장할 수 있지요. 하지만 하룻밤에 그들 모두가 다 등장하지는 않아요."

"그럼 다음번에는 다 등장시키도록 해보게나. 하여튼 이츠하크 씨는 분명 쇼아의 생존자였어. 팔에 문신도 있었지."

"직접 보셨습니까?"

"아니." 브레데스타인 씨가 대답했다. "그때가 겨울이라 긴팔 옷을 입고 왔거든. 하지만 마르타는 그 집에 갔다가 팔에 새겨진 번호를 여러 번 본 적이 있다고 했어. 아까도 말했지만 마르타하고 그 양반의 부인 사라하고는 친구 사이였으니까."

그러면서 브레데스타인 씨는 룸미러를 보고 씩 웃었다.

"그나저나 말을 좀 편하게 해도 돼."

나는 몇몇 지인들과 대화를 나눌 때 곧잘 그러듯이 브레데스타인 씨에게도 깍듯한 '-습니다'와 비교적 좀 편하게 느껴지는 '-어요' 체를 섞어서 말하고 있었다.

하여간 그것이 내가 하룻밤 이야기치고는 너무 대단한 사람들이 많이 등장하는 거 아니냐고 큰 소리를 쳐낸 뒤로 그가 지은 첫번째 미소였다. 그는 좀더 침착한 목소리로 이야기를 이어나갔다.

"이게 사실인지 어쩐지는 나도 장담할 수 없어. 마르타도 사라가 사는 온세 지역에서 풍문으로 들었다니까……"

"그런데 두 분은 어디 사셨더랬어요?"

"우린 벨그라노에 살았지. 당시 이미 경제적으로 어려워지고는 있었지만 그래도 벨그라노에서 버티고 있었어. 하여간 마르타가 주워들은 이야기로는 이츠하크 씨가 거짓말하는 걸 귀신같이 알아본다는 거였어…… 다시 말해 이츠하크 씨에게는 그런 신통력이 있었던 건데, 그런 능력이 생긴 건 한때 폴란드 땅이기도 했다가 러시아 땅이기도 했던 루제노이에 살 당시 그의 모친이 아버지가 바르샤바에서 사업을 하고 있다고 둘러댔기 때문이었대. 실은 바르샤바 나치스에 체포되어 있었는데 말이야. 루제노이의 유대인 삼천오백 명이 일거에 학살당하기 몇 달 전이었지. 그의 부친은 이츠하크와 그의 모친이 붙들리기 한두 달 전에 죽임을 당했고. 하여간 이츠하크의 부친은 가죽 장사를 하러 바르샤바에 갔다가 붙잡혔다더군. 그런데도 한 달 넘게 그의 어머니는 아들에게 거짓말을 한 거였지. 한 달 이상을 아버지는 잘 계시며 우리 가족을 위해 열심히 사업을 하고 계신다고 한 거야. 마르타가 사람들한테 들은 얘기로는, 어머니의 거짓말이 너무나 깊은 뜻을 지닌 동시에 거짓이란 것이 명백했기 때문에 훗날 이츠하크는 누군가 거짓말을 할 때면 다른 사람들은 전혀 알아차리지 못하더라도 자신은 그 거짓말이 선의의 것인지 사악한 것인지, 그 뒤에 어떤 뜻이 숨겨져 있는지, 어느 정도의 거짓말인지를 다 파악할 수 있게 되었다더군."

"됐어요." 내가 대답했다. "아버지의 죽음, 어머니의 죽음, 그리고 신통력까지…… 됐어요. 오늘 밤에 이 이야기에서 벗어나긴 글

렀군요. 그나마 감옥에서 벗어난 것이 다행이네요."

브레데스타인 씨는 내 말은 들은 척도 안 했다.

"마르타가 사라에게 전화를 걸어 부탁을 했고, 사라가 이츠하크 씨에게 용건을 전하자 이츠하크 씨도 쉽게 수락하더군."

"잠깐, 한 가지만요!"

내가 말허리를 잘랐다.

"뭔데?"

브레데스타인 씨가 전조등 불빛 덕에 겨우 그 모습이 드러난 자전거 탄 사람을 피해 운전을 하면서 물었다.

"이츠하크 씨의 모친은……"

"물론 포로 수용소에서 사망했지."

"그런데 그분은 어떻게 살아나셨대요?"

"그건 나도 몰라. 마르타도 모른다고 했고. 아마도 그만의 비밀이 아니었을까 싶은데. 그나저나 이야기 계속할까?"

"아, 네. 그러세요."

"어느 겨울날 오후였어. 당시 부에노스아이레스의 겨울은 지금보다 훨씬 추웠지. 이츠하크 씨는 두툼한 겨울 코트를 입고 왔더군. 그의 모피 상점에서 파는 외투 중의 하나였던 것 같은데, 그걸 입으니 꼭 한 마리 곰 같아 보였어. 그런데 외투를 벗자, 외투를 입었을 때와는 대조적으로 그 몸집이 어찌나 왜소하고 여위었던지 깜짝 놀랄 지경이더라고. 한마디로 그냥 말랐다기보다는 뼈다귀 위에 죽지 않을 만큼의 살점만 붙어 있었다고 표현하는 게 맞을 거야. 단 일 그램의 여유도 없이 말이야. 디아나는 미리 외할머니한 테 데려다놓고 우리는 막 부부침실을 청소하고 정리하고 있던 기예르미나를 부엌으로 불렀지. 사전에 아무런 언질도 주지 않았던 터라 내가 이야기를 꺼냈어. 이츠하크 씨는 우리 가문의 오랜 친구이고, 우리 집안에서는 전폭적인 신뢰를 받고 있으며, 심리학자라고. 기예르미나를 안심시키기 위해 우선 우리 부부가 있는 자리에서 그와 몇 마디 말을 나누도록 했지.

기예르미나는 미소를 짓기는 했지만 놀랐고, 우리의 제안에 당황한 것 같기도 했어. 하지만 제안을 받아들였지. 아마도 그것만이 일자리를 잃지 않을 수 있는 유일한 방법이라고 생각했기 때문인 것 같기도 하고, 또 제법 재미나게 느껴져서인 것 같기도 했어. 게임을 하듯 상대방이 거짓말을 하고 있는지 참말을 하고 있는지 알아내겠다고 하면 누군들 재미나게 느끼지 않겠는가?

'그러죠.' 그녀가 수락했지. '마법사 같네요. 뭐 힘든 일만 아니라면, 재미로 한번 해볼 수 있을 것 같은데요.'

내가 보기에 기예르미나에겐 전혀 힘든 일이 아닌 것 같았어. 다만…… 아니, 굳이 앞서 얘기할 필요는 없지. 이츠하크 씨의 눈동자는 아주 맑은 하늘빛, 맞아, 거의 하늘빛이었어. 주름이 자글자글한 얼굴은 오히려 매끄러워 보이기까지 했고. 거 왜 있잖은가? 주름이 너무 많다보니 골이 아예 안 보이는 상태 말이야."

브레데스타인 씨는 한 손을 얼굴에 대고는 어떻게든 그런 얼굴을 만들어보려 했다. 난 어떤 얼굴인지 충분히 이해할 것 같았다.

"처음에 그가 기예르미나의 얼굴을 보는 눈빛은 평범하더군. 하지만 곧 그녀가 잠시라도 한눈을 팔면 내 평생 한 번도 본 적 없는 날카로운 눈초리로 관찰하는 그의 모습을 발견했지. 그는 우선 기예르미나의 가족 이야기부터 묻기 시작하더군. 고리타분하게 생각되는 이야기들이 오갔지만, 나도 마르타도 곧 그녀의 아버지가 그녀에게 얼마나 우상 같은 존재였는지를 알 수 있었어. 잠시 후 이츠하크 씨가 우리 부부더러 자리를 좀 비켜달라고 했을 때 침실로 들어가서도 잠깐 그 이야기를 계속 나누었을 정도로 인상적인 이야기였지. 이츠하크 씨가 어찌나 아무렇지도 않은 듯 천연덕스럽게 이야기를 풀어나갔던지 기예르미나도 별다른 경계심 없이 대답을 했고, 그 덕분에 그녀가 가족 가운데 누구를 가장 좋아하는지 같은 소소한 사항까지 파악할 수 있었지. 잠시 후 그는 그녀의 학력에 대해서도 물었어. 중학교 삼학년까지 졸업했다는데, 사실 그때까지 나도 마르타도 전혀 알지 못했던 사실이었어. 또 언젠가는 정원사가 되겠다는 꿈도 가지고 있더군. 일단 정원사가 되고 나면 가능한 대로 야간학교를 다니며 공부를 더 해보겠다는 생각도 하고 말이야. 그러다가 남자친구 이야기로 넘어갈 무렵, 이츠하크 씨가 우리더러 자리를 비켜달라고 한 거야. 아무래도 기예르미나하고 단둘이서만 이야기하는 게 그녀에게 편할 거라면서. 우리는 방으로 들어가 문을 닫았지. 웃기는 얘기 하나 할까? 사실 디아나 없이 우리 둘만 방에 있게 되는 경우, 그런 일이 워낙 드물어서 그렇지만 우린 늘 섹스를 했거든. 그래서인지 거의 반사적으로 마르타가 내 몸을 만지더라고. 나도 잠시 그냥 내버려두긴 했지만 더는 진도가 나가지 않았어. 그러고는 곧 조금 전 언급되었던 기예르미나의 아버지 이야기를 잠깐 나누었지. 그뒤 아마도 마르타는 텔레비전을 봤을 거야. 난 읽고 있던 정치경제학 책을 마저 읽었고. 잠시 후 이츠하크 씨가 노크를 하더군. 기예르미나는 두 눈에 눈물을 그렁그렁 담고 여전히 부엌에 앉아 있었지만 입은 열지 않았어.

그날은 마침 금요일이었어. 마르타는 기예르미나에게 그만 퇴근하고 월요일에 다시 보자고 했지. 이츠하크 씨 입을 통해 그녀가 거짓말을 했는지 진실을 말했는지 확인하기 전까지는 단 한 순간도 그녀를 우리집 안에 놓아두고 싶지 않았던 거야. 만일 그 동안 쭉 거짓말을 한 거였다면, 월요일에 문간에서 그간의 급료를 주고 돌려보낼 생각이었어. 만일 이츠하크 씨가 그녀가 거짓말을 하지 않은 게 분명하다고 하면 지속적으로 관찰하면서 물증을 잡을 시간을 가질 생각이었고.

이츠하크 씨가 외투를 걸치자 다시 곰 같은 느낌을 풍기더군. 우리 부부는 아무 말 없이 그를 쳐다보고 있었어.

'이제 결과를 말씀드리지요.'

그의 어투에서 이디시 억양이 묻어나고 있었지.

그는 내가 자신을 현관문까지 배웅해줬으면 하는 눈치였어. 그래서 그렇게 했지.

현관 문간에서 그는 혹시 기예르미나가 어디 숨어 있지나 않은지 확인하는 듯 좌우를 둘러보더군. 왜 그런 생각을 했는지는 모르겠지만 말이야. 이츠하크 씨는 인도로 내려서더니 아래쪽에서 나를 올려다보았어. 난 계단을 내려가지 않고 현관문 앞에 그냥 서 있었거든.

'한 가지 한 가지 차근차근 다 물어봤습니다.' 이츠하크 씨가 말했어. '책 건도 한 권 한 권 다 따져가며 물었고, 옷깃 건도, 은 포크 건도 다 확인해봤어요. 분명 기예르미나는 아무것도 훔치지 않았습니다.'

그런데 내가 겨우 안도의 한숨을 내쉬려는 순간, 그가 청천벽력 같은 소리를 하는 거야.

'그런데 뭔가를 훔치기는 훔쳤어요.'

'네? 뭐라고요?' 내가 물었지. '확실합니까?'

이츠하크 씨가 고개를 끄덕였어.

'뭔가를 훔치기는 했다니까요. 부인이 아프시니, 잘 좀 간호해 주십시오.'

그가 느닷없이 마르타 얘기를 꺼내는 바람에 난 처음에 누구 얘기를 하고 있는 건지 헷갈렸어. 그냥 꿈결에 들리는 소리 같더라고. 마치 꿈속에 누군가가 나타나 기예르미나나 기예르미나의 어머니를 내 '부인'이라고 한 것처럼 말이야. 하지만 그는 정말 마르타 이야기를 하고 있었던 건데, 난 아무것도 묻지 않았지 뭔가. 그로부터 넉 달 뒤 마르타는 급성 늑막염으로 세상을 뜨고 말았고. 사실 나한테야 급성이 맞는 말이지만, 실은 마르타는 벌써 육 개월 전부터 자신의 병을 알고도 내게 숨기고 있었던 거였어."

브레데스타인 씨는 여기까지 말한 뒤, 다른 차들이 추돌할 위험이 없도록 길 바깥쪽으로 충분히 나가 차를 세우고는 담배 상자를 꺼내 담배 두 개비를 말았다. 어디쯤 왔나 밖을 보니 십오 분이면 집에 도착할 것 같았다.

"나는 방으로 올라가 이츠하크 씨의 말을 마르타에게 전했어. 그리고 일단은 한 달만 더 기예르미나를 두고 보기로 했어. 만일 훔치는 걸 적발하기라도 하면 그날로 급료 한 푼 없이 속 편하게 자를 생각이었지. 어차피 우리집에서 훔쳐낸 물건 값이 급료보다 더 나갔으니까. 혹 훔치는 걸 확인하지 못하더라도 내보낼 생각이었어. 물론 우리집에서 훔쳐낸 물건 값이 훨씬 더 나가겠지만, 그래도 두 달치 급료는 줄 생각이었지. 마음이 그리 편치는 않겠지만, 집안 전체를 생각한다면 그게 훨씬 더 안전하다고 생각했던 거야.

그후 한 달은 별일 없이 지나갔어. 그런데 이십 일째 되는 어느 금요일 밤, 기예르미나가 퇴근하고 없는 시간에 마르타가 실내복 하나가 없어진 걸 발견했어. 내 옷 같으면 도저히 찾을 수 없는 딴 데다 흘렸을 수도 있다고 생각했을 거야. 하지만 마르타는 워낙 물건 정리를 잘하는 사람이라, 뭐가 어디 있는지 정확히 알고 있었지. 더욱이 실내복을 집 밖으로 들고 나갈 일도 없었고. 이번에도 예전처럼 어찌나 감쪽같이 도둑질을 해냈는지 도둑맞은 것도 모르고 지날 뻔했다니까. 어쩌면 그게 기예르미나의 수법이었을지도 모르지만 말이야. 불가능한 일을 너무나 자연스럽게 해내는 뻔뻔스러움. 그 여자는 그 행동이 도둑질이 아니라는 듯이, 마치 자신에게 그 물건을 들고 나갈 권리가 있다는 듯이 그렇게 물건을 훔쳐간 거였어. 우리 부부는 월요일에 그녀가 찾아오면 집에 들이지도 않기로 했어. 그냥 그녀가 전보로 사직서를 보내면 급료를 지급하는 걸로 하고. 대신 전에 생각해두었던 것과는 달리 두 달치 급료를 주지는 않기로 했지. 그냥 법정 급료만 주는 걸로.

그런데 우리 둘 다 생각도 못 했던 일이 벌어졌어. 토요일 아침 아홉시에 기예르미나가 우리집을 찾아온 거야. 누구냐고 묻자 인터폰 너머 저쪽에서 낯선 음성이 대답을 하는 거야. 마르타가 깜짝 놀라더라고. 전에는 슬그머니 물건을 훔쳐내더니, 이젠 대놓고 빼앗아가려고 찾아온 줄 알고 말이야.

'우리한테 어떻게 빼앗을 수 있겠어?' 내가 말했어. '뭘로 빼앗겠냐고?'

'난들 어떻게 알아요?' 마르타가 대답했어. '이츠하크 씨가 그랬잖아요. 뭔가 훔치긴 훔쳤다고. 누구 친척이라도 달고 와서 무기를 들이대고 강도짓을 하려 들면 어째요?'

'이봐, 마르타! 제발 진정하라고.' 나는 아내를 안심시키며 말했지. '저 여자, 절도범이기는 해도 알 카포네는 아니니까.'

결국 내가 한 달치 월급을 주머니에 챙겨넣고 밖으로 나갔어. 무슨 일로 왔는지 먼저 물어보고 나서 우체국까지 함께 갈 생각이었지. 우체국에서 그녀가 사직 전보를 치면 곧바로 준비해둔 한 달치 급료를 준 뒤, 그야말로 바이바이할 생각이었거든.

그런데 문을 여니 기예르미나가 눈물 범벅이 되어 서 있는 거야. 나를 껴안으려고 한 건 아니었지만, 어쩐지 안아줘야 할 것 같았지. 금요일 밤에 루가노 외곽에 있는 한 술집에서 아버지가 칼에 찔려 돌아가셨다는 거였어. 기예르미나는 말을 잇기가 힘든 것 같았어. 흐느끼느라 말을 끝까지 잇지도 못했고. 계단 위쪽 베란다 너머에 숨어 있던 마르타도 고통에 겨운 흐느낌 소리를 듣고는 내려오더라고. 기예르미나가 연기를 하는 것 같지는 않았어. 그게 연기였다면 기예르미나는 남의 집에서 가정부로 일할 게 아니라 차라리 영화배우가 되는 게 나았을 테니까 말이야. 사람들 얘기로 봤을 때, 금요일 밤 열두시 삼십분쯤에 어떤 주정뱅이가 아버지에게서 돈을 빼앗으려다 잘 안 되니까 그만 칼로 찌른 것 같다고 하더라고. 부친의 시신은 역시 루가노 외곽의 한 장례식장에 안치되어 있는데, 그녀나 그녀의 어머니나 둘 다 장례식을 치를 만한 돈을 가지고 있지 않았고, 그래서 장례식장 주인이 돈을 낼 때까지 시신을 들여다볼 생각조차 말라고 했다는 거야. 기예르미나와 그녀의 어머니는 따로 피붙이가 없었어. 기예르미나가 외동딸이었으니까. 한술 더 떠, 아버지의 남동생인 작은 아버지는 버스비도 없으니 돈을 들고 장례식장 입구에 나와 서 있다가 자신이 내리거든 버스비를 내달라고 공중전화를 걸어왔다더군. 물론 기예르미나는 그 청을 거절했지만 말이야.

　나는 마르타가, 또 무슨 일에 우리를 엮이게 만들려고 하는지 모르니 급료고 뭐고 줄 것도 없이 면전에서 문을 걸어잠그라고 말할 게 틀림없다고 생각했어. 그런데 또 한번 혼란스러워지고 말았지. 내가 기예르미나더러 아래서 좀 기다리라고 하고는, 마르타에게 가서 우리도 형편이 어렵기는 하지만 이참에 급료를 다 줘버리고 해고는 화요일이나 수요일쯤 하는 게 어떻겠냐고 물었거든. 그런데 마르타는 되레 이런 상황에서 기예르미나를 혼자 내버려둘 수는 없다며 우리집 물건을 훔쳤든 훔치지 않았든 장례식장까지 함께 가 그녀의 아버지가 편안히 지하에서 눈을 감을 때까지 기예르미나와 그 어머니를 도와주라는 게 아니겠어?

　내 두 눈에 눈물이 고이더군. 마침 디아나가 잠에서 깨는 바람에 마르타는 젖병을 들고 디아나에게로 가버렸어. 기예르미나는 주머니에 받아넣은 돈이면 장례식장까지 버스비도 되고, 장례식장 사용료도 낼 수 있고, 차카리타 묘지까지 장의차를 이용할 수도 있으며, 장례식이 끝난 뒤 집으로 돌아올 차비도 될 것 같다고 말하며 작별인사를 건네더군.

　비가 오고 있었고 기예르미나는 눈물로 온통 젖어 있었어. 나도 원래 비가 오는 것에 개의치 않고 우산 같은 건 들고 다니지 않는 성미였지. 나와 기예르미나는 함께 아무 말 없이 택시정류장까지 육백 미터 정도를 함께 걸었어. 택시를 타고 나서도 기예르미나는 루가노의 장례식장 주소만 짧게 말했을 뿐 한마디도 않더라고. 내가 운전기사에게 위치를 알겠느냐고 묻자 기사는 말없이 고개를 끄덕였지. 기사도 목적지에 도착할 때까지 한마디도 않더군. 나도 마찬가지였고. 기예르미나는 도착할 때까지 몇 번 울음을 터뜨렸어.

나는 도착하자마자 제일 먼저 계산대로 가야 할 것이라고 예상하고 있었지. 그래서 기예르미나의 어머니에게 인사를 드리거나 망자를 위해 명복을 빌어주는 것 대신, 돈을 받기 전에는 명복의 기도조차 못 하게 막고 있던 장례식장 주인부터 만났어. 그는 채권자가 채무자를 보는 듯한 시선으로 기예르미나를 노려보더라고. 평생 회계사 일을 하면서, 가끔은 자네 선친과 함께이기도 했지만, 여하튼 그런 눈초리로 상대방을 노려보는 사람들을 여럿 봐왔네. 장례식장 주인은 땅딸막한 키에 뒤룩뒤룩 살이 찐 대머리 영감으로, 이라고는 삐죽이 튀어나온 아랫니 두 개가 전부인 작자였어. 도무지 이름이 생각나지 않는데, 하여간 어떤 아르헨티나 코미디언을 쏙 빼닮았더라고. 나는 정신을 바짝 차렸지. 그 작자는 나를 '도대체 넌 뭐야?' 하는 눈빛으로 봤어. 기예르미나 어머니의 정부인가, 아니면 처녀의 애인인가 하는 눈빛으로 말이야. 나는 그 작자의 호기심을 충족시켜줄 생각이 전혀 없었기 때문에 돈다발을 꺼내 눈앞에 들이밀면서 얼마냐고 물었지. 영감은 잠시 속으로 셈을 하는가 싶더니 말도 안 되는 바가지 요금을 요구하더라고.

'기예르미나 말로는 그 사분의 일 정도일 거라던데요.' 내가 말했어. '난 회계삽니다.'

나는 영감 앞에 국가에서 발급한 공인회계사 자격증을 내밀었지. 그 자격증이라는 게 보통 지갑 속에만 넣어가지고 다닐 뿐 선량한 사람들 놀래키는 일 외에는 거의 쓸모가 없는 물건이었는데도 말이야.

'말씀하신 금액을 다 지불하고 대신 어떻게 그런 액수가 산출되었는지 법적으로 전부 조사할까요?'

이름이 니카노르 아브레야노인 그 장례식장 주인은 원래 급행료를 받는 걸로 해서 산출했지만 유족인 아가씨를 보아하니 별로 급한 것 같지도 않다면서, 처음 말한 금액의 사분의 일에서 다시 그 절반만 받겠다고 하더라고. 사실 그만큼도 낼 이유는 없다고 생각했지만, 더는 그 문제로 왈가왈부하고 싶지 않아서 달라는 대로 주고 말았다네.

그러고 나서야 나는 관 있는 곳으로 갔지. 관 옆에는 어머니와 딸이 함께 울고 있었는데 딸이 훨씬 더 슬퍼하는 것 같았어.

휴…… 뭐라고 얘기해야 할지 모르겠군, 모센. 그러니까 내가 망자의 얼굴을 봤다고 말했던가?

그야말로 그 자리에서 그대로 넘어갈 뻔했다고나 할까, 기가 찼다고나 할까?"

"그냥 편하게 하세요."

내가 대답했다.

"그러지. 내가 관 옆으로 갔을 때 제일 먼저 눈에 띈 게 뭔지 아나? ……자네도 알다시피 기독교도들은 장례식에서 망자의 관 뚜껑을 열어놓지 않는가? 제일 먼저 눈에 띈 건, 기예르미나의 아버지 목에 둘러진 내 노란 실크 스카프였어."

우리는 시골길 한켠에 세운 트럭 속에 앉아 있었기 때문에 나는 벌렁 자빠지고 싶어도 그럴 수가 없었다. 그래서 물고 있던 담배를 확 빼들고는 고래고래 소리를 질렀다. 거의 공포에 겨운 괴성이나 비명에 가까운 소리였다. 어쩌면 몬테시토 유치장 속에 갇혔던 그 시간들이 빚어낸 괴성이었을지도 모른다…… 하지만…… 아니, 그것도 아니었다. 내가 비명을 질러댄 것은 순수하게 노란 스카프의 마지막 운명이 내게 불러일으킨 공포심 때문이었다.

"난 비명조차 지를 수 없었네." 내 비명 소리가 잦아들자 브레데스타인 씨가 나를 보며 말했다. "난 내가 장례식장에 있다는 것 때문에, 유족인 망자의 아내와 딸이 내 옆에서 눈물을 흘리고 있다는 것 때문에 비명을 지를 수 없었어. 또 너무나도 놀라고 멍해져 이 세상 모든 소리와 단절되어버린 것 같아 비명을 질러대고 싶었음에도 불구하고 소리를 낼 수가 없었어. 설사 비명을 질러댔다 하더라도 나 자신의 귀에 들리지조차 않았을 거야. 내가 취할 수 있었던 유일한 행동은 그저 기예르미나를 보는 것뿐이었어. 그녀는 오열과 고통과 절망 속에서도 여기까지 동행해준 내게 틈틈이 감사의 눈길을 보내고 있었는데, 어느 순간 도망치듯 아주 짧게 스쳐지나간 것이기는 했지만 확고한 그 시선 속에서 나는 그녀의 아버지 목을 장식하고 있는 노란 스카프가 우리집에서 들고나간 내 노란 스카프라는 사실을 확인할 수 있었지. 그녀는 확답의 시선을 보낸 후 다시 울기 시작했어. 그러다가 삼십 분쯤 후 장지로 떠날 시간이 되자 다시 한번 미소와 해명이 온통 뒤섞인 눈빛을 보내더라고. 말하자면 우리집에서 훔쳐낸 스카프를 작별의 선물로 아버지에게 드렸다는 거지. 아버지를 너무도 사랑했기 때문에 내가 뭐라 하든 하나도 겁나지 않고, 더 나아가 우리집에 도움을 요청하러 왔을 때에는 자신이 아버지를 위해 어떤 일까지도 할 수 있는지를 내 눈 앞에 보여주고 싶은 생각까지 했다는 거였지."

"아마도 그 아버지란 분이 살아생전에 노란 스카프를 썼을 것 같지는 않네요." 내가 말했다. "아까 여성용이라고 하셨으니까요."

"아마도 그랬겠지." 브레데스타인 씨도 수긍하며 말했다. "피라미드에 묻히면서 온갖 보석들로 치장하는 고대 이집트의 파라오처럼 그 노란 스카프로 치장을 한 셈이니까. 하긴 기예르미나도 처음부터 내게 도움을 요청하리라고는 생각지 못했겠지. 뭐 그렇더라도 어차피 그녀에게는 상관없었겠지만 말이야…… 물론 내가 차카리타 묘지까지 함께 가주겠다고 하자 그녀는 그럴 필요까지는 없다고 하더군. 그래서 난 장의차 사용료가 얼마인지 확인한 후 그 비용을 지불했어. 기예르미나에게 지급하려고 했던 급료에서 이 비용들을 제외하고 남은 돈은 여전히 내 주머니 속에 있었고. 하지만 그녀에게 남은 돈을 줄 생각은 없었어. 물론 그녀도 그걸 가지고 나중에 찾아와 이의를 제기하지 못했고. 그날 이후 우리집에는 다시 나타나지 않았거든. 그녀가 혹 열쇠를 가지고 장난칠지도 몰라, 우리 부부는 일단 온 집 안의 자물쇠부터 다 바꿔버렸지. 여하튼 마르타하고 나는 두고두고 그날 장례식장까지 같이 가준 덕분에 급료로 줄 돈이 굳었다며 그날의 일화를 씁쓸한 우스갯거리로 평생 남겨두게 되었고. 나는 마르타에게 기예르미나가 너무나 고마워하면서 뭔가를 훔쳐가기는 했다고 고백했는데, 그게 뭔지는 끝내 밝히지 않더라고만 했어.

그날 이후 꽤 여러 해 동안, 아니 자네한테 그 이야기를 하고 있는 지금까지도 궁금한 게 있어. 도대체 그 노란 스카프를 어디서 찾아낸 걸까? 나도 찾지 못했고, 마르타도 보지 못해서 내게 한 번도 그 스카프에 대해 물어본 적이 없었는데, 어떻게 그 여자는 우리집 곳곳을 그렇게 샅샅이 뒤지고 다닐 수 있었던 거지? 하긴 어쩌면 우리가 생각하는 것보다 만사가 훨씬 더 단순했을지도 모르지. 말하자면 마르타는 이미 천 번도 넘게 그 노란 스카프를 봤지만 별로 관심을 기울이지 않은 것일 수도 있다는 거야."

　여하튼, 그 사건이 날 당혹스럽게 만든 것은 그 스카프가 그렇게 되었다는 것 자체가 아니라, 내가 잘 간직해왔다고 믿었던 비밀에 문제가 생겼다는 것이었지. 아까도 말했지만, 내가 옷 속 어딘가 깊이 스카프를 숨겨놓았는데 전에 있던 가정부가 그걸 보고는 어디 나도 모르는 곳에 잘 넣어두었고, 나중에 기예르미나가 우연히 그걸 찾아낸 것일지도 몰라. 한 가지 분명한 것은 기예르미나가 그 스카프를 가져갔고, 자기 아버지의 임종시에 그걸 아버지 목에 둘러주었다는 점이야. 모르긴 해도 아마 그 집안에서는 그게 가장 값진 장식품이었을 거야. 만일 내가 그 일을 미리 알았더라면, 나중에 어떤 후회를 하더라도 그 순간에는 그 영감의 목을 졸라버리고 말았을걸. 어찌 되었건 간에, 내 노란 스카프는 그렇게 내가 알지도 못한 웬 망자의 목에 둘러진 채 사라지고 말았어. 그리고 나는 지금도 여전히 기예르미나가 우리집에서 그 노란 스카프를 찾아내는 모습을, 그걸 훔쳐가지고 나가는 모습을, 그리고 아버지의 죽음을 예감하고는 아버지 목에 그걸 둘러주는 모습을 상상하고 있고."

　어느덧 내 두 눈에 눈물이 그렁그렁 고여 있었다. 브레데스타인 씨도 그것을 눈치챈 것 같았다. 새벽 다섯시가 가까워져 아직 희뿌

옇기는 하지만 저만치서 밝아오는 여명에 내 감정의 움직임이 그 대로 노출되고 있었다. 브레데스타인 씨가 때마침 차를 출발시켰다. 집까지 딱 십오 분 거리를 남겨두고 있을 때, 그가 내게 말했다.

"자네 말이야…… 오늘 경찰에 체포되었던 일은 부인에게 말하지 않았으면 좋겠네. 나도 집사람한테 아무 말 않을 테니까."

"글쎄요." 내가 대답했다. "전 워낙 비밀 같은 게 없는 사람이라서…… 그런 게 있으면 불편하거든요. 그나저나 그 은 포크는 어떻게 된 거예요? 동화책은요? 대체 누가 그걸 훔쳐간 거지요?"

"그걸 끝까지 확인할 수가 없더라고. 정말 기예르미나가 훔쳐간 건지 아닌지……"

"기예르미나가 아니었다면 누가 그랬겠어요?"

"난들 알겠나? 이 이야기 속에서 나타났다 사라졌다 한 물건들에 대해서는 누구나 마음대로 생각하라고 할 수밖에. 하여간 난 몰라."

제아무리 그의 말이 틀렸다고 생각해보려 해도, 나 역시 어쩔 수 없이 은 포크와 동화책, 옷깃, 허리띠, 옷 등이 사라져버린 것은 영원한 미제로 남겨둘 수밖에 없다는 것을 인정하지 않을 수 없었다.

"날 생각해서라도 약속해주게." 브레데스타인 씨가 유치장에 갇혔던 사건에 대해 비밀로 해달라고 다시 한번 채근했다. "내 평생 처음이자 마지막으로 하는 부탁일세."

나는 아무런 대답도 하지 않았다. 그러다가 저만치 우리집 지붕이 보이기 시작할 무렵, 마침내 결심한 듯 대답했다.

"그건 안 되겠어요. 전 뭐든 털어놔야 직성이 풀리는 성미거든요."

historias

de

En las alturas 산꼭대기에서

hombres

casados

I

리타 아버지의 설명에 의하면 그곳은 코르도바*에서 가장 높은 산봉우리였다. 그러나 리타는 그곳으로 올라가면서 그 말은 사실이 아니라고 말했다. 하지만 코르도바의 오지 마을에 사는 리타, 그녀가 마을에서 가장 키가 크다는 사실은 의심의 여지가 없었다.

그녀가 삼십대 중반은 족히 넘었을 거라 장담할 순 있지만 키 큰 여자들은 좀처럼 나이를 가늠하기가 쉽지 않다. 늘씬하고 쭉 뻗은 몸매보다는 얼굴을 보고 나이를 헤아려보지만, 결국 키 때문에 몇 살 더 추가하게 되는 것은 어쩔 수 없나보다. 리타는 섬세하게 다듬어진 바위산과도 같았다. 큰 키조차 몸의 부드러운 지형과 굴곡

---

*아르헨티나 북부에 위치한 주(州).

의 아찔함을 가리지는 못했다. 한마디로 그녀는 아름다운 거인이었다.

UFO가 착륙했던 장소로 안내하기 위해 내 앞에서 걸어가는 그녀를 보고 있노라니, 그녀의 뒷모습이 주변의 자연과 동화되어 구분할 수 없을 정도였다. 둘 다 신이 창조한 축복받은 볼거리였다. 뭇 남성들의 음흉한 시선을 모르고 자란 시골 여인이라서일까, 아니면 마을을 찾아오는 수백 명의 기자들을 안내하느라 느닷없이 가이드라는 임시직을 맡게 되면서 부끄러움을 버려서일까, 어쨌든 리타는 주변을 전혀 의식하지 않았다. 어쩌면 자신의 몸매를 뽐내기 위한 의도적인 행동일 수도 있을 것이다. 아무튼 산으로 올라가는 길은 한 사람이 겨우 지나갈 수 있을 정도로 폭이 좁았기 때문에 그녀가 앞장을 서야 했다. 우리 모습은 누가 봐도 엉성해 보이는 탐험대였다. 유연하게 뻗은 두 다리로 꾸준한 속도를 유지하며 산을 타는 여인의 뒷맵시를 바라보고 있노라니 미니스커트를 입고 새침하게 걸어가는 도시 여성들에게서 느끼는 것보다 더 강한 자극이 느껴졌다.

리타의 큰 키는 그녀를 갖는다고 상상했을 때 우려나 두려움, 심지어 막막함이 엄습해올 만큼 충분히 위협적이었다. 그나마 나로서는 섹스를 할 때 체력에서만큼은 여자를 압도할 수 있다는 것이 위안이라면 위안이었다. 그런데 리타는 장신이라는 것 외에도 체력 또한 이루 말할 수 없을 정도로 강해 보였다.

이런저런 것을 감안하더라도, 저 산의 정상이나 코르도바 오지 마을의 어느 깊숙한 곳에 우리 둘만 남게 되었을 때 행여 리타가 자신의 몸을 맡겨온다면 난 쌍수를 들어 환영할 것이다. 왠지 리타를 정복하는 것이 곧 산을 정복하는 것이라는 생각이 들었고, 그것이 내게 어떤 집착 같은 것을 불러일으켰기 때문이다.

육 개월 전, 코르도바 주 비야 마리아 근처에 위치한 자그마한 마을인 벨라리오에서 335명의 주민이 UFO 착륙을 목격했다. 당시 마을에는 네 명의 임신부가 있었지만 갓난아이는 한 명도 없었다. 마을에서 어린아이라고는 일곱 살짜리 후안과 여섯 살짜리 그리셀다뿐이었다. 그러니 마을에 사는 모든 성인과 노인, 심지어 두 어린아이까지도 피날* 산 — 원래 이름이 이런 것인지, 아니면 신문기자들이 도착하기 직전에 부랴부랴 지은 것인지 모르겠지만 — 정수리 부근에 미확인 비행물체가 착륙하는 것을 보려고 모여들었다는 것이다.

물론 각종 방송국과 인쇄매체가 이 소식을 듣고 도착했을 때는 불에 탄 거대한 원형 자국만 들판에 남아 있었다. 그러나 언론은 이 사건을 대대적으로 보도했다. 수많은 내외신이 장장 일 주일 동안 미확인 비행물체의 착륙 흔적을 촬영하려고 도처에서 몰려들었다. 그리고 혹시라도 UFO가 또다시 출현하지 않을까 기대하며 대부분 마을에 남아 밤새 진을 치고 감시했다. 컴컴한 밤이 정체 불명의 외계인들에게 특별한 매력으로 다가가기라도 하는 것처럼 말이다.

신문사 편집부에는 매주 세계 도처에서 이와 유사한 사건의 소식이 들어온다. 하지만 신문사건 잡지사건 방송국이건 간에 단신으로 다루거나 무시하는 경우가 다반사다. 그러나 벨라리오 사건

---

* '마지막'이라는 의미.

은 마을주민 모두가 비행물체를 목격했다는 사실 하나만으로도 굉장한 기삿감이었다. 마을 전체가 목격자인 셈이었다. 마치 공상과학영화에나 등장할 법한 이야기처럼, 어느 날 온 마을사람이 각자일을 하거나 여가를 보내고 있는데 낯선 거대 비행물체가 나타났고, 그것의 거대한 그림자가 모두의 머리 위에 드리워진 것이다. 그러자 아이들을 비롯한 노인과 성인, 심지어 네 명의 임신부까지도 어떤 전지전능한 목소리에 이끌린 듯 마을의 가장 높은 산봉우리로 올라가 낯선 세계의 불가사의한 물체와 조우했다. 그리고 맨뒤에서 올라오던 마을사람이 정상에 다다른 순간, 사람들에게서일 미터 떨어진 곳에 착륙해 있던 물체가 정체 모를 조종사에 의해순식간에 위로 솟아오르더니 넓은 하늘로 다시 사라졌다는 것이다. 도대체 왜?

대부분의 마을사람들은 '화성인'이 자신들에게 두려움을 느껴달아난 것이라 입을 모아 떠들어댔다. 그러나 벨라리오는 작고 보잘것없는 오지 마을이었다. 그러니 두려워서라기보다는 외계인들의 임무에 그 마을이 적합하지 않았기 때문이 아닐까. 외계인들은분명 탐지기를 통해 자신들이 착륙한 곳이 사막같이 아무 볼 것 없는 황량한 곳임을 파악하고 자신들의 실수를 깨닫고는 황급히 떠난 것이다.

나는 언론이 이번 외계인 사건에 대대적인 관심을 보이는 것이전혀 이상하지 않았다. 기사의 중심에는 '온 마을주민이 목격했다!'라는 다분히 민주주의적인 전제가 깔려 있었기 때문이다.

나 또한 산기슭에 집들이 옹기종기 모여 있는 작은 마을에서 살던 민족의 후손이다. 당시 선조들은 하느님의 목소리를 들었고, 그때부터 우리 민족이라는 존재가 널리 퍼져나갔다. 그만큼 슬픈 역사도 적지 않았지만. 그리고 우리는 단 한 차례 있었던 인간과 창조주의 만남을 기록한 필사본들을 수천 년에 걸쳐 지금까지도 반복해서 읽어오고 있다.

그렇기 때문에 마을주민 전체가 산에 올라가 목격한 사건은 이들이 UFO를 목격한 게 사실이든 일부러 들판에 불을 지른 것이든 충분히 기삿감이 되고도 남았다. 그래서인지 내외신을 통틀어 이 뉴스가 무려 이 주간 커버스토리로 보도된 것이 그다지 지나치다는 생각은 들지 않았다.

사건이 발생한 지 육 개월이 지난 지금, 벨라리오의 UFO 유명세는 예전 같지 않았다. 국내 언론을 비롯해 주민들도 가끔 철자를 틀리는 FBI나 NASA 관계자들 또한 이젠 눈에 띄지 않았다. 그럼에도 불구하고 주민들은 산 너머 어딘가에 유럽과 미국의 정보요원들이 토끼처럼 몸을 숨긴 채 자신들을 감시하고 있는지도 모른다고 생각했다. 소련연방체제의 붕괴라는 사건을 진지하게 지켜본 코르도바의 오지 사람들의 상상력이 흥미진진하고 소리 없이 진행되는 음모와 계략의 스파이 세계에 갇힌 것이었다.

그런데 산기슭에서 이루어진 단 한 번의 만남 — 우리 민족의 일이면서 나아가 전 인류의 일인 — 의 기억을 잊지 않고 간직해오고 있는 민족의 후예인 내가 한차례 유명세가 휩쓸고 지나간 이곳에 온 것이다. 부장이 나를 보낸 것은 모든 사람의 주목을 받으며 유명해지기 시작한 마을이 다시 적막한 일상으로 되돌아가는 모습을 취재하기 위해서였다. 그러나 내가 작성할 기사는 일요 신문의 두꺼운 지면을 메우려는 쓸데없는 기사였기 때문에 회사에서 언제

잘릴지 모르는 기자만이 맡을 수 있는 일이기도 했다.

정상에 다다르자 나는 숨이 가빠졌다. 올라가는 내내 노인네처럼 헉헉댄데다가 십대 소년처럼 몹시 흥분해 있었기 때문이다. 리타가 불에 탄 원형의 흔적을 가리키며 가이드 같은 말투로 이야기를 시작했다.

"마을 학교 선생님이 매달 이 원반 자국에 석유를 부어 태우자고 제안했습니다. 그러면 자국의 색깔과 형태가 계속 유지될 테고 오랫동안 기념으로 간직할 수 있기 때문입니다. 하지만 이 일을 도맡아 할 사람이 마을에 없어요. 그래서 우선은 젊은 사람들에게 맡겨놓은 상태입니다."

그때 어미염소인지 새끼염소인지 모르겠지만 염소 한 마리가 우리 곁으로 조용히 지나가더니 허우적대며 잽싸게 바위들 사이로 숨어버렸다.

"세 명의 청년이 교대로 작업하기 시작했어요."

리타는 심호흡 한번 없이 말을 이어갔다.

"한 달에 한 명씩 교대로 올라갔습니다. 그런데 세 달째 되던 때 차례가 돌아온 청년이 비야 마리아로 이사를 가게 되면서 아무도 떠맡으려 하지 않는 거예요. 앞으로 일 년 정도 지나면 풀들이 푸르게 올라와 흔적을 전부 덮어버릴지도 몰라요."

"그래도 기자들이 찍어간 사진과 비디오테이프로 오랫동안 남을 겁니다."

위로가 되길 바라며 나는 말했다.

불에 타 갈색으로 변한 풀 사이로, 푸르른 새싹들이 검은 머리에 흰머리가 나듯 수줍게 올라오고 있었다. 풀잎이 흰머리와 다른 점이라면 항상 새로이 돋아난다는 점이겠지만.

"우린 비디오가 없어요."

리타가 말했다.

나는 몸을 숙여 풀잎 하나를 뜯었다.

"네잎클로버네요."

내가 말했다.

"잎이 세 장뿐이잖아요." 이렇게 말하며 리타는 실망한 듯한 목소리로 덧붙였다. "이 주변에서만큼은 신기한 식물이 자라날 줄 알았어요."

"당신도 목격했나요?"

내가 물었다.

"뭘요?"

그녀는 마치 딴 얘기를 하고 있었던 것처럼 되물었다.

"UFO 말이에요."

나는 최대한 자연스럽게 물었다.

"물론이죠." 리타는 목소리에 힘을 주며 말했다. 그리고 한마디 덧붙였다. "여긴 우리 아버지가 말한 것처럼 코르도바에서 가장 높은 산은 아니에요."

그러나 그녀의 말이 내게는 이렇게 들렸다.

'봤는지 확실히 모르겠어요. 모든 사람이 목격할 때 저도 같이 있었지만, 지금은 잘 모르겠어요.'

내 말이 끝나기가 무섭게 재빨리 "물론이죠"라고 강조하며 대답하는 순간, 그리고 아버지의 거짓말에 대해 이야기한 바로 그 순간, 그녀 자신의 의지와 상관없이 드러나버린 주저하는 모습은 오히려 그녀에 대한 내 욕망을 자극했다. 아마도 자기 마을의 다른 여자들처럼 시골생활에서 전망을 찾지 못해 도시 남자들에게서 짜릿한 일탈의 기회를 기대하는 것이리라. 그러나 리타는 결혼을 했고, 남편은 그녀보다 몇 센티미터나 더 컸다. 게다가 그는 산 아래에서 우리를 기다리고 있었다. 산을 내려갈 때 앞서 내려가는 그녀의 뒷모습은 올라갈 때보다는 덜 육감적이었다. 그러자 예전에 부에노스아이레스에서 리타처럼 키는 크지만 몸매가 덜 근육질이라 비교적 다루기 쉬웠던 여인과 즐겼던 한밤의 데이트가 떠올랐다.

당시 여인의 남편은 여행중이었고, 그 덕에 나는 이들의 부부침실을 감히 침범할 수 있었다. 그녀는 치과의사로, 매우 지적이고 섹스에 관해서는 두루 박식했다. 우리는 한바탕 격정의 시간을 보내고 난 뒤 서로 자신의 삶에 관해 이야기를 나누었다. 그녀는 남편에 대해 나쁘게 말하지 않았지만 둘 사이가 다소 무미건조하다는 것은 언뜻 눈치챌 수 있었다. 서로의 배우자에 대해 험담하는 것은 이런 연애에서는 흔한 일이지만, 불륜 관계를 더욱 불타오르게 하려는 수작일 뿐이다. 아내에게 배신당하는 것도 모르는 멍청하기만 한 줄 알았던 남편이 어느 날 매력 넘치는 돈 후안이 되어 애인의 이불 속에서 아침을 맞이하는 것처럼, 한없이 은밀하고 달콤한 애인도 막상 자신의 아내에게는 별 볼일 없는 남자인 것이다. 그럼에도 불구하고 나의 의사 애인은 분명하고 솔직하게 말했다. 우리 만남의 활력소는 관계가 일시적이라는 점에 있는 것이지 서로에게 얼마나 충실한가는 중요하지 않다고. 나 또한 동감하는 바였다.

그녀는 자녀들과 행복하게 지내고 있으며 기본적으로 자신이 이룬 가정에 만족하고 있었지만, 사랑해서 한 결혼은 아닐뿐더러, 시간이 흘러도 그런 감정이 생기지 않는다고 했다. 그녀의 인생은 부족할 것이 없었다. 그렇기 때문에 남편을 떠날 생각은 없었다. 하지만 남편에게 버림받는다면 깊은 절망에 빠질 것이다. 그럼에도 불구하고 남편과 함께하면서 그녀는 단 한 번도 뜨거운 열정을 맛보지 못했다.

"급하게 결혼한 거야?"

내가 물었다.

"아니." 그녀는 얇고 기다란 여성용 담배를 물고는 한 모금 빨아들이며 대답했다. "키가 커서 결혼했어."

순간 나는 어이가 없어서 피식 웃었다.

"정말이야." 그녀가 말했다. "내가 알던 남자들 중에서 제일 키가 커서 결혼한 거야."

그러더니 잔인하게 한마디 덧붙였다.

"예를 들어, 당신하고는 절대로 결혼하지 않았을 거야. 생각해봐. 우리 둘, 얼마나 우습겠어?"

나는 어떻게든 시간을 때우기 위해 커피를 준비해놓고는 옷을 챙겨입은 다음 그 집에서 나왔다.

택시 안에서 그녀가 내뱉은 어처구니없는 말을 다시 떠올려보았다. 키가 커서 결혼했다고? 정말 웃기는 일 다 보겠군! 후끈 달아오르게 해주는 키 작은 남자하고 결혼하는 게 우스운 일이라니!

그러나 택시가 리베르타도르 대로를 시원스럽게 빠져나가는 동안, 나는 재빨리 주변의 커플들을 하나씩 떠올려보았다. 모두 키가 비슷했다. 지금껏 살아오면서 만난 몇 안 되는 장신들은 전부 키가 비슷한 이들과 결혼했다. 히피 문화에 한창 빠져 있던 청소년기에 나는 한 여자를 알게 되었는데, 그녀와 말을 나눈 적은 한 번도 없었다. 나보다 연상이고 역시 히피였는데, 그녀의 애인은 그녀보다 적어도 머리 두 개는 더 컸다. 그로부터 수년이 지나 커리어우먼처럼 차려입은 그녀를 다시 만났지만 썩 행복한 표정은 아니었다. 그리고 그때 그 남자와도 얼마 가지 못했다는 얘기를 들었다. 결국 히피들의 불장난이었던 것이다. 택시에 앉아 그때 그 커플을 떠올리니 웃음이 터져나오는 것을 멈출 수 없었다. 정말 우스꽝스런 광경이군! 단지 히피 시대였기 때문에 비웃지 않고 용납할 수 있었던 것이다!

결혼생활에서 중요한 것은 성생활만이 아니다. 함께 파티에 참석하고, 중요한 계약을 할 땐 서로 의논도 하고, 사진도 찍고 자녀와 대화를 나누는 관계가 부부이다. 그러나 눈에 띄게 키 차이가 나는 것은 서로 종교가 다른 것보다 더욱 나쁜 조건이다. 겉으로 드러나는 문제이기 때문이다. 이제는 내 치과 주치의의 말이 ─ 여기서 말하는 치과의사란 내가 함께 잠자리를 한 여자를 의미하는 것이지 내 치아를 정기적으로 검진해주는 진짜 여의사를 뜻하는 것은 아니다 ─ 얼토당토않거나 황당무계해 보이진 않았다. 그녀와 키가 맞는 남자가 이 나라에 과연 몇이나 될까? 자신이 아는 사람 중에 그런 사람이 몇이나 될까? 그들 중에서도 그녀를 함부로 다루지 않고 엉뚱한 행동까지 묵묵히 받아주는, 인생을 함께 나눌 만큼 충분히 자격을 갖춘 사람은 과연 몇이나 될까? 결국 그녀는 최상의 선택을 한 것이다. 남편은 그녀를 먹여 살렸고 힘든 시기마다 현명하게 극복하는 기지를 보였다. 키로 결정된 자신들의 로맨스를 능숙하게 통제할 줄 알았고, 간혹 아내의 엉뚱한 행동에도 웃어넘기는 여유가 있었다. 그 엉뚱함의 일부가 바로 나였지만.

시간이 흐르면서 나는 타인에게 많은 것을 기대할 수 없다는 것을 깨달았다.

"키가 커서 결혼했어." 나는 잠자리에 누워 이 말을 그녀의 목소리로 나 자신에게 되뇌었다. 그리고 그녀의 긴 다리를 떠올렸다. 타고난 섬세함, 여성미가 풍기는 연약함 그리고 늘씬하게 뻗은 육체. 그리고 그녀를 한 번만이라도 더 만날 수 있을 만큼 키가 크다면 얼마나 좋을까 생각했다.

II

리타는 시부모와 살고 있었다. 그녀의 시부모는 둘 다 일을 하지 않았고, 남편인 니카노르 혼자 생계를 책임지고 있었기 때문에 이들이 사는 집이 누구의 것인지는 알 수 없었다. 남자가 벌어서 집에 가져다준 돈만 해도 집 한 채 값은 훌쩍 넘을 정도였기 때문이다.

니카노르와 리타는 친정에도 돈을 보냈다.

리타의 어머니인 아델라는 털실과 도자기를 이용한 수공예품과 지역특산 과자를 만들었다. 그러면 니카노르가 코르도바 시에 갈 때마다 그것들을 가져다 소매상에 팔았다.

그러나 리타의 아버지 바치오는 큰소리만 칠 줄 아는 한량이었다. 삼십 년 전에는 페론 당*에 소속되어 생전 들어보지도 못한 무슨 감시원으로 일하며 나랏돈을 받았다고 한다.

니카노르는 코르도바 시에서 출장 수의사로 일하고 있었으며 상류층이 그의 주 고객이었다. 오전 여섯시에 자기 소유의 트럭을 몰고 나가면 그날 일정 중 소화하지 못하는 일이 단 한 건도 없었다. 애완동물뿐 아니라 가끔 야생동물을 진료하기도 했다.

마을에 UFO가 출현하고 산 정상에 불가사의한 흔적이 남자 리타는 즉시 기자단을 둘 셋씩 짝지어 관광안내를 시작했다. 그녀는 기자들을 친정집에 데려가 식사하게 하고, 자신의 집에 있는 니카노르의 진료실에서 재웠다. 이들은 언론의 관심이 이렇게 빨리 식을 줄 몰랐지만, 그 동안 부에노스아이레스로 여름 휴가를 한번 더 다녀올 수 있을 만큼 충분히 저축할 수 있었다.

이미 UFO 소동은 잠잠해진 후였지만 신문사 동료는 리타의 주소를 내게 건네주었다. 그는 숙소도 그만 하면 괜찮고 아델라 부인의 음식도 훌륭하다고 칭찬했다.

"그 여자 엉덩이 보면 기가 막힐걸?" 그는 리타 얘기를 하며 이렇게 말했다. "키가 정말 전봇대만 해."

그리고 벌써 나는 두 눈으로 직접 그것을 확인한 것이었다.

니카노르는 선뜻 자신의 집을 제공해주었다. 그는 살짝 고개를 숙이며 우리에게 인사했고, 어느 신문사에서 왔냐고 물었다. 그의 부모님, 즉 리타의 시부모는 주방에 앉아 주전자와 마테 차를 바라보고 있었다. 그러나 마실 차를 준비해주거나 우리와 이야기를 나누지는 않았다. 노인장의 이름은 아구스틴이었고, 자그마한 키에 대머리였다. 살이 쪘다기보다는 부은 것처럼 보였다. 그의 시선을

＊ 전통적인 최대 좌파 정당.

보고 있노라면 인형의 표정이 오히려 더 생기 있을 것 같았다.

젊었을 때 그는 인근 농장에서 인부로 일하며 지금 사는 집을 직접 지었다고 했다. 하지만 니카노르가 수의사 자격증을 따고 첫 월급을 손에 쥐게 되자, 노인은 하던 일을 그만두고 아들에게 생계를 의존해버렸다. 그때부터 삶을 포기했다는 것이다.

노인장의 과거를 좀더 알고 싶었지만 그는 명확하게 밝히기를 피했다. 그가 사람들과 교제하는 방법은 침묵밖에 없었다. 일단 이야기를 하기 시작하면 이내 횡설수설이 되어버렸고, 아무런 의미 없이 특정 음절을 반복했다. 나이가 많은 것도 아니고 인생을 망친 것도 아니었는데, 남들과 소통하는 언어능력이 쇠퇴해버린 것이었다. 그의 아내인 미카엘라는 안달루시아* 출신에 키가 컸는데, 나이에도 불구하고 검은 두 눈은 맑았고, 윤기 있는 머리카락은 한데로 묶어 풍성한 올림머리를 하고 있었다. 그녀가 어쩌다가 이 진흙투성이 마을에 손으로 지은 집에서 살게 되었는지는 알 수 없었다. 그러나 다부진 몸매가 그녀의 과거를 보여주는 듯했다. 지금의 빛바랜 모습 안에 한때 아름다웠던 여자가 있었다는 것을. 축 처진 가슴조차 과거의 육감적이었던 모습을 상상하기에 충분했고, 그녀의 두 눈에서는 한때 곧게 뻗었을 두 다리와 매력적인 곡선을 엿볼 수 있었다. 미카엘라는 대략 예순이 넘은 것 같았다. 아구스틴은 오래전 자신의 나이를 잊어버렸다지만 일흔은 되어 보였다.

니카노르는 다음날 오전 여섯시부터 망아지 진료가 있었기 때문에 코르도바 시내에서 아침을 맞이하려고 저녁 무렵에 집을 나섰

---

* 에스파냐 남부 지방.

다. 시내에 도착하면 자신의 소형 트럭에서 잠을 청할 터였다.

"왜 여기서 저녁을 먹지 않나요?"

나는 식사 때가 되어 리타의 부모님 집으로 가야 할 시간이 다가오자 그녀에게 물었다.

"우리 시어머니는 요리할 줄 모르세요."

그녀가 시부모 앞에서 말했다.

우리는 입을 다문 채 다섯 블록 떨어져 있는 리타의 친정집을 향해 흙길을 걸어갔다.

바치오 가족은 리타의 시부모보다 말은 많은 편이었지만 분위기는 짜증스러울 만큼 숨 막혔다.

이후에도 늘 그랬지만 바치오 영감을 처음 만났을 때 그는 의자에 앉아 있었다. 심지어 내게 악수를 청하기 위해 일어서지도 않았다. 마침내 그가 마테 차 한 주전자와 과자 열댓 개를 다 먹고 난 다음 화장실에 가려고 일어섰을 때, 나는 그 거대한 키에 경악을 금치 못했다.

바로 저 거인의 씨앗에서 리타가 태어났다는 사실이 정말 실감이 났다.

바치오의 경우 그의 놀라운 키는 괴팍스러운 성격으로 인해 더욱 두드러져 보였다. 그는 권위적이고 사악한 한량이었다. 마치 동화책에 나오는 괴물이나 폴리페모스*, 혹은 가나안 땅에서 이스라엘의 밀정들을 놀래킨 거인 같았다.

아델라는 프로방스 식 염소 요리를 준비했는데, 그녀의 남편은

---

* 그리스 신화에 나오는 해신(海神) 포세이돈의 아들로 외눈박이 거인.

마늘을 넣지 않았다고 투덜댔다.

"나중에 당신한테 키스를 안 해줄까봐서 그러는 거야?" 그가 독설을 퍼붓기 시작했다. "차라리 당신보다는 마늘 냄새가 훨씬 향기롭지."

리타는 나를 보지 않으려고 자기 접시에 담겨 있는 염소 다리만 바라보았다. 그 와중에도 아델라는 침착하게 행동했다. 그녀는 일어나서 식탁을 치우고 마테 차와 과자를 가져왔다.

노인장이 무서워 자세하게 보지는 못했지만, 연약한 아델라의 조화로운 뒷모습은 그녀의 딸을 연상시켰다. 아델라의 풍만한 둔부는 보기 좋은 곡선을 그리고 있었고, 그녀도 마치 그 사실을 아는 것처럼 자랑스럽게 걸어다녔다. 그곳이 그녀의 몸에서 가장 생기 있는 부위이기는 했지만 유일한 것은 아니었다. 그녀의 걸음걸이나 말투, 전반적인 행동, 그 어디에서도 정신이상자와 같이 사는 고단함은 엿보이지 않았다. 그가 손찌검도 할까? 그런 것 같지는 않았다. 저 거대한 몸집이 연약한 여자를 공격했다면 흔적이 남지 않을 리가 없기 때문이다.

바치오는 거의 씹지도 않고 과자를 삼켰으며, 뭔가 할 말이 있는 듯한 표정으로 나를 바라보았다. 그러나 말은 안 하고 간혹 거리낌 없이 과자 부스러기를 뱉거나, 입을 벌린 채 생각에 잠기기만 했다. 그제야 나는 그가 내 이야기를 듣고 싶어한다는 것을 눈치챘다.

"이제 모든 게 예전처럼 조용하네요, 안 그렇습니까?"

내가 말했다.

바치오는 다음에 먹을 과자를 바라보는 최소한의 움직임만 보였을 뿐 미동도 하지 않았다. 그는 무표정한 얼굴로 나를 바라보았다.

"도시에 사시나요?"

아델라가 물었다.

내가 대답하기도 전에 바치오는 입 안의 세번째 과자를 채 삼키지도 않고 말을 가로챘다.

"당연하지. 그럼 화성에서 왔을까봐? 할 말이 없으면 그냥 입이나 닥치고 있지 쓸데없는 소리는 왜 해?"

나는 아무 말도 않고 몇 분을 흘려보냈다. 그리고 결국 말했다.

"얼마 드리면 되나요, 아주머니?"

"이 페소요."

아델라가 말했다.

나는 돈을 꺼내 그녀에게 건넸다.

그런데 바치오가 일어서더니 그 돈을 낚아챘다.

"과자 하나 드슈."

그가 말했다.

"마테 차도 한 잔 드시고요." 아델라가 말했다. "허브로 만들었답니다."

"하루 종일 뒷간을 들락날락거리게 만들려고 저러는 거야."

바치오가 내게 말했다.

그러고는 고구마 잼을 바른 과자를 씹다 만 채 입에 고인 침이 보이도록 입을 쩍 벌리고 큰 소리로 웃었다.

"이분은 그때 그 『카피탈』지에서 기자로 일하시는 분이세요." 리타가 말했다. "예전에 우리집에 다녀갔던 브리에파 씨 친구분이기도 하고요."

"그 사람 호모 아니오?"

바치오가 물었다.

"글쎄요." 순간적으로 내뱉었지만 왠지 그의 말을 부정하면 안 될 것 같은 두려움이 들었다. 그러나 이내 정신을 차리고 나는 다시 덧붙였다. "아니, 아니에요. 그 친구는 결혼해서 자식도 있어요."

"아 글쎄 내 마누라를 안게 해주겠다는데도 반응이 없더라고." 그는 아내를 가리키며 이렇게 말했다. "가끔 호모들도 눈속임을 하려고 결혼하는 경우가 더러 있으니, 뭐……"

그러고 나서 또다시 호탕하게 웃었다.

"멀리서 찾을 것도 없어." 그가 말을 계속 이어갔다. "애 남편만 봐도 그래…… 자기 마누라한테는 관심도 없고 누가 덮쳐도 나 몰라라 하잖아."

"아빠!"

리타가 소리쳤다.

악에 받쳐 소리 질렀지만 소용없었다. 그녀가 내뱉은 '아빠'라는 말 한마디가 이미 많은 것을 말해주고 있었다. 아버지와 돌이킬 수 없는 관계에 놓인 것이 여실히 드러난 셈이었다.

"내가 봤을 때는 니카노르, 그 자식 완전히 물러터진 놈이야."

바치오는 빈정대며 말했다. 술에 취한 사람처럼 굴었지만 그가 마신 독한 음료라고는 마테 차밖에 없었다.

"나라면 이렇게 잘 빠진 계집애를 가만 안 놔뒀을 텐데 말이야!" 그는 자신의 딸을 가리키며 말했다. "우선 냅다 자빠뜨리고는 녹초가 될 때까지 방아질을 해대는 거지."

리타가 자리에서 벌떡 일어났다. 나는 어찌해야 할 바를 모르고 앉아 있었다. 그냥 일어서버리면 저 거인에게 도전하는 것처럼 비칠까봐 두렵기도 했지만, 솔직히 말하면 내 의지와는 무관하게 그의 이야기를 더 듣고 싶었다. 딸이 자기 아내라면 어떻게 할 것인가 하는 그의 말을 계속 들을 수 있기를 바랐다.

"그만 가요."

리타가 말했다.

과자도 이미 바닥을 드러냈고, 마테 차는 벌써 대여섯 잔은 넘게 마신 터였다.

나는 자리에서 일어섰다.

그러자 바치오가 덧붙였다.

"니카노르 녀석은 제 마누라를 다룰 줄 몰라. 여편네들은 젖소보다도 강하게 밀어붙여야 해. 우리 아들놈만 죽지 않았어도……제기랄, 인물 하나 났을 텐데……"

'죽었다'는 말이 나온 순간 아델라가 소리를 질렀다.

그게 "안 돼"였는지, 아니면 알 수 없는 괴성이었는지는 모르겠다. 그러나 바치오의 마지막 말들이 처량하게 들려왔다. 아내의 비명이 그에게 충격을 준 것이었다.

그러나 내가 예상했던 충격은 아니었나보다. 그의 독설을 막거나 잘못을 일깨워주지는 못했기 때문이다. 그가 말을 멈춘 것은 오로지 분개했기 때문이다. 아내가 비명을 질러 자신의 말을 가로막은 것이나, 적절하지 못한 순간에 나선 것이 불쾌했던 것이었다.

그는 여전히 믿기지 않는 놀라운 거구를 일으켜 세우더니, 싱크대 앞에서 접시를 닦고 있는 아델라에게 다가가 그녀의 엉덩이를 부여잡고는 아내가 고통의 비명을 지를 때까지 냅다 꼬집었다.

"잘 가시게나."

그는 리타와 내게 명령조로 말했다.

리타는 대문을 향해 걸어가기 시작했고, 나는 거의 뛰다시피 하며 그녀를 따라갔다.

III

시부모 집을 향해 세 블록쯤 걸어왔을까, 리타는 울고 있었다. 이제 무덤 같은 그녀의 시부모 집이 궁궐처럼 느껴졌다. 적어도 그곳은 사람들이 조용했다. 서로 헐뜯지도 않았고, 설교를 늘어놓거나 상대가 아플 때까지 엉덩이를 쥐어뜯는 일도 없었다.

우리는 손놓고 있는 것이 가끔은 축복이라는 사실을 깨닫기까지 상당히 오랜 시간을 헤맨다. 행동은 오히려 위험을 초래할 뿐이다.

그러나 나는 잠시 생각을 접어야만 했다. 불쌍한 리타가 소리 내어 울지도 못하고 있었기 때문이다. 혹시라도 아버지가 들을세라, 들키면 그가 달려와 자신에게 벌을 줄까봐, 그녀는 소리 내어 울지도 못하고 하염없이 흐느끼고만 있었다.

하지만 그녀를 안아주는 것은 정말이지 감히 행동으로 옮기기가 쉽지 않았다. 아무리 노력해도 내 머리 끝은 그녀의 가슴에 닿을 테고, 남들이 보면 그녀가 나를 달래주는 꼴이었기 때문이다.

나는 움직이지도 않고 입도 벙긋하지 않은 채 그녀 옆에 서 있었다. 그리고 그녀를 이해한다는 표정으로 고개를 가능한 한 치켜들어 그녀를 응시했다.

겨우 울음을 멈추었을 때—소리 내어 울지 못하고 흐느끼다보니 생각보다 시간이 많이 흘렀다 — 내가 물었다.

"형제가 언제 죽었습니까?"

"태어나자마자요."

그녀는 UFO를 봤냐는 질문을 했을 때처럼 내 말이 끝나기 무섭게 대답했다.

"뒤뜰에 묻혀 있어요."

그녀는 이렇게 말하고는 또다시 울음을 터뜨렸다. 이번에는 걷잡을 수 없는 오열이었다. 나는 그녀의 어깨 한쪽을 두드려주려고 손을 치켜들다가 실수로 가슴을 스치고 말았다. 불편하고 미안한 심정에 손을 얼른 주머니 속에 넣었다.

그녀는 손수건이 없는지 흐르는 콧물을 큰 소리를 내며 들이마셨다.

"항상 그러시는지……" '당신 아버지'라고 말하려다가 나는 용기를 내어 말했다. "……그 양반 말입니다."

"우리집엔 손님이 거의 찾아오지 않아요. 누구 아는 사람이 오면 항상 저러세요. 난리를 치고, 소란을 피우다가 끝에 가서 꼭 죽은 아들을 들먹인다구요."

우리는 다시 입을 다물었지만 이제 리타는 울지 않았다. 니카노르는 지금 뭘 하고 있을까? 코르도바 시내에는 벌써 도착했을까? 시내에 키 작고 아담한 애인을 숨겨놓은 것은 아닐까?

"기자들이 찾아오기 시작했을 때는 기분이 좋으셨어요." 리타는 그녀의 아버지를 지칭하며 말했다. "그런데 기자들의 발걸음이 뜸해지기 시작하자 예전보다 더 나빠져서 걷잡을 수 없게 변했어요. 화가 나신 거죠. 사람들도 많이 찾아오고 유명해지는 것을 좋아하셨거든요. 지금은 매우 화가 나신 상태예요."

"그런 것 같군요."

내가 말했다.

나는 그 양반의 심리가 충분히 이해되었다. 저런 부류의 인간들을 잘 알고 있기 때문이다. 그는 나를 다시 만날 수 있을지 알 수가 없었고, 남은 평생 기자라는 사람을 또 만날 수 있을까 두려웠기 때문이다. 자신의 인생이 그대로 묻혀버리는 게 싫은 것이었다. 그래서 틈만 나면 가능한 한 자신을 드러내려고 하는 것이다.

다음 두 블록을 걸어가는 동안 나는 그녀에 대한 예의와 동정의 침묵을 지켰다. 그런데 집이 얼마 남지 않았을 때 무심코 묻고 말았다.

"당신을 건드린 적이 있나요?"

리타는 손찌검을 말하는 줄 알고 쉽게 대답하려고 하다가 순간 내 질문의 의도를 알아차리고는 단호한 목소리로 대답했다.

"아니요. 그랬다면 벌써 죽였을 거예요."

나는 그쯤에서 우리의 대화를 끝내고, 이제 내 위장 안에서 요동치는 염소고기와 한판 벌여야겠다고 생각했다. 그러나 리타는 현관 앞에 잠시 멈춰 서더니 들어가지 않고 이렇게 말했다.

"차라리 날 건드렸으면 좋겠네요. 그러면 죽일 수 있으니까."

IV

얼마 전까지만 해도 치정살인이니 존속살해라는 것을 이해할 수 없었다. 왜 여자는 자신을 구타하는 남편을 살해하는 것일까? 집에서 도망쳐나오면 해결되지 않나? 왜 남자는 불륜을 저지른 아내를 살해하는 것일까? 다른 여자를 찾으면 될 것 아닌가? 나는 변소에서 뒤로 넘어지지 않으려고 안간힘을 쓰다가 순간 그 이유를 깨달았다. 어떤 사람들에게는 살인이 가장 간단한 해결책으로 인식되는 것이다. 그들은 자신을 괴롭히는 사람이나 자신을 저주하는 사람이 없는 세계는 상상조차 못 한다. 그래서 자신을 괴롭히는 그들과 함께 존재하거나 그들을 죽이는 것 외에는 다른 대안은 생각하지 못하는 것이다. 그들에게는 이 지구상에 자신을 학대하거나 저주하는 사람, 이 두 부류만이 존재할 뿐이다. 그 외에는 없다. 그리고 자신의 몸을 절벽 아래로 던지느니 가해자를 던져버리는 것을 택하는 것이다. 카인이 이런 논리에 의거해 행동했을 거라는 데에는 의심의 여지가 없었다.

　나는 중력의 법칙에 무릎 꿇어야 하는 심각한 위기에 봉착해 있었다. 이십삼 년 만에 처음으로 배변의 위기에 봉착한 것이다. 화장실은 내 임시숙소인 니카노르의 진료소 옆에 땅을 파서 그 위에 나무판자 네 개를 올려놓고, 짚으로 지붕을 만들어놓은 간이시설이었다. 이 오밤중에 뒤집어진 오장육부를 움켜쥐고 체기까지 있어 사시나무 떨듯 온몸을 떠는 상태로 수돗물에 수세식 변기가 있는 집 안 화장실까지 가는 것보다는 저 별난 변소를 이용하는 것이 낫겠다는 생각이 들었다. 그래서 어떻게든 재빨리 해결한 나는 바지를 올리면서 그곳을 빠져나왔다. 저 악취 나는 밀폐된 공간에서 빠져나왔다는 사실이 너무 기뻤다. 나는 시골의 상쾌한 공기를 한 모금 들이마신 다음 곧장 초록색 잔디 위에 먹은 것을 꾸역꾸역 토

168

했다. 진료실 건물을 둘러싼 한 무더기의 나무들과 수풀더미들이 은밀한 정원이 되어 친절하게 간이변소를 가려주고 있었다. 나는 아픈 배를 두 손으로 움켜잡고 또다시 그곳으로 뛰어들어갔다.

염소고기와 마테 차가 일치단결해 내 위장 속에서 오케스트라를 지휘하고 있었다. 이제 간이변소냐 별 다섯 개짜리 호텔 화장실이냐는 중요한 게 아니었다. 나는 나무기둥 하나를 부여잡고는 바지를 내린 채 있는 힘을 다했다. 그러고는 내 위장이 휴전을 제의해올 때까지 안간힘을 썼다. 잠시 후 바깥세상으로 다시 귀환했지만 구토는 여전히 가시지 않았다. 그러나 이제 위장에는 남은 게 하나도 없었다. 전혀 춥지 않은 무더운 밤이었음에도 불구하고 오한이 든 것처럼 온몸이 떨렸다. 마침내 나는 잠을 청하기 위해 진료실 겸 침실로 향했다.

침대는 가지런히 정돈되어 있었고, 시트도 부드러웠다. 그러나 위에 깔려 있는 담요가 오래된데다 군데군데 좀먹어 있었다. 손으로 담요 위를 쓸면 따갑기까지 했다. 잠시 후 담요가 사용하지 않은 지 오래된 것이라는 걸 깨달은 나는 담요를 옆으로 치워놓았다.

그러나 담요 없이 시트 위에서만 자는 것은 무리였다. 그렇다고 해서 책을 읽을 기운은 없었다. 진료실 냄새까지 거슬리기 시작했다. 예전에 여기 있었을 토끼들과 고양이 냄새가 나는 것 같았다. 병든 개와 상처 입은 카나리아도 보이는 듯했다. 나는 자리에서 일어나 다시 정원으로 나갔다. 그리고 조금 전에 뱉어낸 오물더미를 밟지 않으려고 조심조심 걸어갔다.

그때 잔디가 푹신해 보이는 곳을 발견했다. 달빛을 받아 더할 나위 없이 아늑해 보였다. 나는 그곳에 몸을 뉘었다. 두 손을 머리 뒤에 포개고 드러누워 하늘의 별들을 바라보았다. 지금은 아무도 나를 보고 있지 않았다. 인간에게서 멀리 떨어져 있는 것에 행복을 느꼈다.

잠이 들었다.

그러다 내가 뱉어놓은 오물더미 근처의 작은 나무들이 부스럭거리는 소리에 잠에서 깨어났다.

나는 소스라치게 놀라며 일어섰다. 소리보다는 바치오의 잔영에 섬뜩해졌다. 잔영은 그의 집을 나선 이후 내내 악취처럼 내 곁을 떠돌고 있었다. 이처럼 맑은 밤에, 별빛 아래에서 잠을 청하고 있는 나를 깨울 이가 누가 있으랴? 게다가 나를 죽이려고 달려들 사람이 그 말고 누가 있으랴?

나는 나뭇가지 뒤로 숨은 것이 사람인지 동물인지 확인해보기로 했다. 진료실 겸 침실로 가는 것이나, 집 쪽으로 가는 것이나, 저 위치에서는 황소 뿔을 잡고 얼굴을 확인하는 것처럼 위험한 일이었다.

나는 조심스럽게 몇 걸음 옮기고 멈춘 다음 반응을 기다렸다. 그리고 다시 몇 걸음 옮겼다.

"뒤돌아요."

리타의 목소리였다.

그녀의 목소리가 어찌나 또렷하게 들리는지 순간 안도감이 밀려왔다. 얼떨결에 나는 그녀의 말을 따르지 않고 눈으로 그녀를 찾기 시작했다.

"뒤돌아서라고요!"

그녀가 반복했다.

나는 뒤돌아섰다. 그러자 주섬주섬 옷을 주워입는 소리와 함께 그녀의 목소리가 다시 들려왔다.

"이젠 됐어요."

그녀가 말했다.

나는 돌아서 그녀를 보았다. 그렇게 키가 컸는지 잠시 잊고 있었다.

"화장실 변기가 고장난 것 같아서요." 그녀가 말했다. "소변 보러 정원에 나왔어요."

나는 웃었다. '소변 보러 정원에 나왔어요'. 이거야말로 어느 백작부인의 자서전 제목으로 기발하지 않은가.

"제 음식에는 독약을 탔나봐요."

내가 말했다.

"아버지 혼자 즐겨드시는 거예요." 리타가 말했다. "난 평생 그 마테는 딱 한 번 마셔봤어요. 벌써 이십 년도 넘은 일이에요. 그런데 아버지는 그걸 마셔도 끄떡없더라고요."

나는 내 의지와 무관하게 잔디 위에 남겨놓은 내 치부를 들키지 않으려고 정원을 가로질러 걸어갔지만, 그녀는 못 본 척하며 내가 뱉어놓은 오물더미 옆으로 지나갔다.

역시 촌 여자였다.

잠시 뒤 우리는 밤하늘 아래, 모든 사악한 냄새와 슬픔을 뒤로하고 잔디 위에 앉아 있었다.

나는 부에노스아이레스에 대해 어떻게 생각하는지 그녀에게 물었다. 그리고 도시에서 사는 것이 나에게는 어떤 의미인지 이야기하고, 벨라리오에서의 생활에 대해서도 귀 기울여 들었다.

"남편을 고르는 데 어렵지는 않았겠어요." 내가 말했다. "키 때문에 말이에요."

리타는 불편한 듯 웃긴 했지만 대답할 것 같지는 않았다. 그러다 그녀는 결국 말했다.

"네. 마을에서 키가 큰 사람은 우리 둘뿐이에요."

"당신 아버지도 있잖아요."

내가 불쑥 말했다.

이번에는 대답이 없었다.

우리는 조용히 입을 다문 채 한동안 별들을 바라보았다.

"하느님을 섬기는 이 마을에 무슨 이유로 UFO가 왔을 거라 생각하십니까?"

"글쎄요, 그건 아무도 모르는 거죠. 어쩌면 물이 필요해서, 아니면 지구의 성분을 채취하기 위해 착륙했던 것일 수도 있겠지요. 아니면 단지 풍경을 가까이서 보기 위해서였을 수도 있고 말이에요."

"아무도 없는 줄 알고 그랬겠지요."

"이 마을에 사람다운 사람이 있나요, 뭐……"

리타가 말했다.

그녀가 간접적으로 UFO 착륙에 관한 진실에 의문을 표한 순간 짜릿한 감정이 일었다.

"이곳에도 사람이 있어요." 내가 말했다. "어디에서나 만날 수 있는 그런 사람들 말입니다. 지구 어디를 가든 인간은 끔찍한 존재입니다. 제가 속한 곳만 봐도 그렇습니다. 허구한 날 고함만 지르는 과부부터, 손버릇 나쁜 경비원뿐만 아니라, 자신의 누나를 폭행하는 노인네 등 아주 천태만상입니다. 게다가 도시 번화가 중심의 높은 빌딩들 안에는 어떤 사람들이 존재할는지 아무도 모르는 겁니다."

"알아요."

그녀가 말했다.

그녀의 입에서 흘러나오는 말들은, 시간조차 알 수 없는 한밤중에 아무런 목적 없이 이야기를 나누고 있는 두 사람 사이에 야릇한 분위기를 조성하고 있었다.

우리는 말의 침묵조차 묻혀버리는 고요한 세계에 들어서 있었다. 자신들이 맺고 있는 관계를 명쾌하게 정의 내리지도 못하면서 그 관계를 유지하고 있는 한 남자와 한 여자. 두 사람은 어떤 대기의 법칙에 이끌려 하늘 아래에서 서로를 편안하게 느끼고 있었다. 의미 없는 이야기를 주고받으며 행여 말실수라도 하면 어쩌나, 할 말이 없으면 어쩌나 하는 걱정도 잊어버렸다.

"저는 내일 오후에 떠납니다." 결국 내가 말을 꺼냈다. "지금 제가 하려는 말은 침묵만큼이나 의미 있는 것입니다. 우리는 앞으로 절대 만날 일이 없을 겁니다."

나는 잠시 침묵을 지켰다. 그녀는 내 말을 가로막지 않았다.

"산에 올라갈 때 당신이 산처럼 보이더군요……"

"어머, 끔찍해라!"

그녀가 소리쳤다.

"아니요, 그게 아닙니다." 나는 수습하기 시작했다. "저는 산이 너무 좋아요. 제 말은, 당신을 정복하고 싶었다는 겁니다. 당신은 내게 위대한 자연의 힘처럼 느껴졌습니다. 지금 이 순간은 당신이 여자로 보입니다. 이런 밤은 두 번 다시 오지 않을 거예요. 우리 진료실로 갑시다."

그러자 그녀는 한 번도 다른 남자와 어울려본 적이 없다고 했다. 물론 그럴 만한 기회도 별로 없었다고 했다. 처음에는 내가 유일하다는 것에 우쭐했지만 나중에 그녀가 내게 어떤 특별한 관심이 있었던 게 아니었음을 알게 되었다. 그녀가 필요로 했던 것은 단지 남편과는 다른 남자였을 뿐이었다. 단 한 번일지라도, 오래 전부터 억눌러왔던 감정을 다시 되살릴 수 있기를 원했던 것이다. 그녀에게는 불륜보다 더 강렬한 경험이 필요했던 것이었지만 나는 그것을 눈치채지 못하고 있었다.

V

니카노르는 그날 정오가 되어서야 집으로 돌아왔다. 피곤하고 잠도 제대로 못 잔 기색이 역력했다. 리타는 그전에 그 끝없는 육체를 씻을 여유가 있었다. 외도를 몇 번 해보지 않았지만 그 짧은 경험 안에서 내가 배운 것은, 상대의 몸을 신중하게 다뤄야 한다는 것이었다. 감정이 배제된 상태에서 만나는 두 사람은 절대로 상대의 몸에 흔적을 남겨서는 안 된다. 어쩌면 돈이야말로 불륜에 감정의 전선이 생기는 것을 막는 유일한 방법일지도 모른다. 그러나 리타도 나도 서로 돈을 지불하지는 않았다. 우리는 단지 일탈이 가져다주는 짜릿함에 몸을 맡겼을 뿐이었다. 졸려서 잔뜩 일그러진 얼굴과 헝클어진 행색의 니카노르를 보니 기뻤다. 무언가 알수 없는 변화를 감지할 정신이나 여력이 남아 있지 않을 테니 말이다.

그는 한숨 자기 위해 부부침실로 들어갔고, 리타는 식사를 하기 위해 나를 데리고 그녀의 부모님 집으로 향했다. 저녁이 되면 나는 이곳을 떠나야 했다.

가는 도중, 나는 점심은 건너뛰고 어디로 가서 한 번만 더 하자고 말했다. 그러나 그녀는 한 번이면 족하다면서, 부모님 집에서 식사를 안 한 이유에 대해 니카노르에게 설명할 마땅한 핑곗거리도 없다고 덧붙였다.

점심식사를 하는 동안 바치오는 의젓한 자세를 유지했다. 마음 편히 식사할 수 있도록 침묵을 지켜줬지만, 내게는 여전히 그가 사납게 느껴졌다. 나는 그의 평정이 지난밤 자기 아내의 몸에 가한 끔찍한 체벌 때문일 것이라고 생각했다. 아델라의 앞치마 아래 그녀의 하얀 블라우스 안에는 보라색 멍자국과 잇자국이 줄줄이 새겨져 있을 것이라 상상했다. 그녀의 얼굴에는 고통이나 슬픔의 기색이 보이지 않았지만, 마음 놓고 티를 낼 수 없어서일 것이다. 그러는 순간 남편이 자신의 머리채를 휘어잡고 끓고 있는 스파게티 소스 냄비에 처박을 수도 있기 때문이었다. 이 집안에서 고요함은 화목함이 아니라 소리 없는 아픔을 의미하는 것이었다.

아델라가 라비올레스*가 담긴 접시를 내 앞에 놓을 때 혹시 상처가 보이지 않을까 그녀의 팔 안쪽을 살짝 훔쳐보았지만, 여전히 가무잡잡하고 부드러운 그녀의 살결만 보일 뿐이었다. 어깨나 가슴은 어떨까? 그녀가 반응을 보이도록 하는 유일한 방법은 죽은 아

---

* 이탈리아 식 만두로 만든 스파게티 요리.

들에 대해 언급하는 것뿐이라는 생각이 들었다. 무언가, 혹은 누군가에 대해 트집을 잡기 위해 남편이 죽은 아들을 다시 들먹인다면, 그녀는 드디어 일평생 짊어져온 두려움을 과감히 떨쳐버릴 수 있을 것이다. 죽은 아들을 가만히 내버려둘 수만 있다면 마구 얻어맞는 것도 얼마든지 감수할 것이다.

고독한 남자들이 식사하는 방식에는 두 가지가 있다. 하나는 신문을 읽으며 먹는 것이고, 다른 하나는 창밖을 바라보며 식사하는 것이다. 그러나 입도 뻥긋 하지 않는 가족과 식사하는 것 역시 몹시 불편하다는 것은 새로운 발견이었다. 나는 다른 생각에 집중하려고 애를 썼다. 심지어 리타에 대한 생각도 잊어버리려고 노력했다. 라비올레스 맛은 꽤 훌륭했다.

시럽을 뿌린 파파야를 후식으로 먹고 난 뒤 아델라가 마테 차를 권했지만 나는 정중히 거절했다. 그때 바치오가 조소를 보내며 처음이자 마지막으로 한마디 뱉었다.

"아침까지 들볶였나보군. 마테 때문에 말이야."

VI

오후가 되자 벨라리오에 남아 있어봐야 더는 의미가 없겠다는 생각이 들었다. 이미 마을을 둘러보았고, 산 정상에도 다녀왔으며, 전화 교환원과 식료품 가게 주인도 만나보았기 때문이다. 그들은 모두 왠지 수상쩍었다. 살아서 숨만 쉬는 좀비 같았을 뿐 아니라, 흥분되는 비밀을 갖고 있다는 것을 무척 즐기는 듯했다. 그곳에서는 리타와 니카노르만이 유일하게 정상인인 것 같았다.

만족스럽게 배를 채우고 그녀의 부모님 집에서 돌아오는 동안, 나는 다시 한번 리타에게 남편이 자는 동안 이별의 의식을 치르자고 제안했지만 역시 거절당하고 말았다.

그러나 나는 불평하지 않았다. 어차피 신들은 항상 내 편이었기 때문이다.

오후 네시가 되자 니카노르가 잠에서 깨어났고, 우리 셋은 정원 잔디 위에 앉아 마테 차를 마셨다.

"나는 지금까지 열 번을 이사했습니다." 내가 니카노르에게 말했다. 그리고 무심코 내 비겁함을 드러내고 말았다. "하지만 당신은 당신이 태어난 이 집에서 죽음을 맞이하겠죠."

왜 그에게 죽음이라는 말을 들먹였을까? 왜 그런 식으로 그를 공격한 것인가? 불륜을 저지른 여자와 그녀의 남편, 그리고 그녀의 정부, 이 수치스러운 만남으로는 부족했던 것일까? 아니면 상대의 남편에게 내 감정을 숨길 만한 배포가 없어서? 그것도 아니면 그의 아내에게 두 번이나 거절당한 것에 대한 앙갚음인가? 남자들은 원할 때마다 언제든지 섹스할 수만 있다면 어린애처럼 행동한다.

그러나 니카노르는 내 공격에 맞서지 않고 자연스럽게 말했다.

"저는 이곳에서 태어나지 않았습니다. 그러나 이 집에서 죽는다고 해도 상관없어요. 어찌 되었건 간에 이곳은 우리 부모님의 집이니까요."

리타가 감동한 표정으로 니카노르에게 다가가 포옹하며 뺨에 키스했다. 나는 마테 차를 다시 잔에 채운 뒤 마치 그의 확신에 공감한다는 듯이 한 모금 마셨다.

"그럼 어디에서 태어나셨습니까?"

내가 물었다.

"아버지께서 일하셨던 농장의 막사에서 태어났습니다." 니카노르가 말했다. "아버지는 대부분의 시간을 알다바 가(家)의 농장에서 일하셨기 때문에 구 개월의 임신 기간에 혼자 지내는 게 싫으셨던 어머니가 그곳으로 들어간 겁니다. 그래서 제가 태어날 때까지 그곳에서 살았지요. 그러니 제가 태어난 곳은 그 막사인 셈입니다."

"그 농장 막사는 아직도 있나요?"

내가 물었다.

"아마도 그럴걸요." 니카노르가 대답했다. "그뒤로는 한 번도 가보지 않았어요."

그때 리타가 카드게임을 하자고 제안했지만, 나는 가요*를 좋아하지 않는다고 말했다.

"그러면 저 혼자서 아내와 놀아줘야겠군요."

니카노르가 말했다.

그가 리타에게 손을 내밀었고, 그녀는 미소를 지으며 그의 손을 잡고 집 안으로 들어갔다.

나는 마테 차 한 잔을 또다시 채우고는 다 마신 뒤 자리에서 일어났다.

---

* 카드게임의 일종.

VII

나는 정처없이 마을을 배회했다. 모든 상점은 굳게 닫혀 있었고, 찻길을 느긋하게 가로지르는 쥐만 보일 뿐이었다. 순간 여자가 간절해졌다. 누구라도 상관없었다. 이 지옥 같은 곳에서 말짱한 정신을 유지하기 위해서는 그 방법밖에 없어 보였다. 햇빛 아래 사막같이 황량한 마을에, 옹기종기 붙어 있는 저 집들에 사는 사람들은 어떻게 섹스를 할까? 절대로 정상적이지는 않을 것이다.

그때 일곱 살 먹은 후안이 나타났다. 한 손에 소 뼈가 묶여 있는 기다란 줄을 들고 있었다.

"그게 뭐니?"

내가 물었다.

"자동차예요."

아이가 대답했다.

"너도 UFO를 봤니?"

내가 또 물었다.

"여기 있는 사람은 전부 봤어요."

아이가 대답했다.

"어떻게 생겼는데?"

"불빛을 내뿜는 팽이 같았어요."

"불빛을 내뿜는 팽이를 본 적은 있니?"

"아니요."

"그럼, 장난감 팽이는 갖고 있니?"

"아니요."

"너도 산에 올라갔니?"

"우리 모두 올라갔어요."

후안이 말했다.

그러고는 손으로 산이 있는 쪽을 가리켰다.

후안은 그의 '자동차'를 끌고 어디론가 걸어갔다.

대체 이 마을에는 사창가나 술 한잔 들이켤 만한 주점도 없는 거야? 분명히 어딘가에 있을 테지만 내가 이곳을 떠나기 전까지는 찾지 못할 것이다.

그때 빨간 페인트로 '벨을 누르시오'라는 글귀가 쓰여 있는 하얀 타일이 붙은 집을 발견했다.

나도 모르게 벨을 눌렀다.

그러자 반으로 갈라진 대문의 위쪽만 열리더니 이가 몽땅 빠진 노인이 나타났다.

그는 아무것도 묻지 않았다.

"위스키 있나요?"

내가 물었다.

노인이 사라졌다. 그리고 누군가 문을 닫았다. 나는 몇 초간 더 그 자리에 서 있다가 걸음을 옮겼다. 몇 걸음 갔을까, 누군가 등 뒤에서 부르는 소리가 났다. 좀전에 벨을 눌렀던 집 쪽에서 들려오는 것이었다. 노인이 윗문을 열고 한 손에 병을 든 채 나를 기다리고 있었다.

내가 다가가자 노인은 이 페소라고 말했다.

그러고는 뚜껑도 없이 열려 있는 병을 건넸다. 안에는 위스키 향이 나는 액체가 반쯤 들어 있었다.

나는 주택가를 벗어나 산등성이가 시작되는 곳으로 갔다. 그리고 땅바닥에 앉아 한 방울도 남김없이 다 비울 때까지 한 모금씩 마셨다.

그렇게 오후 시간이 지나갔다.

리타가 버스정류장까지 함께 왔다. 운전사는 비야 마리아에서 스쿨버스를 운전하는 사람이었는데, 코르도바 행 고속버스를 타려는 승객들을 비야 마리아까지 실어나르기도 했다. 그러나 내가 승합차에 올라타 코르도바 시까지 직행으로 가는 데 이십 페소를 제안했더니 그는 흔쾌히 받아들였다.

왜 리타가 나를 버스정류장까지 데려다주었는지 이렇다 할 설명은 듣지 못했다. 어쩌면 가이드로서의 임무였을 수도 있을 것이다.

정류장에서 나는 리타에게 그곳에서 몇 미터쯤 떨어진 수풀 안으로 들어가서 작별의식을 치르자고 또다시 애걸할 만큼 취해 있었다. 그곳에는 화장실 딸린 정거장 건물조차 없었다.

그러나 그녀는 안 된다고 했다. 얼굴에는 미소를 띠며.

버스가 도착하자 우리는 작별인사를 나누었다.

나는 버스에 올라타 창문 너머로 이별을 고했다.

잘 있어라, 거인의 세상이여. 아구스틴 영감님, 미카엘라 부인 안녕히. 고통받는 아델라 부인도 안녕. 바치오 영감, 지옥에나 떨어져라.

마을에서 멀어지는 동안 나는 리타를 머릿속에서 지울 수가 없었다. 한 번만 더 안을 수 있었다면 얼마나 좋았을까. 부에노스아이레스의 어느 무더운 여름밤에 그녀가 예고도 없이 내 아파트로 찾아온다면 얼마나 좋을까. 그래 준다면 지난밤 경황이 없어 찬찬히 음미해보지 못한 그녀의 육체를 구석구석 감상할 수 있을 텐데.

비야 마리아와 코르도바 중간쯤 갔을 때 기사가 내게 말을 걸었다. 거의 나를 깨우다시피 했다는 게 더 정확할 것이다.

나는 맨 앞좌석 두 자리를 차지하고 꾸벅거리며 졸던 중이었다.

"리타가 잘해주던가요?"

그의 목소리는 빈정거림에 가까웠다. 벨라리오를 벗어나면 물어보려고 벼르고 있었던 것 같았다.

"뭐라고요?"

내가 되물었다.

"리타가 잘해줬냐구요."

그가 말했다.

"예." 나는 취기 때문에 얼떨떨한 정신으로 대답했다. "훌륭한 가이드였어요."

"설마 덮치지 않은 건 아니겠지요!"

그가 말했다.

"물론이죠." 내가 말했다. "안 덮쳤어요."

"마을에서 유일하게 여자다운 여자인데!"

그가 말했다.

"그런 것 같더군요." 내가 말했다. "그래도 안 덮쳤습니다."

"그 이유만이 아닙니다." 그가 말했다. "리타는 아무하고나 자요. 저도 리타랑 뒹굴어봤는데요, 뭘. 그 엉덩이 보셨어요? 정말 대단한 여자야!"

"키가 너무 커요."

내가 말했다. 그리고 방금 목소리가 갈라져나온 것을 깨닫고는 창문을 닫았다.

"산에서 덮치기에 제격인 여자예요." 그가 말했다. "나는 여기서 거사를 벌였지만 말입니다. 저 뒷좌석에서."

나는 조용히 입을 다물고 있었다.

"그래도 저는 그 여자 이해해요." 이렇게 말하더니 그는 순간 내 졸음을 한꺼번에 날려버릴 말을 덧붙였다. "누가 남동생이랑 결혼하는 걸 좋아하겠습니까?"

"리타 남동생은 죽었어요."

나는 리타가 "물론이죠"라고 대답했을 때처럼 재빨리 응수했다.

"저긴 참 이상한 마을이에요." 남자가 말했다. 그의 설명에 따르면 코르도바 시 전체가 그들이 남매라는 것을 알고 있지만 유독 벨라리오 사람들만 모르고 있다는 것이었다. "정말 알다가도 모를 마을이야!" 그는 억지스럽게 껄껄대며 이렇게 말했다.

"그 둘은 남편과 아내입니다." 이제 잠을 포기한 내가 대답했다. "키가 비슷하다고 해서 둘이 남매라는 법은 없지 않습니까?"

"누구 자식인데요?"

그는 앞에서 달려오는 돼지를 실은 트럭에 인사하기 위해 창밖으로 한 손을 내민 채 물었다.

"그게 무슨 말씀이신지?"

내가 말했다.

"니카노르 말입니다. 그 장대 같은 키가 어디서 왔겠습니까? 어디 대나무에서 잘라왔겠어요?"

"키가 큰 건 어쩔 수 없는 거잖아요."

내가 말했다.

"둘 사이에 왜 애가 없겠어요?"

그가 다시 물었다.

"굳이 애를 가져야 할 필요는 없지요." 내가 말했다. "기사님 말대로 하자면 남매일지라도 애를 가질 수는 있는 것 아닙니까."

"그 둘이 결혼한 지가 벌써 오 년이 넘었습니다. 그런데 왜 애가 없겠어요? 애를 갖는 건 천륜을 어기는 것이고, 자연을 거스르는 것이기 때문이라고요."

"요즘은 별짓 다 해도 상관없잖아요."

"이건 별짓 정도가 아니지요. 이들은 순리를 거스르고 있단 말입니다. 아무튼 나랑 상관없는 일이지만."

고속도로 옆으로 시원하게 펼쳐진 들판이 마치 영화에 나오는 풍경 같았다. 이따금 반대 차선에서 트럭이 가축 냄새를 풍기며 지나갔다.

"그럼 기사님 말은 니카노르가 바치오 영감의 아들이라는 겁니까?"

결국 내가 물었다.

"물론이지요."

그가 대답했다.

"미카엘라 부인이 남편 몰래 바람을 핀 건가요?"

"그건 누구나 아는 사실인 걸요." 기사가 말했다. "하지만 그녀의 아들이 아니에요."

"그럼 누구 아들입니까?"

내가 물었다.

"리타랑 똑같아요. 아델라와 바치오의 아들이지요."

"이해가 안 가는군요."

내가 말했다.

"바치오가 아구스틴의 아내인 미카엘라와 부정을 저질렀어요. 아구스틴이 목장에서 지내야 했기 때문에 이 둘은 자유롭게 만날 수 있었지요. 그런데 미카엘라는 애를 가질 수가 없었어요. 그래서 본처인 아델라와의 사이에서 아들이 생기자 미카엘라에게 건네준 거였지요."

"말도 안 되는 소리예요."

내가 말했다.

"그게 그의 공평함의 논리 아니겠습니까." 기사가 말을 이어갔다. "그의 여자들 중 한 명은 이미 딸이 있었어요. 그러니 두번째 자식은 다른 여자에게 줘야 하는 거지요. 그리고 아델라에게는 애가 죽은 채로 태어났다고 말했어요."

"그럼 아구스틴 영감은요?" 내가 물었다. "아구스틴 영감은 이 전모를 알고 있을 것 아닙니까."

"물론 알고 있지요. 전부 알고 있어요. 니카노르만 빼고 전부 그 사실을 알고 있습니다."

그때 휘발유를 가득 채운 트럭이 지나갔고, 나는 기사가 방해받지 않고 운전할 수 있도록 입을 다물었다.

"어떻게 남매를 결혼시킬 생각을 하게 된 걸까요?"

"그거야 알 수 없지요." 그가 가속페달을 밟으며 말했다. "그러니 알 수 없는 마을이라는 거지요."

나는 마을주민 모두가 산꼭대기로 올라가 풀밭에 석유를 뿌리며 새로운 종교의 징표를 새기거나 종말을 의미하는 형상을 만드는 모습을 상상했다. 아니, 어쩌면 실제로 UFO가 산에 내려왔고, 마을주민 모두가 목격했을 수도 있을 것이다. 나는 창밖을 바라보았다.

"부에노스아이레스로 가야 하는데."

그러자 버스기사가 말했다.

"팔십 페소만 더 주시면 모셔다드리지요."

"그렇게 해주세요."

내가 말했다.

historias

de

Una experiencia teatral 연극 연습

hombres

casados

이 이야기는 벌써 여러 해 전에 했어야 할 이야기이다. 하지만 나조차 겨우 몇 달 전에야 자초지종을 알게 되었으니…… 그런데 이제 와서 이런 일을 새삼 들춰낸다는 게 부질없는 일은 아닌지 걱정이 되는 것도 사실이다. 그 일이 일어난 건 1980년대 초반이었다. 군사독재가 막을 내리고 난 직후로, 즐겁고 행복하고 우둔하기까지 했던 시절이었다. 종종 나는 입버릇처럼 그 시절이야말로 내 평생 아르헨티나가 가장 찬란했던 때이며, 개인적으로는 그 어느 때보다도 멍청한 사람들을 많이 겪은 시기라고 말한다.

지금부터 털어놓으려는 그 가슴 아픈 일이 일어난 건 1984년이었지만, 장장 십육 년이 흐른 지난겨울에야 비로소 나는 그 일의 전모를 알 수 있었다. 그 겨울날, 나는 우루과이 가에서 코리엔테스 가를 지나 발렌틴 고메스 가와 안초레나 가의 교차로에 있는 내 작업실로 걸어가고 있었다. 일요일 오후 네시에 방송되는 시원찮은 라디오 프로그램에 출연해 인터뷰를 마치고 나오는 길이었다. 부에노스아이레스 사람치고 일요일 오후 네시에 제정신으로 깨어 있더라도, 아쉬운 휴일의 마지막 시간을 들어봐야 남을 것 하나 없는 시원찮은 라디오 프로를 듣느라 허비하는 사람은 없을 것이다. 청취자도 별로 없는 그저 그런 프로그램에 초대손님으로 나갔다는 것에 나는 언짢아졌다. 그때 나는 아무래도 지혜로운 조상님들이 누누이 말씀하셨던 겸허의 미덕, 즉 '모든 것은 헛되고도 헛되니 바람과 함께 사라져버릴 따름이다'는 교훈을 망각하고 있었던 게 분명하다. 도대체 뭐가 그리 불만이었을까? 지금도 얼마나 많은 유대인이 눈에 띄지 않고 그저 조용히 살아갈 수 있기를 바라고 있는데…… 도대체 무슨 권리로 그렇게 화를 냈던 거지? 나도 정말 모르겠다. 다만 한 가지 분명한 것은, 이 세상에 존재한다는 것만으로도 감사해야 하는데도 불구하고, 나는 뭐에 홀린 사람처럼 불평을 쏟아냈다는 것이다. 그런데 카야오 가와 코리엔테스 가가 교차하는 길을 지나다가 '라 오페라' 커피숍 창가에 팔꿈치를 괴고 기대앉은 절름발이 미겔 앙헬 프라시니의 모습을 보는 순간, 나를 사로잡고 있던 배은망덕한 생각들은 확 달아나버리고 말았다. 지금껏 순조로웠던 내 운명에 어떤 식으로든 오점을 남긴 적이 있다면, 바로 절름발이 프라시니의 모습이 내 시야에 들어온 그 순간이리라. 물론 우연히 그를 만난 것이 내 잘못은 아니다. 그러나 그때 나는 복에 겨워 건방을 떨고 있었고, 그런 내게 운명은 일침을 가하려 했을 것이다. 그래서 내가 주제넘게 기분 나빠하고 있자, 정확히 십육 년 전 다시는 들어가지 않으리라 다짐했던 그 커피숍에서 절름발이 프라시니를 마주하게 만든 것이다.

사실 절름발이 프라시니는 정말 절름발이가 아니었다. 하지만 워낙 걸음걸이가 비뚤고 제멋대로여서 사람들이 그렇게 부르는 것이었다. 그는 강경당 소속 군부대 선임장병 출신이었다. 그러나 정당 내에서 무슨 요직을 맡은 것도 아니었고, 또 1982년에서 85년 사이에 그의 주위를 맴돌았던 몇 안 되는 미녀와 어떤 결실을 이루어낸 것도 아니었다. 그는 사람들이 자기를 '절름발이'라고 부르는 걸 오히려 좋아했다. 그 별명이 별 볼일 없는 자기 존재에 나름의 특성을 부여해주었기 때문이다. 내 기억 속의 그는 달랑 망토 한 장 두른 채 가구도 없는 썰렁한 방에서 이 사람 저 사람과 어울려 철딱서니없는 파티나 여는 사내였다. 뭐 그렇다고 그 파티들이 질 나쁜 모임이 아니었다는 건 나도 인정하지만. 십육 년 전, 나는 한 어여쁜 아가씨한테 바람을 맞고 내 평생 다시는 라 오페라 커피숍에는 발도 들여놓지 않으리라 맹세했다. 그녀 역시 당시 강경당(참 이름 한번 별나지) 주변을 얼쩡거리던 몇 안 되는 미녀 가운데 하나였는지는 기억나지 않지만— 끝내 절름발이에게 그걸 물어보지 못했다 — 대단한 아름다움의 소유자였으며, 연극을 공부하고 기획하고 실제로 배우로 '연기를 했던' 사람이다. 그녀의 이름은 '히메나'였는데 사람들은 그녀를 '욜란다'라고 불렀다. 예전에 사귀던 남자친구와 헤어지려 하자 그가 몇 날 며칠 그녀를 향해 기타를 치며 구슬픈 목소리로 파블로 밀라네스의 노래를 불렀는데, 그 노랫말 가운데 '욜란다, 욜란다……'라는 후렴구가 있었기 때문이라나. 강경당 소속 장교의 자제인 그 남자친구의 이름은 유리였는데, 한번은 코르타사르의 작품을 인용하여 히메나/욜란다에게 "오, 그대 마법사여!"라고 부르기도 했단다. 나는 예전에 옛 애인에게 '마법사'라고 불렸던 여자들을 최소 스무 명 정도 사귀어봤는데, 그 시절 그나마 내가 나 자신에 대해 괜찮은 면이라고 여겼던 것이 있다면 바로 그런 입에 발린 낯간지러운 말 같은 건 이미 졸업하고 난 뒤라는 점이었다. 하여간 공연히 옆길로 빠지지 말고 본론으로 돌아가자.

독자 여러분이 날 용서할 수 있을지 모르겠다. 나름대로 한창 잘나가던 그 시절, 그렇게 많은 여자와 사귀어봤다는 이야기를 털어놓았는데도 이 글을 끝까지 읽어줄 수 있을지…… 1984년 겨우 첫번째 데이트 약속을 받아냈지만, 히메나는 나를 세 시간이나 기다리게 했다. 그야말로 바람을 맞힌 것이었는데도 나는 세 시간이나 버티고 앉아 있었다. 솔직히 언젠가 나타나리라는 기약만 있었더라면 세 시간이 아니라 백년이라도 기다렸을 것이다. 물론 그녀가 그만큼 예쁘기 때문이었다. 하지만, 꼭 그녀가 아니었더라도 눈곱만큼의 기회라도 엿보였더라면 상대가 어떤 여자였든지 간에, 요정 파트리시아든 마녀 카차바차든 상관없이 백년을 기다리는 것쯤은 아무것도 아니었으리라. 그렇게 바람 맞은 지 십 년이 되었을 때, 난 히메나에게 그날 왜 라 오페라에 나타나지 않았는지 물어보면서 그후 단 한 번도 그곳을 찾지 않았다는 말도 덧붙였다. 그녀는 사실대로 고백했다. 일 년이 넘도록 은근히 그녀를 거부하던 연극과 교수가 그날 그녀가 나와 데이트하기로 한 걸 알고는 강의가 끝난 후 좀 남을 수 있겠냐고 청했다는 것이다. 말하자면 그녀는 나 대신 그 교수를 선택한 것이다. 물론 독자 여러분은 내가 깊은 상처를 입었을 거라고 생각할 것이다. 그래서 그 연극과 교수라는 세바스티안 로벤스가 정작 실전에서 능력을 발휘하지 못했다고 말하면, 내가 없는 말을 꾸며댄다고 생각할지도 모른다. 하지만 그는 정말로 임포텐스였다. 반면 나는 세 시간을 기다리면서 커피를 장장 일곱 잔이나 마셔댈 만큼 능력 있는 사람이었다. 오로지 그녀만을 생각하면서. 하지만 관객과의 '상호작용'을 중요시하는 부조리극의 대표 주자 로벤스 교수는 '정작 기회가 왔을 때' 그녀를 가질 수 없는 사람이었다. 그런가 하면, 히메나 역시 멍청한 면이 있는 여자였다. 물론 나는 처음부터 그녀의 그런 면을 알고 있었다. 개인적으로 나는 백치미가 있는 여자에게 강하게 끌리는 편이다. 뭐 그렇다고 해서 지성적이지만 매력은 좀 떨어지는 여자가 싫다는 말은 아니지만, 그래도 멍청하고 예쁜 여자에게 훨씬 더 끌린다. 그런데 내가 왜 세 시간이나 기다린 걸까? 아마도 처음 한 시간을 기다리면서 그녀가 결국 나타나지 않을 것임을 알게 되었고, 그래서 그 자리에 그대로 앉아 아픈 마음을 달래는 데 두 시간쯤 더 보냈으리라. 어쩌면, 이제 뭘 하고 생각하느라 그랬는지도 모른다. 한순간, 밤새도록 쓴 커피나 마셔댈까 하는 생각도 했다. 커피가 가져다주는 도취와 진정 효과라도 없으면 자살 충동을 떨쳐버릴 수 없을 것 같았기 때문이다. 엄밀히 말하자면, 내가 그날 왜 세 시간이나 기다렸는지 나도 잘 모르겠다. 하지만 한 가지 분명한 사실은, 마지막 순간까지도 나는 여신 같은 풍만한 가슴과 가무잡잡한 얼굴, 그리고 무의미한 이 세상과 나의 삶에 해답을 던져주는 듯한 엉덩이를 지닌 그녀가 커피숍으로 들어서는 환상을 버리지 못했다는 것이다. 만일 그날 그녀를 가질 수 있었더라면, 십육 년이 지난 오늘 나를 불러주는 곳이 고작 시시껄렁한 라디오 프로그램뿐이라 해도 아무렇지 않았을 것 같다. 세상을 다 가진 셈이었으니 남은 여생은 더 바랄 것도 없이, 조바심도 번민도 느끼지 않고 그저 글이나 쓰면서 살아갈 수 있었으리라. 결국 나는 상처받은 자존심 때문에 두 눈 가득 눈물을 담고, 세 시간을 꼼짝 않고 앉아 있었던 탓에 뻐근해진 다리를 이끌고 커피숍을 나섰다. 그러고는 곧바로 니니를 찾아 코리엔테스 가를 지나 오벨리스코 가로 갔다. 니니는 파리한 안색에 예쁜 구석이라고는 없는 얼굴이었지만 푸근한 여자로, 보글보글 파마를 한 짧고 검은 머리에 늘 허연 비듬을 달고 다녔다. 들창코에 몸매는 꼭 시골 아낙 같았지만 동작은 어찌나 민첩한지 그 덕분에 '니니 병사'라는 별명으로 불리기도 했다. 머리에는 파블로 네루다의 시에 나오는 인물을 흉내내 파란색 베레모를 쓰고 다녔는데, 네루다 시인이 그녀의 모습을 보았더라면 최소한 베레모의 색상을 달리했든가 아니면 모자 자체를 다른 소품으로 바꿔버렸을 것이다. 이런 외모와는 달리 그녀는 잘난 체도 잘하고 싸움질도 잘했다. 그녀는 코리엔테스 가를 온통 휘젓고 다니며 사람들과 이야기를 나누고, 사람들의 관심과 호감을 얻어내려 애썼다. 그래봐야 얻는 것이라고는 또다른 전투에서 이미 패배하고 온 남자들 한 무더기일 게 뻔했지만. 하지만 니니는 그런 일 자체를 즐겼고, 그래서 결코 풀죽는 일도 없었다. 나만 보면 옷차림이 그게 뭐냐, 도무지 철이 없다고 핀잔을 주기도 하고 내 시가 꼴같잖다고 놀려대기도 하지만, 그래도 남자들의 아랫도리를 다루는 솜씨만은 따라올 여자가 없다는 건 나도 인정하고 있었다. 결국 모든 건 생각하기 나름 아닐까 싶다. 세상에는 못생긴 여자는 있지만 못 봐줄 만큼 지독하게 흉한 여자는 없는 법이다. 물론 아주 빼어나게 예쁜 여자들이 있긴 하지만, 그 어떤 여자라도 조금만 머리를 굴리면 남자 하나쯤은 어떻게든 꼬드겨볼 수 있다. 예를 들면 나와 함께 있을 때에는 좀더 내 마음을 끌어보기 위해 멍청한 여자 역할도 할 수 있을 것이다. 나는 니니를 버스에 태워 내 방에 데려가면서, 딱지맞은 티를 내지 않기 위해 그리고 어떻게든 그녀에게 키스하려 할 때 거절당하지 않기 위해 온갖 구실을 갖다붙이느라 바빴다. 그리고 그 와중에도 머릿속으로는 다시는 라 오페라에 가지 않겠노라고 다짐하고 있었다. 그러니 그날의 다짐이 십육 년을 이어져온 셈이었다. 니니와의 섹스는 겨우 십육 분을 넘지 못했는데도. 공간이 넉넉하면 동생하고 방을 같이 쓰라고 할 것 같아 일부러 방에 들여다놓은 난로 위 벽에 걸린 시계를 보며 나는 그 시간을 잰 것이다. 당시만 해도 콜택시가 없었기 때문에 나는 한밤중에 니니와 함께 아래층으로 내려가 그녀에게 지폐 한 장을 쥐여주고는, 밤새 영업하는 볼리비아 식 나이트클럽 겸 레스토랑이 있는 투쿠만 가 모퉁이까지 나와 택시를 잡아 태워보냈다. 택시는 니니를 싣고 그녀의 부모님이 살고 있던 벨그라노 쪽으로 신나게 달려갔다. 그녀의 부모님은 대단한 재산가로, 딸을 걱정하지 않는 건 아니지만 그래도 최대한 자유를 주고 있었다. 그래서 절대로 어디 갔다 오는 길이냐, 무슨 일을 하고 다니는 거냐 묻지 않았다. 니니 덕분에 목숨은 부지할 수 있었지만, 커피 때문에 잠을 이룰 수 없었다. 그런데 새벽 네시경, 전화벨이 울렸다. 나는 히메나의 전화라고 생각하고 얼른 수화기를 들었다. 그런데 에스테르였다. 그때까지 우리 두 사람은 연인 사이라고 하기에는 좀 그런 상태였다. 나는 그녀가 무척 맘에 들었고, '좋다'라는 말에 좀더 깊은 뜻을 담는다면 히메나보다 훨씬 더 좋아하는 여자였다. 문제는 그녀가 내 친구 녀석의 여자라는 데 있었다. 그래서 그녀와 나 우리 두 사람은 함께 산책을 하기도 하고, 영화를 보러 가기도 하고, 커피숍에 나란히 앉아 책 한 권을 펴놓고 함께 읽기도 했지만, 서로의 육체를 건드리지는 못하고 있었다. 전화선 너머로 그녀의 목소리가 들려오자, 나는 그나마 조금 전에 니니와 섹스한 덕분에 새벽 네시에 전화를 걸어온 예쁜 여우 같은 그녀에게 당장이라도 달려가고 싶은 충동을 억누를 수 있다는 것에 하느님께 감사드렸다.

"마음이 너무 울적해." 에스테르가 말했다. "너도 깨어 있을 거라 생각했어. 마침 네 침대 머리맡에 전화기가 있다는 걸 알고 있어서 마음 놓고 전화했어."

"그건 어떻게 알았어?"

내가 물었다.

"루카스가 그랬거든."

루카스는 그녀의 남자친구 이름이었다.

"자고 있었어."

내가 거짓말을 했다.

"어머, 미안해."

"괜찮아. 그런데 무슨 일 있어?"

"그냥 마음이 좀 울적해서 잠이 안 와."

"너도 잠이 안 온다니 잘됐다."

"왜? 너도 못 잤어?"

"실은 커피를 너무 마셨거든."

그렇게 나는 잠 못 들고 있었다는 걸 인정하고 말았다.

"난 지금 마테 차 마시고 있는데. 일 리터는 마신 것 같아."

"루카스는 어디 가고?"

"지난 주말에 아버지를 뵈러 갔어."

루카스의 부모님은 이혼한 상태였다. 그의 아버지는 좌파 페론 정부하에서 지방의원을 지내고 있었는데, 아주 지독한 면이 있는 분이었다. 하지만 루카스는 부친과는 달리 호남형이었다. 다만 내 눈에는 폼만 잡는 멍청이 기질이 좀 있어 보였다. 사실 그건 나도 마찬가지였지만. 그날 새벽에는 꼼짝없이 방구석에 처박혀서 가 슴속으로 밀려드는 바람과 파도에 맞서 싸워야 했다. 그나마 니니 가 큰 도움이 된 셈이었다. 그나저나 내가 지금 무슨 얘길 하고 있 는 건지 모르겠다. 장황하게 벌여놓기만 하고 도대체 이야기가 어 디로 가고 있는 건지. 일단 라 오페라에서 세 시간을 기다린 그날 밤 이야기와 내 평생 다시는 그곳에 발도 디디지 않겠다고 결심했 던 일, 니니와 섹스했던 일 그리고 에스테르가 전화 걸어온 일들은 이쯤에서 그만 정리해야겠다. 하여간 그날 밤은 여명이 밝아올 무 렵에야 겨우 눈을 붙일 수 있었다. 그래도 잠은 잘 잤다. 완전히 녹 초가 되어 곯아떨어진 것이다. 그렇게 그 밤이 지나고 또 새날이 밝아왔다.

그럼 다시 십육 년이 지난 2000년, 그러니까 지난겨울의 어느 일요일로 되돌아가보자. 나는 라 오페라로 들어섰다. 왜? 왜 그간 의 맹세를 깨버린 걸까? 이론적으로는, 내가 스스로 선택한 길을 통해 평온한 삶을 영위해왔음에도 불구하고 내면 깊숙이 어느 구 석엔가는 나라는 틀에서 벗어나 튕겨나가고 싶은, 예컨대 스스로 의 맹세를 깨뜨리는 아주 간단한 연금술을 통해 과거로 회귀하고 싶은 본능이 숨어 있었기 때문이라고 설명할 수 있을 것이다. 물론 이론적으로 그렇다고 해서 실제로도 그렇다는 건 아니지만. 그러나 어쨌든 그건 정확한 이유가 아니었다. 사실 나는 그리 현실에 불만 없는 사람이다. 그저 불만스러운 체하고 있을 뿐이다. 앞서 내 과거사에 대해서 많은 이야기를 했지만, 다음에 기회가 되면 좀더 이야기할 생각이다. 이 책을 통해 다 말할 수 없다면 다음 작품을 통해서라도 털어놓을 생각이다. 여하튼, 난 지금껏 거의 내가 원하는 삶을 살아왔다고 할 수 있다. 내가 사랑했고 지금도 사랑하고 있으며 내 마음에 쏙 들어서 마음껏 향유할 수 있는 아내와 결혼했고, 잘생기고 마음 넓고 용맹스러운 아들도 두고 있다. 내가 한 집안의 가장이라는 느낌을 갖게 해준 갓 태어난 딸도 있는데, 이 딸아이야말로 하늘이 내려주신 선물이다. 또 나는 내 돈 한 푼 안 들이고 세계 곳곳을 여행할 수도 있다. 이런데도 나는 왜 맹세를 깨뜨린 걸까? 그건 뭔가 숨겨진 이야기가 있다는 걸 알아챘기 때문이다. 분명하다. 직감적으로 알 수 있다. 물론 직감이라는 것은 합리적이지도 않고, 그렇다고 종교적이거나 주술적이지도 않으며, 어딜 봐도 논리의 뒷받침 같은 건 찾아볼 수 없는 것이지만. 하지만 알라딘이 램프를 문지를 때마다 램프의 요정이 나타나리라는 것을 믿고 있었던 것처럼, 나 역시 일요일 오후라는 시간과 라 오페라라는 공간, 그리고 절름발이 프라시니와 만나면 거대한 연기의 소용돌이 속에서 인간의 형상을 한 거인 요정이 등장하듯 그 결합 속에서 한 편의 이야기가, 한 편의 험난한 모험담이 탄생하리라는 것을 믿고 있었던 것이다. 그랬다. 난 분명히 뭔가 사연이 있음을 알고 있었다. 지금껏 내가 맹세를 깨뜨렸던 때마다 모두 무언가 이야깃거리가 있거나 여자가 얽혀 있었으니까. 그래서 이미 십육 년이나 지났는데도 라 오페라의 문을 열고 들어선 것이다. 그나저나, 도대체 어디서부터 시작해야 할지 모르겠다. 그래, 십육 년 전 히메나의 연극과 교수였던 세바스티안 로벤스 이야기부터 시작하자. 로벤스는 나처럼 그녀를 히메나라고 불렀지 절름발이 프라시니처럼 욜란다라고 부르지 않았다. 로벤스는 아프리카 흑인처럼 새까만 곱슬머리에 백옥처럼 새하얀 얼굴, 로버트 파웰*처럼 파란 눈을 가지고 있었다. 다만 파웰의 눈 속에서 내가 신비감과 강렬함을 느꼈던 데 비해(나는 파웰만이 〈아라비아의 로렌스〉의 피터 오툴을 대신해볼 만한 유일한 배우라고 생각해왔다), 로벤스의 눈에서는 사람들에게 신비롭게 보이고 싶어하는 열망과 사악한 가식의 흔적만이 느껴졌다. 그가 뿜어내는 아름다움은 여성의 아름다움과는 다른 것이었지만 그 아름다움의 표현 방식은 다분히 여성적이었다. 물론 그는 동성애자도 아니고 여성화된 남자도 아니었다. 다만 남성다운 힘이 좀 부족할 뿐이었다. 아까도 말했지만, 그의 남성은 히메나 앞에서 고개 숙이고 말았다. 그후 히메나는 다시는 그에게 기회를 주지 않았지만, 어쩌면 그가 원치 않았을 수도 있을 것이다. 어쨌든 그로부터 십 년 후, 나는 히메나와 재회해 이야기하다가 그녀와 로벤스가 완전히 끝났다는 것만은 분명히 확인할 수 있었다. 내가 라 오페라에서 로벤스를 마지막으로 봤을 때 그는 스물여덟 살이었고 나는 열여덟 살이었다. 히메나 역시 열여덟이었다. 당시 로벤스는 한두 달 전에

---

* 영국 출신의 영화배우로, 〈나사렛 예수〉 〈두 얼굴의 스파이〉 등에 출연했다.

폴란드에서 귀국한 상태였다. 유럽 사회민주당 계열의 어떤 기관에서 주는 장학금으로 바르샤바에서 공부하는 동안 자신의 전공 분야이자 일종의 해프닝이라 할 수 있는 '관객과 상호작용하는 연극'을 처음으로 무대에 올렸다고 했다. 요즘은 인터넷의 대중화와 더불어 '상호작용'이라는 표현이 엄청나게 유행하고 있지만. 사실 상호작용이라는 말은 상당히 기술적으로 들리지만 과학적인 표현은 아니다. 따라서 그 어휘를 지나치게 사용하면 오히려 의미론적 부풀리기가 발생하면서 공허한 의미만을 갖게 된다. 사람들은 너 나 할 것 없이 상호작용에 대해 논하지만 사실 그 말이 정말 무슨 뜻인지 제대로 알고 있는 사람은 거의 없다. 하지만 로벤스가 자신의 동작 하나하나와 대사 한마디 한마디에 그 행위와 말이 지니고 있는 원래의 의미보다 훨씬 더 큰 의미를 부여하려고 애쓰던 1984년 당시, 나는 그 상호작용이라는 어휘의 의미를 이미 정확히 이해하고 있었다. 바로 관객이 직접 연극의 일부로 참여하는 것을 뜻한다는 것을. 그즈음 이미 나는 '참여적'이라는 어휘가 내포하는 의미가 얼마나 허황된 것인지 깨닫고 있었다. 나는 독자가 간섭하려 드는 소설이라든지 배우가 관객을 성가시게 하는 연극 같은 건 믿지 않는다. 당시도 그랬고, 지금도 여전히 독자나 관객의 참여 같은 건 어불성설이라고 본다. 내 경우, 극장에 가면 그저 재미나게 영화를 즐기고 싶을 뿐이고, 책을 읽을 때에도 그건 마찬가지다(연극은 아예 보러 가지도 않는다). 하지만 어차피 그것은 1984년 당시 코리엔테스 가의 모든 히메나/욜란다 같은 여자들의 섹스 심벌이었던 그 대단하신 로벤스를 앞에 두고 내가 논쟁을 벌일 만한 주제도 아니었다. 그래서 가만히 듣고 있었던 것이다. 그러면서도 나는 내심 히메나가 지나가다가 그의 모습을 발견하고는 커피숍으로 들어와줬으면 바라고 있었다. 이것이 히메나가 나와의 데이트를 수락하기 직전의 일이었다. 결국 바람 맞고만 바로 그 데이트 말이다. 로벤스는 폴란드 바르샤바에서 '거리의 사람들', 즉 행인들을 대상으로 일종의 '프로젝트'를 행해본 적이 있다고 했다. 조수 두세 명을 데리고 바르샤바 도심 한가운데 대로변에 트럭을 세워놓고는 행인들에게 초콜릿을 나눠주었다는 것이다. 백 그램짜리 구소련제 고급 초콜릿이었다. 당시 소비에트 연방 전역, 특히 폴란드의 경제 상황이 극심한 긴축재정으로 힘겨운 시기였음을 고려해볼 때, 표를 가져온 것도 아닌데 아무런 조건 없이 공짜로 나눠주는 초콜릿을 받은 행인들이 얼마나 신이 났을지 상상할 수 있다. 그런데 바로 이때 '극중 참여' 현상이 일어나기 시작했다. 갑자기 로벤스와 조수들이 선별적으로 초콜릿을 나눠주기 시작한 것이다. 그들은 임의로 초콜릿을 줄 사람과 안 줄 사람을 갈랐다. 그러자 곧바로 '상호작용'이 발생하기 시작했다. 차별대우를 받은 행인들은 항의했다. 물론 그들에게는 초콜릿을 요구할 권리고 뭐고 아무것도 없었지만, 선택받은 이들은 '특혜'를 누리고 자신들은 뭔지 모르지만 아무리 생각해봐도 부당하기 그지없는 이유로 열외가 되어 혜택을 누리지 못했음이 분명했기 때문이다. 초콜릿을 받지 못한 행인들이 그들을 에워싸고는 폴란드어로 마구 따져대자, 폴란드어를 전혀 알아듣지 못하는 로벤스와 일행들은 말하는 내용은 알 수 없지만 어쨌든 그들에게도 초콜릿을 나눠주었다. 아무리 생각해도 어떻게 로벤스가 소련-폴란드 당국자들로부터 국민들에게 치욕적일 수 있는 이벤트를 벌일 수 있도록 허가를 받아냈는지 모르겠다(물론 캐나다와 프랑스, 나폴리 등지에서는 성공적으로 행사가 치러졌다고 하지만). 추측건대, 아마도 이런 이벤트를 추진하려는 단체와 맥을 같이하던 당시 유럽 내 사회민주주의 세력과 동유럽 국가들의 관계가 우호적으로 변해가고 있었던 데 힘입은 게 아닐까 싶다. 물론 소비에트 연방의 문화부 관계자들이 로벤스 같은 인물 정도는 그리 대단치 않게 생각했기 때문일 수도 있다. 뭐, 나도 잘 모르겠다. 여하튼 로벤스는 그 공연이 상당히 성공적이었다고 했다. "정말 대단했지 뭐가. '배제된 사람들'이 무더기로 몰려와서는 트럭 문을 열고 초콜릿 바구니를 통째로 가져가버렸으니까. 와, 정말 대단했어. 거의 폭동 수준이었지. 대단한 상호작용이었다니까."

"하마터면 폭력사태가 벌어질 뻔했네요." 1984년, 나는 이렇게 말했다. "까딱하면 맞을 뻔한 상황이었는데……"

"폭력이 뭔가? 그것 역시 상호작용의 한 형태가 아닌가 말이야."

난 그의 말을 이해할 수 없었을 뿐 아니라 그의 말 자체가 말이 되지 않는다고 생각했다.

"전 모르겠는데요." 내가 대답했다. "여하튼 그 이벤트에 참여한 모든 사람이 모멸감을 느꼈을 겁니다. 그렇다면 교수님이 한 행위는 곧 뭘까요? 권력의 남용을 통해 사람들을 우롱한 것에 다름 아니겠지요……"

당시 나는 히메나에게 푹 빠져 있기는 했지만, 그래도 마르쿠제를 읽는 일도 게을리 하지 않았다. 하지만 제대로 이해하지 못했기 때문에 그저 『일차원적 인간』이라는 그의 저서를 읽고 뇌리에 남아 있는 몇몇 구절을 읊조리고 다니는 데 만족했을 뿐이다. 알튀세와 루카치도 시도해보았는데 어렵기는 마찬가지였다. 하지만 사르트르의 『실존주의는 휴머니즘이다』라는 책은 좀 달랐다. 그 책은 이해된 건 물론이고, '사람들이 자신에게 어떻게 했는가보다는, 자신이 뭘 어떻게 했기에 사람들이 자신에게 그런 행위를 하게 되었는가가 중요하다'라는 내 평생의 철학을 정립시키는 데도 도움이 되었을 정도였다. 로벤스의 험난했던 모험담에서 얻을 수 있는 교훈도 결국은 '자신'이 뭔가를 했기 때문에 사단이 벌어졌다는 것이다. 애초에 뭔가를 하지 않았더라면 그뒤의 일은 일어나지도 않았을 테니까.

로벤스의 면전에서 입 밖에 낼 수는 없었지만, 나는 내심 소련-폴란드 당국이 날마다 압제정치를 펼친다고 하면서도 어떻게 로벤스 같은 천박한 광대와 그 뒤를 추종하고 다니는 쓸모없는 인간들을 시베리아로 유배를 보내지 않은 건지 알 수가 없다고 생각하고 있었다. 길 가던 사람들을 붙들고 짜증나게 만드는 게 가당키나 한 일인가? 그런 말도 안 되는 오만으로 과연 뭘 얻겠다는 것인가? 내게는 어머니 슬하에서 지낼 때부터 시작해 기나긴 방황의 시기를 거쳐 마침내 가정을 이루고 정착하기까지 내 뇌리에서 잊혀지지 않는 영상이 몇 가지 있는데, 그 가운데 하나가 바로 1945년 패망한 독일 제국 의회의 폐허 속에 낫과 망치가 새겨진 붉은 깃발을 꽂고 있는 소련 병사의 모습이다. 그런데 로벤스를 마주하고 앉아 있으니, 왜 소비에트의 새로운 영웅이 출현하지 않는 것일까, 어찌하여 소비에트 마지막 영웅이 출현해 이 모든 일에 종지부를 찍고 털이 북실북실한 비열한 어릿광대 로벤스의 가슴에 깃발을 꽂아버리지 않는 것일까, 라는 생각이 절로 들었다. 그러나 나는 아무 말 없이 커피 한 잔을 주문했다. 그날도 히메나는 나타나지 않았고, 로벤스는 또다시 이오네스코에서 벌였던 '생크림 마구 던지기' 공연에 대해 떠들어대기 시작했고…… 그럼 이제 다시 현재로 돌아와 보자.

2000년 일요일 오후, 나는 라 오페라에서 절름발이 프라시니 앞에 앉자마자 십육 년 만에 만난 것인데도 인사 한마디 건네지 않고 대뜸 물었다.

"해마(海馬) 그 양반은 이제 안 나오나요?"

"안 나오지. 어떻게 해마가 여태껏 여기서 일하겠어?"

해마라는 별명을 가진 웨이터는 우리가 라 오페라를 출입하기 시작했던 1982년부터 더 찾지 않게 된 1984년 사이에 웨이터 장을 맡고 있던 사람으로, 수수하고 부지런한 남자였다. 썩 즐거운 마음으로 손님들을 맞지는 않았지만 그렇다고 해서 게으름을 피우지도 않았다. 우리가 그를 '해마'라고 부른 건 그의 콧수염이 꼭 두 마리 해마처럼 생겼기 때문이었는데, 아마 그 자신은 모르고 있었을 것이다. 여하튼 그가 웨이터 일을 내켜하지 않았던 것만은 분명하다. 나조차 아직 어리숙했던 그 시절, 나는 한두 번 해마 그 친구와, 웨이터와 손님 사이를 떠나 그저 편하게 이런저런 이야기를 좀 나눠볼까 했던 적이 있었다. 하지만 그때마다 그는 무뚝뚝하다 못해 더러는 무척 기분 나쁘다는 듯한 어투로 "왜 자꾸 귀찮게 구냐"고 따지고 들기까지 했다. 결국 그는 웨이터이고 나는 손님일 수밖에 없었다. 그는 직업이 웨이터가 아니었더라면 나같이 밥맛없는 사람과 마주앉아 이야기하느라 시간을 낭비하지는 않았을 것이다. 따라서 내가 파소 데 로스 토로스*를 주문할 때를 제외하고 나와 다른 말을 나누는 것이 그에게는 야근처럼 마지못해 해야 하는 힘겨운 잔업이었을 것이다.

"그나저나 그쪽은 어떻게 지내나?" 절름발이가 물었다. "무슨 일을 하고 있어?"

나는 놀란 토끼눈으로 그를 보았다. 농담하는 거야? 내가 쓴 기사나 칼럼을 한 번도 못 봤단 말이야? 내가 쓴 책들도? 하기는 봤을 것 같지 않다. 이자는 절름발이이기만 한 게 아니라 두 눈도 멀었으니. 절름발이 아닌 절름발이, 장님 아닌 장님. 피노키오에 나오는 여우와 고양이 같은. 그렇다고 내가 유명하다는 걸 모른 척하면서 고소해하는 것 같지는 않았다. 오히려 그는 십육 년 전 그대로 정체된 채 살아온 사람 같아 보였다. 십육 년 내내 오늘처럼 라 오페라의 창가에 팔꿈치를 괴고 앉아, 자나 깨나 자기 정당의 고위 인사 누구라도 와주었으면, 1980년대가 되돌아와주었으면, 누군가가 기왕이면 웬 여자가 이 추운 겨울날 그의 망토 끝자락을 살며시 당겨주었으면 하고 바라면서.

"전 광고일을 해요."

내가 절름발이에게 대답했다.

"아, 그래? 그거 재밌겠네. 무슨 광고를 했는데?"

"소소한 브랜드 거요. 라이콜라 음료수하고, 벨볼 공, 아구스티나 텐트, 뭐 이런 것들요…… 그리 유명하지는 않지만 웬만큼 나가는 것들이에요."

내가 순식간에 있지도 않은 상표들을 이렇게 줄줄이 지어내면서

---

* 탄산이 첨가된 생수.

하지도 않은 일들을 한 것처럼 둘러대는 걸 보고 나도 깜짝 놀랐다. 아무래도 정말 광고일을 하는 게 좋았겠다는 생각마저 들었다. 사실 사람들이 내가 광고일이 제격이라며 광고 쪽으로 나갔으면 큰돈을 벌었을 거라고들 하기도 했다.

"절름발이, 댁 얘기나 들어봅시다." 내가 말했다. "뭘 하고 지냅니까? 그간 어떻게 지냈어요?"

"왜, 궁금해?"

그가 물었다.

"그럼요."

내가 흥미로운 표정으로 대답했다.

절름발이 미겔 앙헬 프라시니는 아직도 미혼이었고, 자녀도 없었으며, 직업도 없었다. 할머니가 아파트 두 채를 유산으로 물려준 것이 있어, 거기서 나오는 월세로 먹고살았다. 그놈의 아파트 가운데 한 채 때문에 부모하고 크게 마찰이 있었다고 했다. 그의 부모는 조그만 가게를 운영하고 있었는데, 절름발이는 가게일을 전혀 도와주지 않는데다 부모님이 리오스 대로와 롱도 대로가 만나는 모퉁이의 괜찮은 자리로 가게를 옮기는데 아파트 하나를 팔아서 보태달라고 했지만, 할머니가 자신에게 물려준 것이고 가게에 투자해봐야 세월이 지나면 어차피 다 까먹게 될 거라며 거절했다는 것이었다. 그의 부모는 둘 다 일흔일곱 살이었고, 절름발이의 나이는 마흔넷인가 다섯이었다. 그 나이까지 내 글 한 편도 읽지 않고 말이다. 그는 외아들이었는데, 마침 조상들이 이탈리아 이민자 출신이어서 이참에 유럽 시민권을 받으려고 수속을 밟고 있는 중이라고 했다. 그런데 부모님이 도와주면 수속이 훨씬 쉬웠을 텐데, 어떤 서류에 어떤 서명을 해야 하는지는 모르겠지만, 지난번 아파트 건도 있는데다 도무지 일도 않고 도움도 주지 않는 아들에게 마음이 상한 부모님이 모른 척한다는 것이 그의 이야기였다.

"정치는 안 하는가?"

그가 내게 물었다.

그런데 그는 내가 미처 대답도 하기 전에 벌떡 일어서며 말했다.

"난 자네가 상상할 수 있는 국가와 국민의 변화에 대처하기 위한 대안들을 모두 생각해놓았다네." 그가 어조와 자세까지 바꿔가며 심각한 표정으로 말했다. "난 지금까지 단 한 번도 강경당을 저버린 적이 없었지만, 1989년에 메넴이 대통령에 당선되고 나서는……"

"잠깐만요." 내가 잠시 말을 잘랐다. "여유 있게 앉아서 이야기를 들으면 좋겠지만, 에스테르에게 전화할 시간이라서……"

"에스테르?" 그가 원래의 어조를 되찾으며 물었다. "그 에스테르 말이야?"

"맞아요, 그 에스테르." 내가 대답했다. "우리 결혼했거든요."

"와!" 그가 환호성을 내뱉으며 말했다. "자네가 그 에스테르하고 결혼했단 말이야? 그래…… 둘이 잘 어울렸던 것 같아."

"그랬나요?" 내가 말했다. "실은 꽤 어렵게 결혼에 골인했어요."

"어서 전화해봐. 얼른 전화하고 오면 되잖아."

나는 라 오페라 오른쪽 구석의 남자 화장실 입구에 놓인, 언제나처럼 놓여 있는 공중전화기를 향해 걸어갔다. 영원히 그 자리에 놓여 있을 것만 같은 전화기. 한번은 그 전화기 앞에서 오줌을 누고 있는 녀석의 그것을 다른 녀석이 붙들고 선 모습을 본 적도 있었지. 그 전화기 앞에서 얼마나 많은 친구와 여자들과 통화했던가. 때로는 절망감에 휩싸여서, 때로는 술에 취해서, 때로는 누군가에게 뭔가를 말해주러, 또 때로는 뭔가 들어야 할 이야기가 있어서. 늘 화장실 암모니아 냄새가 코를 찌르던 바로 그곳의 그 전화기로 정말 자주 에스테르에게 전화를 걸었다. 늘 그녀에게 푹 빠져, 정신 없는 상태에서, 무슨 말을 해야 할지도 모르면서. 그리고 지금 또다시 그녀에게 전화를 걸려 하고 있다. 이제는 부부가 되어 두 아이를 둔 모습으로. 나는 에스테르에게 절름발이를 만난 이야기를 해주었다. 아내는 깜짝 놀라더니, 웃기도 하고, 옛날 생각이 나서 씁쓸한 듯 한숨을 내쉬기도 했다. 나는 늦어도 한 시간 이내에 집에 가서 아이들 목욕시키는 일을 도와주마고 말했다.

"아까 말하다 말았는데……" 절름발이가 정치 이야기를 마무리 지으려는지 다시 꺼냈다. "정치적 격변의 시기를 겪으면서도 난 늘 같은 정당을 지지했어. 그러니까 1973년, 처음으로 강경당에 뜨거운 한 표를 던진 이후로 늘 그래왔던 거지. 이 나라는 정치가들 때문에 엉망이 되어버렸어. 자유경제를 추진하겠다던 치들 때문에. 그래도 난 마치 아무 일도 없었다는 듯이 좌파를 비웃어왔어. 솔직히 자유경제정책 때문에 나라가 이 모양이 되었다고는 생각하지 않거든. 좌파에서 경제 회복을 위한 특별한 대안을 세우고 있는 것 같지도 않고. 그렇다고 현존 좌파진영의 누구를 대놓고 비웃을 생각은 없어. 그저 세월을 믿을 뿐이지."

절름발이에게 나는 아무 진영에도 속하지 않는다고 했다. 어떻게든 살아가는 게 중요하기 때문에 그런 문제는 잊고 살았다고.

"그나저나 왜 여태 결혼은 안 했어요?"

내가 물었다. 물론 나쁜 뜻은 없었다.

"구속을 참을 수 없어서." 절름발이가 대답했다. "뭐 실은 함께 살 여자를 못 만나서 그런 거기도 하지만……"

더 캐묻지 않는 것이 좋겠다는 생각이 들었다. 그렇다면 도대체 무슨 이야기를 나누는 게 좋을까?

그런데 운명이 또다른 이야깃거리를 만들어주었다.

라 오페라의 문으로, 코리엔테스 가로 통하는 그 문으로 과거란 녀석이 성큼 들어선 것이다. 사람들의 가슴속을 파고들기 위해 과거란 녀석이 가장 즐겨 쓰는 가면 중에 '여자'라는 가면만큼 효과적인 것이 또 있을까? 그런데 바로 그 여자라는 가면을 쓴 과거 녀석이 한치의 망설임도 없이 떡 들어선 것이었다. 사람들을 기만했던 트로이의 목마와도 같았다. 사람들이 목마에 기만당한 것은 거짓이 진실보다 더욱 달콤하게 느껴졌기 때문이다. 트로이의 목마는 이미 그 멋진 자태만으로도 게임에서 승기를 잡더니만, 어느새 요새 깊숙이 잠입해 나를 기만했다는 기쁨을 만끽하고 있었다. 그러나 실은 내가 널 속인 것이었다. 너의 아름다움 때문에 널 못 이기는 척 요새로 들어오게 내버려뒀으니……

히메나가 라 오페라의 문을 열고 들어섰다. 히메나, 히메나가…… 믿을 수가 없었다. 어떻게 이런 일이 있을 수 있는 건지. 세 시간하고도 십육 년을 더 기다린 끝에 그녀가 약속 장소에 나타나다니.

"여기서 뭘들 하고 있어요?" 그녀가 경쾌한 목소리로 물었다. "설마 민주주의의 부활?"

분명 가면을 쓴 과거란 요물이 틀림없었다. 진짜 그녀라면 어떻게 그 긴긴 세월이 흘렀는데도 이토록 아름다움을 그대로 간직할 수 있다는 말인가? 그녀의 가슴은 여전히 탄력 있었고, 새로 산 몸에 딱 붙는 울스웨터를 입어서인지 봉긋하게 솟은 부분이 빛나고 있었다. 올이 성글게 짜인 풀오버였는데, 그녀의 가슴 윤곽 때문인지 새옷이라는 느낌이 들었다. 브라운 톤의 립스틱을 바른 도톰한 입술에서 형언하기 어려운 분위기가 풍겨나오고 있었다. 달콤하면서도 독이 묻어 있을 것 같은 입술이었다. 늘 나를 위해 준비된 것 같으면서도 단 한 번도 가질 수 없었던 입술. 그녀의 목소리는 다정다감하면서도 아련했고, 탄력 있는 모발을 보니, 조직은 다를지 모르지만 깨끗하게 밀어낸 겨드랑이의 털이 원래는 어땠을지 짐작할 수 있었다(순간 그녀의 겨드랑이에 입 맞추고 싶은 충동이 일었다). 또한 역시 최근에 솜털까지 깨끗하게 면도했을 복부와 파괴적인 매력을 지닌 가무잡잡하고 매끈한 둔부도 떠올랐다. 생기가 흐르는 머리카락만으로도 이 모든 것들을 떠올릴 수 있었던 것이다. 그녀에게 동석할 것을 청하자마자 곧바로 절름발이의 눈빛이 거슬리기 시작했다. 기묘한 눈빛이었다. 절름발이는 히메나를 동료 절름발이라도 보는 듯한 눈빛으로 보고 있었다. 장애를 지닌 사람을 앞에 두고 있으면서 애써 아픈 곳을 찌르지 않으려고 애쓰는 듯한 눈빛으로. 다시 말해, 누군가를 어쩌다가 불구의 몸이 되어버린 사람이라고 가정했을 때, 주변 사람이 정말 보내지 말아주었으면 하는 시선으로 절름발이가 그 누군가를 보고 있었다는 것이다.

절름발이가 순간적으로 기지를 발휘해 말했다. 사실 나도 내심 똑같은 생각을 하고 있었는데, 절름발이가 이 정도의 기지라도 발휘한 건 아마 평생 처음 있는 일이었을 것이다. 워낙 생각지도 못했던 놀라운 일이 눈앞에 벌어지고 있었으니까.

"일요일에 라 오페라, 거기에다 이 친구까지 만났으니 욜란다가 나타나는 게 당연하지……"

분위기를 깨뜨리는 말이었음에도 불구하고 나는 경고하듯 말하고 말았다.

"맞는 말입니다. 하지만 한 번만 더 욜란다라고 불렀다가는 당장 가버리겠어요. 그것만은 참을 수가 없으니까요."

"이름이 뭐였는지 갑자기 생각이 안 나서……, 욜란다."

내가 당장에라도 자리를 박차고 일어나려는 몸짓을 했다. 히메나는 웃고 있었다.

"히메나였다고요!"

내가 말했다.

그녀는 "지금도 히메나예요"라고 고쳐 말하지 않았다. 그러고 보니 내 말이 틀린 건 아니었다. 그녀는 가면을 쓴 과거란 녀석임에 틀림없으니까.

대신 그녀는 이렇게 말했다.

"우리는 늘 이 시간이 아닌 다른 시간에 만났던 것 같아요. 주로 밤에 만났죠."

"글쎄요." 내가 말했다. "난 몇 번인가 낮에도 봤던 것 같은데요. 종종 저쪽 자리에 앉아서 누군가 나타나기를 기다렸어요."

"어디, 그럼 에스테르가 나타나는지 한번 볼까요?"

"그럴까요?"

내가 맞장구를 쳤다.

히메나는 블랙커피를 시켰고, 나는 파소 데 로스 토로스를 시켰다. 웨이터가 절름발이에게 뭘 주문하겠느냐고 묻자 절름발이는 자기는 됐다고 했다. 벌써 커피를 한 잔 시켜놓고 세 시간째 죽치고 앉아 있던 참이었던 것이다. 나는 그에게 내가 돈을 낼 테니 뭐든 하나 시키라고 살짝 신호를 보냈다. 그러자 절름발이는 카푸치노를 주문했다.

히메나도 아직 미혼이었다. 물론 나는 그녀가 직접 밝히기 전에 벌써 눈치채고 있었다. 이혼녀를 포함해서 결혼한 여자들은 아름다우면서도 어딘지 안정되어 보이는 맛이 있다. 나는 결혼한 여자에게서만 풍기는 그런 느낌을 참 좋아한다. 그녀들은 어느 순간 이 땅으로 하강하여, 세상을 알고 스스로를 깨닫고 인간을 이해하게 되었다는 인상을 풍긴다. 그녀들에게서는 사랑을 나누고자 하는 욕망과 종을 유지시키거나 새로운 종을 창조하고자 하는 의욕이 감지된다. 나는 성숙한 여자들에게 약했다. 물론 여기서 성숙한 여자들이란 나이를 먹을 만큼 먹었다는 의미보다는 경험적 성숙을 의미한다. 말하자면 결혼이라는 오디세이적 모험을 성공적으로 수행하며 자녀를 낳아 기르는 여자들 말이다. 그런데 히메나의 아름다움에서는 어쩐지 공허감이 묻어나고 있었다. 그녀의 얼굴에는 사랑이라는 일상, 다시 말해 아이에 대한 열정과, 생활의 일부가 되어버렸지만 내게는 여전히 감미롭기만 한 일상적인 섹스를 통해서만 형성될 수 있는 일종의 초월감이 보이지 않았던 것이다. 히메나는 지금껏 누군가의 아내로 살아오지 않았다. 저녁이면 녹초가 되어 퇴근하는 남자를 맞아본 적도 없고, 다 쓴 일회용기저귀를 쓰레기통 속에 던져넣어본 적도 없고, 밤새 칭얼대는 아이 때문에 제대로 잠도 못 자가며 꾸역꾸역 하루를 버텨가는 일상도 경험해보지 못한 것이다. 그녀의 얼굴에서는 젊음과 노쇠함이 각각의 모습을 드러내며 뒤섞여 있었다. 성숙한 여인들의 얼굴은 그와는 다르다. 그녀들의 얼굴에서는 젊음조차 세월 속에서 나름의 초월성을 획득해가는 것이다. 자, 이제 히메나의 말을 들어보기로 할까?

히메나는 그간 자신이 거둔 성공담을 이야기하기 시작했다. 일단, 문화계 공직에 종사하는 남자친구가 있다고 했다. 이름까지 말해줬지만 나는 전혀 축하해줄 생각이 들지 않았다. 솔직히 내가 살아오면서 보아온 돼먹지 못한 시인들, 다시 말해 시장의 생리에 대해 이러쿵저러쿵 쓸데없는 말을 쏟아내면서 나 같은 사람은 상업적 작가라고 매도해버리는 문화계 인사라는 작자들이 알고 보면 하나같이 정부의 녹을 먹는, 즉 노동자와 힘없는 연금 생활자의 주머니에서 나온 돈으로 먹고사는 인간들이었기 때문이다. 그들은 공직을 꿰차고 앉든가, 시에서 주는 상이나 정부에서 주는 지원금 등을 싹쓸이하는 인간들이기도 했다. 그들은 장장 이십 년 동안 스스로를 소외계층이라고 부르면서도 실은 월급을 꼬박꼬박 받아먹으면서 나 같은 사람에게 전화해 원고료 한 푼 안 주고 글이나 써오라고 하는 기생충 같은 인간들이었다. 그런데 그런 인간 가운데 하나가 지금 히메나의 애인이란다. 제2차 세계대전 이래로 세상이 또다시 제멋대로 돌아가고 있었다. 히메나는 한 대형슈퍼 체인의 부사장이 되어 있었다. 연극을 통해 체득한 인식론과 몸짓 그리고 음성의 굴절까지 포함한 음악적 기교 등을 총동원하여, 라틴아메리카 전역의 '마케팅 영업' 담당 부서장들을 총괄하는 고문직에서 시작해 여기까지 올라왔다고 했다. 물론, 1990년대는 이런 말도 안 되는 방식으로 그럴듯한 자리에 오를 수 있는 시절이었다. 하지만 나는 그녀가 아르헨티나 최대 슈퍼마켓 체인의 책임자 위치까지 올라오기 위해 자신의 육체를 전혀 활용하지 않았을 리 없다는 생각을 하고 있었다. 그런데 그보다 더 중요한 일은, 히메나가 최근에 꽤 유명한 연극의 배역을 따냈다는 것이었다. 산텔모에서 문을 연 한 극장에서 초연되는 〈도라의 경험〉이라는 작품의 여주인공을 맡게 되었다는 것이다. 그제야 난 이마를 탁 쳤다. 오며 가며 웬 매력적인 여자가 등장한 광고 포스터를 본 기억이 났다. 사실 그 포스터를 본 순간 깜짝 놀랐다. 연극 광고 포스터였지만, 포스터 속 여자는 젖가슴을 다 드러낸 채 꼭 거리의 여인 같은 표정을 짓고 있었기 때문이다. 아! 그게 히메나였구나! 그 히메나는 도저히 '나의' 히메나와 연결되지 않았다. 솔직히 광고 포스터를 보면서 제일 먼저 떠오른 생각은 연출가와 무대감독 중에 어느 녀석이 저 여잘 따먹었을까 하는 것이었으니까.

우린 많은 이야기를 나누었다. 절름발이는 여전히 연민과 신중함이 다분한 눈빛으로 거의 말도 없이 그녀를 보고 있었다. 중간에 잠시 히메나가 화장실에 다녀오겠다며 자리에서 일어서자, 절름발이가 믿을 수 없는 행동을 했다. 마치 귀부인이나 공주님, 하다못해 대학 총장이 일어서기라도 한 것처럼 같이 벌떡 일어선 것이다. 그러고는 장의차라도 지나가듯이 모자를 벗어 가슴에 대고는 경의를 표했다. 하지만 서 있는 자세가 어찌나 어설픈지 나는 절름발이라는 별명이 여전히 그에게 유효하구나라고 생각했다. 히메나가 화장실로 들어가는 걸 보고 나는 재빨리 절름발이에게 물었다.

"이봐요! 내 눈에만 그렇게 보이는 건가, 아니면 당신이 정말 히메나를 그런 눈으로 보는 건가 모르겠는데, 혹시 무슨 일 있었어요?"

"물론 있었지." 절름발이가 대답했다. "그쪽은 아무것도 몰라?"

"전혀요." 내가 대답했다. "도대체 무슨 일인데요?"

"나중에 말하자고."

절름발이가 내 말을 잘랐다.

히메나는 지금쯤 화장실 안에 있을 터였다.

"지금 해요."

"지금은 안 돼."

절름발이가 단호하게 거절했다.

"그럼 언제 얘기해주겠다는 거예요? 언제 또 볼 수 있을지 알 수도 없는데……"

"모를 리가 없는데."

"정말 몰라요. 맹세해요."

"우리 유대인들은 원래 맹세 같은 건 안 하잖아……"

절름발이가 살며시 미소를 지었다.

"이봐요, 프라시니! 제발 얘기 좀 해봐요."

그래도 절름발이는 입을 꾹 다문 채 고개만 가로저었다. 히메나가 화장실에서 나오고 있었다.

이제 두 남자 다 기묘한 눈빛으로 그녀를 쳐다보고 있었다. 절름발이는 뭔가를 알고 있기 때문에, 나는 그 뭔가를 모르고 있기 때문에. 히메나는 아까 앉았던 자리에 앉지 않고 그 옆 자리, 그러니까 내 바로 옆 자리에 앉았다. 방금 목욕을 하고 나왔는지 아직도 상큼한 비누 냄새가 풍겨왔다. 머리카락에도 아직 물기가 남아 있었고, 피부는 촉촉한 게 향긋한 체취가 풍겨나오고 있었다. 절름발이하고는 도무지 무슨 이야기를 나눠야 할지 알 수가 없었다. 그래서 가끔 뭐라 할 때마다 히메나가 끼어들어 간단한 대답을 해주었는데, 그 대답 끝에는 또다시 어색한 침묵이 따라붙었다. 나는 히메나에게도 무슨 말을 해야 할지 알 수 없었다. 그저 내가 아는 것이라고는 그녀에게 "다시 그 시절로 돌아가고 싶다, 다시 열아홉 살이 되어 당신이 올 때까지 여기서 이렇게 기다리고 싶다, 당신과 함께 잠들고 싶고, 당신이 내 귓가에 대고 내 나이는 열아홉이고, 내게 갓 씻은 모습을 보여주고 싶어 목욕을 하고 오느라 좀 늦었다고 말해주면 좋겠다"라고는 결코 말할 수 없다는 것이었다.

그녀에게 이런 말도 하고 싶었다. 나와 절름발이 프라시니와 그녀가 라 오페라에서 다시 만난 건 그야말로 일장춘몽에 불과하지만, 꿈에서처럼 그녀가 동그란 탁자 위로 올라가 블라우스를 벗어버리고 엎드려 붉은 테이블 보와 대비되는 그녀의 젖가슴을 감상할 수 있게 해주었으면 좋겠다고. 실제로 라 오페라에는 없지만, 꿈속에서는 정말로 유리가 깔린 테이블들이 죽 놓여 있었다. 하여간 이건 내 바람이었고, 실제로는 히메나가 〈도라의 경험〉에 대해 이야기하는 걸 듣고 나서 아주 조심스런 코멘트를 몇 마디 했을 뿐이었다. 절름발이 프라시니도 대형 연극보다는 그런 무명 작가의 소규모 연극이 낫다며 응원을 아끼지 않았다. 사실은 그도 나처럼 〈도라의 경험〉의 작가가 누구인지도 모르면서 하는 말이었다. 그러면서도 절름발이는 여전히 기묘한 눈빛으로 히메나를 살펴고 있었다. 히메나가 커피를 다 마시자 절름발이는 마치 환자의 식사 쟁반을 치우는 사람처럼 얼른 빈 찻잔을 한쪽으로 치웠다. 지나치리만큼 신경쓰고 있다는 증거였다.

내 머릿속은 온통 히메나와의 섹스에 대한 이미지로 가득 차 있었고, 그나마 조금 남아 있던 이성으로 어떻게 하면 저 여자를 데리고 라 오페라를 빠져나갈 수 있을까 궁리하고 있었다. 그런데 바로 그때 히메나가 자리에서 일어섰다. 그제야 나는 내가 정신없이 딴 생각에 빠져 있는 동안에도 그녀가 뭔가를 계속 이야기하고 있었다는 걸 깨달았다. 그러고는 멍하니 그녀의 말에 귀 기울일 수밖에 없었다. "자, 여러분! 나 먼저 가봐야 할 것 같아요. 마리오하고 약속이 있어서요."

"마리오는 또 누군데요?"

내가 물었다.

"이번 작품 무대감독님이세요."

우리는 뺨에 입을 맞추며 작별인사를 나누었다. 절름발이 프라시니도 요란하게 자리에서 일어서더니 가볍게 안고 그녀의 뺨에 입 맞추었다. 내 눈에는 그녀를 껴안을 때 절름발이의 손이 어물쩡 엉뚱한 부위에 얹힌 것 같기도 했고, 또 슬쩍 어깨를 어루만지는 것 같기도 했다. 히메나는 가버렸다.

"자, 프라시니!" 내가 그를 불렀다. 순간, 내 목소리가 천 갈래만 갈래로 갈라진 듯싶었다. 나는 목소리를 다듬으며 말했다. "얼른 얘기해줘요."

절름발이는 얼굴을 두 손에 파묻으며 말했다.

"할 수 없군. 알았어. 얘기해줄게."

"잠깐!" 내가 말했다. "잠깐만요. 너무 늦었네요. 우선 계산부터 하고 걸어가면서 얘기하지요."

절름발이도 동의했다. 나는 그가 나와 만나기 전에 마셨던 커피 값은 내기를 바랐다. 하지만 결국은 내가 다 치러야 했다. 히메나의 커피값도, 절름발이의 찻값도, 내 것도.

처음 보는 웨이터를 불러 찻값을 치렀다. 머리를 길게 기른 웨이터는 재빨리 와서는 무심한 표정으로 돈을 받아갔다.

나는 절름발이와 함께 밖으로 나왔다. 카야오 가를 따라 걷다가 라바예 가로 꺾은 뒤 다시 아야쿠초 가까지 걸어갈 생각이었다. 이사간 지 얼마 안 되어 아직 버스 노선을 잘 몰라서였는데, 택시는 타고 싶지 않았던 것이다. 그래서 절름발이와 걸으면서 얘기나 들어볼 심산이었다. 내가 걸음을 옮기기 시작하자 절름발이도 예의 그 뒤뚱뒤뚱한 걸음을 떼기 시작했다.

"땅꼬마가 고생 좀 했지."

절름발이가 말했다.

"땅꼬마라니, 누구 말입니까?"

내가 물었다.

"욜란다."

"히메나라니까요." 내가 신경질적으로 대꾸했다. "땅꼬마는 또 뭐예요."

"욜란다라고 해도 안 된다, 땅꼬마라고 해도 안 된다…… 지금 얘기를 듣겠다는 거야, 안 듣겠다는 거야?"

카를리토스 발라가 주인공으로 나온 어느 아르헨티나 영화 속에 나오는 대사 같았다. 그래서 나도 그 영화 속 팔리토 오르테가처럼 신중하게 행동하기로 했다.

"다 로벤스 그자 탓이야."

절름발이가 말했다.

"로벤스요?" 내가 소리치듯 대꾸했다. "아니, 그 작자가 또 왜요?"

"내가 듣기로는 그 작자가 파리에 살았다던데, 그 뭘 받았다더라……?"

내가 얼른 대답했다.

"장학 지원금이요."

"맞아, 장학 지원금." 절름발이가 그 말을 되뇌었다. 그러고는 다시 말했다. "내가 이탈리아 시민권을 취득하면 꼭 그걸 받고 싶었는데. 여하튼 그 로벤스라는 작자가 관객 참여 연극인지 뭔지로 땅꼬마를 완전히 꼬드겼더라고."

"이봐요, 프라시니!" 내가 말했다. "지금 나로서는 그 이야기를 듣는 게 정말 급선무가 맞아요. 하지만 물리적으로 도저히 더는 듣고 있을 수가 없네요. 그녀를 땅꼬마라든지 욜란다라든지 깜둥이라고 부르는 거 말이에요."

"내가 언제 깜둥이라고 했어?"

"그러지 않았지요. 하지만 언제고 그런 이름으로도 부를 수 있다 이거예요. 그러니 제발 히메나라고 부르도록 하세요. 그럼 나도 가만 있을 테니까요."

"히메나. 그럼 히메나라고 하지 뭐." 절름발이 프라시니가 말했다. 어느새 그의 목소리와 걸음걸이마저 달라지고 있었다. "로벤스는 자기 스튜디오나 강의실에서 예전 폴란드에서 했던 그 유명한 초콜릿 극 같은 소위 관객 참여 연극만의 독특한 테크닉을 히메나에게 전수했어. 그녀에게 온갖 자료와 대본과 필름을 빌려주기도 했고. 실내외 온갖 곳에서 관객 참여 연극을 무대에 올렸지. 광장에서고, 극장에서고, 바에서고 가릴 것 없이 말이야……

그 땅꼬마…… 아니, 히메나는 무척 열심이었어. 다른 일에는 도무지 관심조차 기울이지 않을 정도로. 그녀는 관객 참여 연극에 직접 참여하고 싶어했지. 로벤스 정도면 그녀를 폴란드나 프랑스, 캐나다 같은 곳으로 데리고 다닐 수도 있지 않았겠어? 그러기만 한다면 그녀의 부모가 여행 경비는 다 대줬을 텐데 말이야. 여하튼 히메나는 그 일을 너무 하고 싶어했고, 또 정신없이 빠져 있는 상태였지. 하지만 대부분의 선생들이 그렇듯이 로벤스는 늘 아직은 좀더 준비가 필요하다는 식의 말만 했어."

"맞아요." 내가 잠시 끼어들었다. "다른 사람 갖다가 울타리 삼아 뭔가 해보려는 작자들이 늘 쓰는 수법이 그거지요. 학생들에게 우선은 역량을 갖추는 것이 우선이라는 식이에요. 아직은 제대로 된 조각을 할 만한 준비가 되어 있지 않다, 피라미드의 양기를 한 몸에 받을 만한 능력이 안 된다, 아직은 색깔 쓰는 법을 좀더 배워야겠다 등등 구실을 대죠. 말하자면, 자기들 빼고는 그 누구도 준비된 사람이 될 수 없다는 거겠지요. 아이쿠, 이거 끼어들어 미안합니다. 얘기 계속하세요."

"로벤스 말에 따르면, 히메나는 아직 큰 작품을 할 만한 준비가 되어 있지 않았어. 아직 덜 된 그릇이라는 거였지. 하지만 소소한 건 해볼 수 있었어. 공연 리허설을 해보거나, 작은 배역을 맡거나, 실제로 소규모 연극 연습을 해보는 것 같은 거 말이야. 그래서 한

번은 로벤스가 자기가 영국에 있을 때 런던에서 실제로 해본 것을 히메나더러 해보라고 제안했지. 바에 가서 웨이터를 당혹스럽게 만들어보는 연극 연습을 해보라는 거였어. 로벤스의 설명에 따르면, 웨이터는 자신이 서비스직을 수행하는 사람이라는 것, 즉 끝없이 남에게 봉사하는 비천한 사람이라는 것을 제대로 자각하지 못하고 있다고 했다더군……"

"아니, 그런 생각을 가지고 있으면서 왜 그렇게 라 오페라에는 뻔질나게 드나들었답니까?"

내가 다시 끼어들었다. 입을 열자마자 후회하기는 했지만, 도저히 가만히 있을 수가 없었던 것이다.

절름발이가 어깨를 한번 으쓱하는 것으로 대답을 대신했다. 우문현답이었다. 그는 이야기를 계속 이어나갔다.

"그는 히메나에게 연극 연습을 통해 웨이터에게 웨이터란 직업이 얼마나 가당치도 않은 것인지, 얼마나 부조리한 것인지 알려줄 수 있을 것이라고 했어. 왜 웨이터는 다른 사람에게 봉사만 해야 하는가? 어차피 우리 모두 똑같은 인간일 뿐인데? 즉 웨이터와 고객 간의 '오해'를 근간으로 하는 연극 연습을 통해 이런 논리와 의문이 표출될 수 있을 거라는 거였지. 초콜릿 극에서와 마찬가지로 '동작자'의 태도, 즉 관객 참여 연극을 수행하는 배우의 태도는 절대로 이해가 되어서도 안 되고, 동정받아서도 안 되고, 전통적인 부르주아적 연민을 보여서도 안 된다고 했대. 대신 상당히 공격적이고, 자극적이어서 상대방의 반응을 꼭 불러일으켜야 한다는 거였어. 두 사람은 꽤 많은 대화를 나누고 실제 연습까지 해본 후, 어떻게 할 건지를 결정했어. 일단 히메나가 바로 가서 웨이터에게 완전히 짜증나는 음식을 주문하는 거야. 당연히 히메나는 라 오페라를 골랐고, 대상 웨이터로는 해마를 선정했지. 라 오페라가 제일 편한 커피숍이었고, 평소 잘 알아왔던 웨이터가 자신의 연극 연습에서 어떤 반응을 보일지 궁금하기도 했기 때문이지. 결국 히메나는 커피숍으로 갔고, 거기서 햄과 살라미 소시지, 올리브, 통후추, 양상추를 넣은 샌드위치를 주문했어."

"하지만······" 내가 말했다. "그 정도 샌드위치면 좀 복잡하기는 해도 짜증날 정도는 아니지 않나요?"

"어허, 잠깐!" 절름발이가 내 말을 가로막았다. 마치 내 말을 막을 권리라도 있는 사람처럼. "중간에 얘기 좀 끊지 마. 하여간 해마는 정말 그런 샌드위치를 주문할 거냐고 두 번이나 확인했어. 히메나 역시 그렇다면서 다시 한번 샌드위치에 들어갈 내용물들을 읊어댔지. '아 참, 치즈는 빼고요'라는 말까지 덧붙이면서. 해마는 '맘대로 하시오'라는 표정으로 돌아서서는 언제나처럼 주방을 향해 주문 내용을 불러줬어."

"프라시니, 당신도 그때 거기 있었어요?"

내가 물었다.

"있었지. 다른 테이블에 앉아 있기는 했지만."

"로벤스는요?"

"로벤스 그 작자는 없었어. 잠시 후, 해마가 햄과 살라미 소시지, 올리브, 통후추, 양상추를 넣은 샌드위치를 가지고 오더군. 그런데 느닷없이 히메나가 샌드위치를 냅킨 위에 내려놓더니 한쪽 빵을 들어내고는 속에 들어 있던 올리브와 통후추와 양상추와 살라미 소시지를 하나씩 다 들어내는 거였어. 그리고 거기다 들어낸 음식

물을 전부 접시에 담아 해마에게 건네며 말하더군. '이것 좀 치워 줘요.'

해마는 한 손에 접시를 받아들고는 가만히 서 있더라고. 그녀의 얼굴을 빤히 들여다보면서. 히메나는 내용물도 얼마 남지 않은 샌드위치를 들고는 먹기 시작했어.

'지금 나 놀리는 겁니까?'

해마가 물었지.

'놀리다니요?' 히메나가 햄만 든 샌드위치를 꼭꼭 씹으면서 되묻더군. '아니요. 제가 왜요?'

'살라미 소시지하고 통후추하고 올리브하고 양상추를 넣어달라고 두 번씩이나 말해놓고는 하나도 안 먹지 않습니까?'

'제가 뭘 주문해도 짜증나긴 마찬가지 아닌가요?'

히메나가 의기양양한 표정으로 말했어.

'완전히 날 갖고 노는군그래.'

해마가 말하더군.

'댁 갖고 논 적 없어요.'

히메나는 대답했지만, 더는 샌드위치를 씹고 있지 않았어.

해마는 눈에서 살기가 느껴질 정도였어. 휴, 그때 그 눈빛을 자네도 봤어야 하는 건데. 양쪽으로 뻗어나간 콧수염이 흉기처럼 느껴지더군. 눈빛이 그녀를 꿰뚫어버릴 것만 같았어. 그냥 화가 난 정도가 아니더라고.

'왜 날 갖고 논 거지?' 해마가 물러서지 않고 묻더군. '당신한테 해코지한 적도 없는데…… 내가 당신한테 해코지한 적 없는데, 왜 당신이 날 갖고 노느냐고?'

'이건 갖고 논 게 아니라, 정반대예요.' 히메나는 이제 놀란 걸 넘어서 죄인 같은 표정을 지으며 눈물까지 글썽이고 있었어. '이건 말이지요……'

'난 당신한테 해코지한 적 없었어.' 해마가 계속 고집스럽게 말하더군. '당신하고는 말도 해보지 않았잖아. 난 그저 내가 할 일만 해왔는데…… 그런데, 당신은…… 당신은…… 난 당신 옆에조차 간 적 없었어. 내가 벌써 여기서 일한 지 얼마나 됐는지 알아? 십팔 년째야. 나는 마누라도 있고, 애새끼도 있다고…… 내가 언제 당신한테 싸움이라도 건 적 있나?'

히메나는 이제 도움을 요청하는 표정으로 사방을 둘러보더군. 이미 그건 연극 연습이 아닌 실제 상황이 되어버렸으니까. 그때 저 안쪽 화장실 입구 옆 테이블에 앉아 있던 나와 눈이 마주쳤지. 내가 일어나 그녀를 도와주러 갔어. 얼굴이 하얗게 질린 채 아무 소리도 못 하고 있더군. '사과해요.' 내가 해마에게 말했어. '뭔가 오해가 있는 것 같아요. 알잖아요? 이 여자 분, 배우라는 거. 당신이 잘못 안 거예요. 일부러 당신 기분을 언짢게 하려던 게 아니었다니까요. 그러니 어서 사과하세요.' 하얗게 질린 채 말도 못 하고 있던 히메나가 내 옆으로 와서 섰어. 당장이라도 죽일 듯하던 해마의 눈빛이 순간 흔들리더라고. 그래도 다시 한번 말하더군. '난 저 여자한테 해코지한 적 없어요'라고. 테이블 앞에 선 히메나는 내게 얼른 나가자고 하더군. 그녀 말대로 했지. 코리엔테스 가를 따라 오벨리스코 가 쪽으로 가면서 히메나는 계속 울더라고. 울면서 말했지. 가엾은 사람을 마음 아프게 해서 정말 속상하다고. 그러면서 내게 물었지. '완전히 돌아버린 건 아니겠지요?' 그래서 내가 그랬지. '이 정도 일로 돌아버리는 사람은 없다'고. 마침 택시가 지나가기에 잡아 태워줬더니 그녀는 쏜살같이 출발하더군. 완전히 풀이 죽어서. 빨리 로벤스에게 가서 도대체 자신이 뭘 잘못한 건지 알아볼 생각이었나봐."

"도대체 히메나는 뭘 기대했던 거예요?" 나는 절름발이가 해답을 알고 있기라도 한 듯 물었다. "그러니까, 해마가 어떤 반응을 보일 거라고 기대했던 거지요? 고고하고 거룩하신 파울로 프레이리라도 기대했던 건가요? 점잖은 교수님이라도 기대했던 거예요? 아니면 춤이라도 출 줄 알았나요? 그도 아니면, 접시를 다 집어 창밖으로 집어던지기라도 하길 기대한 건가요? 내 말은, 해마가 그런 반응을 보인 게 너무나도 당연하다는 겁니다. 충분히 예상할 수 있는 반응이지요. 로벤스는 이런 반응에 대한 대응책을 마련하지 않았던가요? 어떻게 이런 일을 벌일 수 있었던 거지요? 로벤스가 히메나에게 가르쳐준 거라고는 고작 올리브와 통후추와 양상추를 주문해라, 이것밖에 없었다는 거예요?"

"살라미 소시지도 있었어." 절름발이가 말했다. "해마의 반응도 좀 심했던 건 사실이야. 차라리 히메나는 다른 장소를 찾아봤어야 했어. 다른 커피숍에서 다른 웨이터의 서비스를 받았어야 했다니까. 해마의 눈알에 얼마나 핏발이 섰는데. 말로 표현할 수도 없는 증오심이 담겨 있었다니까. 히메나 입장에서는 무섭기도 했겠지만, 그보다는 죄책감에 시달리는 것 같았어. 스스로에게 실망하기도 한 것 같았고."

"로벤스는요?"

"로벤스도 그후로는 라 오페라에 발을 디디지 못했지. 그 작자는 히메나더러 정말 준비가 덜 되었다, 심지어 이런 자그마한 연극 연습 하나 할 준비조차 되어 있지 못하다고 했다더군. 아직도 연습을 더 해야겠다, 시행착오를 좀더 겪어야겠다고. 결국 히메나는 로벤스 밑에서 배우기를 포기하고 말았지."

"그나마 다행이군요."

내가 말했다.

"아니." 절름발이가 말했다. "다행일 것 하나도 없었어. 정말 설상가상이었으니까."

우린 십육 년 전 이야기를 하고 있었지만, 마치 지금 이 순간 그 일이 일어나고 있는 것 같았다. 다행인지 불행인지 내 감각은 현실과 과거의 경계를 명확히 구분짓지 못하고 있었다.

"해마가 그녀를 강간했거든." 절름발이가 느닷없이 이렇게 말했다. "그 일을 아는 사람은 나를 포함해 몇 안 돼. 로벤스도 모르고. 자네도 이제야 알게 된 것 같군. 어느 새벽이었어. 그날도 언제나처럼 히메나는 여자 친구 하나와 문 닫을 시간까지 바에 앉아 있던 참이었지. 해마가 그녀에게 다가서더니 지난번 일로 할 얘기가 좀 있다고 했다더군. 어떻게 할 도리도 없는 그 끔찍한 상황을 수습해보려니 히메나인들 달리 방법이 있었겠나? 그녀는 친구에게 먼저 들어가라고 하고는 해마와 함께 파사헤 라우치까지 걸어갔어. 그런데 거기서 해마가 갑자기 그녀를 자동차 뒷좌석으로 밀어넣더니 한 손으로 입을 틀어막고는 칼을 꺼내 위협했다는 거야. 누군가가 자동차를 운전했어. 공범이 있었던 거지. 다른 웨이터 중 하나였을 수도 있고. 해마가 마지막으로 내뱉은 말이 뭔 줄 알아? '난 당신에게 해코지한 적 없어. 당신이 날 건드리지만 않았더라도 당신에게 아무 짓 안 했을 거야.' 해마는 히메나의 얼굴을 무지막지하게 구타했지. 뿐만 아니었어. 한술 더 떠……"

"잠깐만요!" 내가 부탁했다. 난 버스정류장 담벼락에 등을 기대고 섰다. 숨 쉬기가 힘들었다. "잠깐만요!"

절름발이가 두 팔을 벌렸다. 우리 두 사람은 서로 부둥켜안았다. 잠시 후 한 걸음 떨어져 선 내가 물었다.

"어떻게 일이 그 지경까지 간 거지요?"

절름발이는 다시 한번 어깨를 으쓱했다.

"해마는 히메나를 완전히 짓밟아버렸어. 확실하게 흔적을 남긴 거지."

"임신이라도 시켰나요?"

내가 놀라서 물었다.

"그건 아니고……" 절름발이가 대답했지만, 왠지 자신감 없는 목소리였다. "일부러 마구 구타했다 이거야. 여기저기 꿰맸을 정도였으니까. 피를 철철 흘리는 그녀를 옷까지 홀라당 벗긴 채 공터 한가운데 버려놓고 가버렸다더군. 파르케 파트리시오스 근처 공터로 데려갔거든……"

"당신 부모님 가게 부근이네요."

내가 공연한 말을 했다.

절름발이가 고개를 끄덕였다.

"그녀는 나중에 과라한 병원에서 치료를 받았다더군. 이게 이야기의 전모야. 내가 이야기를 알고 있는 몇 안 되는 사람 가운데 하나고. 이젠 자네도 알게 되었지만. 왜 그랬는지는 모르지만, 난 그냥 자네도 이 일에 대해 알고 있을 거라고 생각했어."

나는 심호흡을 했다.

절름발이도 심호흡을 하더니 잠시 뜸을 들이다 입을 열었다.

"한 가지만 더 얘기할게." 그가 말했다. "이것도 비밀이기는 한데…… 실은 내가 딱 한 번 히메나하고 잤거든. 그 다음부터…… 그러니까 그후에야 그녀가 속내를 털어놓을 수 있는 몇 안 되는 사람 축에 끼게 된 거지."

그는 '잤다'는 말을 꽤 힘주어 발음했다.

"그후로 그녀가 그날의 이야기를 마치 연극 경험담 이야기하듯이 하는 걸 보고 무척 놀랐어. 꽤 오랜 시간을 침묵하고 증오해오다가 마침내 그녀의 연기에 반응을 보인 해마와 비슷한 꼴인 거지. 다른 게 있다면, 히메나는 조금 돌아버린 것 같았다는 거야. 말하자면, 강간을 당했다는 사실에 큰 의미를 두지 않는 것처럼 행동했다는 거야. 나중에, 정말 몇 년의 세월이 흐른 뒤에야 비로소 그녀는 그 비극을 절감하면서 소리내 울 수 있었어. 처음 몇 달 간, 그러니까 내게 그날의 이야기를 들려줬을 당시만 해도 마치 남의 일 말하듯이 했거든. 해마는 그후 라 오페라를 그만뒀어. 아마도 히메나가 경찰에 고발했겠지. 그에 비해 히메나는 그날의 일이 강간범과 강간 피해자 간의 일이라기보다는 그저 어떤 두 사람의 관계에 지나지 않는다는 듯 이야기하고 다녔고. 실제로는 해마가 왜 라 오페라를 그만두었는지 아무도 몰라. 물론 그 이유가 그리 궁금할 건 없지만 말이야. 어차피 그가 웨이터 일을 너무 하기 싫어했다는 건 세상이 다 알고 있던 거였으니까. 다만 내가 말하고 싶은 건, 나도 히메나와 하룻밤을 함께 보냈다 이거야."

나는 안색이 창백해진 채 걸음을 멈췄다. 절름발이도 내 오른쪽에서 걷다가 멈추었다.

"자네도 그녀를 좋아했었던 거 알아. 하여간 그녀가 강간당한 일에 대해 나와 이야기를 나눌 즈음, 한번은 정말 서럽게 울더라고. 어떻게 이런 일이 있을 수 있는지 이해할 수도 없고, 뭐가 어찌 된 건지도 이해할 수 없다면서 완전히 목 놓아 울더군. 그래서 우리 부모님 집에 있는 빈 방으로 데려와 위로해주다가 같이 자게 된 거였어."

"빈 방에서요?"

내가 물었다.

"그래." 절름발이가 물었다. "그게 어때서?"

"아니, 아무것도 아니에요. 그래서, 그후 두 사람은 어땠어요?"

"그날 이후론 다시 어찌해볼 수 없었어…… 마음이야 굴뚝 같았지만…… 도저히 어떻게 할 수가 없더라고……" 그가 한참을 침묵하더니 다시 말했다. "하여간, 가슴이 아팠지."

버스 한 대가 와서 서는 게 보였다. 마침 노선표를 보니 내가 새로 이사간 동네 이름이 나와 있었다. 확실하지는 않지만, 이 버스가 맞는 것 같았다. 사람은 그 누구도 변하지 않는가보다. 시간도 흐르지 않는 것 같다. 짧은 순간도, 기나긴 시간도, 결국에는 수많은 사람이 꾸역꾸역 비집고 들어가던 막스 형제*의 방과 같은 것이다. 끝내 가득 차지 않기에 그 누구도 불평하지 않는 그 비좁은 방

---

* Marx Brothers, 20세기 초반에 미국에서 유명했던 코미디팀. 1920년대 후반부터는 코미디 영화를 만들기 시작했는데, 그중에 〈룸서비스〉라는 영화는 좁은 방에 음식이 배달되어와 사람과 음식이 넘쳐나는 어이없는 상황을 아무런 설명 없이 보여준다.

처럼. 난 버스가 그냥 지나가게 내버려두었다.

"내 생각에, 그 일로 그녀는 완전히 딴사람이 된 것 같아." 절름발이가 말했다. "잘은 모르겠지만, 하여간 예전의 그녀가 아니더라 이거야. 결혼도 하지 않고 자식도 없이, 그냥 지금의 그 상태로 있는 거지."

"누가 알겠어요?" 내가 말했다. "그 일이 아니었더라도 독신으로 살았을지."

절름발이도 침묵으로 내 말에 동조하고 있었다.

"일 페소만 빌려주겠나?"

절름발이가 물었다.

"뭐 하려고요?"

"버스 탈까 싶어서."

"아까도 내가 커피값까지 다 냈는데요."

"어쩌겠어, 한 푼도 없는데."

"그럼 커피값은 어쩔 셈이었어요?"

"안 내는 거지, 뭐. 오늘 서빙해준 그 웨이터 말이야, 외상이 되거든. 내 신용을 믿으니까."

"웨이터가요?"

"그래. 웨이터가 날 믿는다니까."

나는 그에게 일 페소를 건넸다. 다시 한번 뒤뚱거리는 걸음으로 다가온 그가 날 껴안았다.

"언제 또 보세!"

절름발이는 이렇게 말하더니 카야오 가 쪽으로 걸음을 옮기기 시작했다.

"다시는 볼 일이 없기를!" 나는 속으로 이렇게 대답했다. 하지만 '다시는 안 봤으면' 하는 사람은 늘 더 자주 마주치게 되는 법. 나는 택시를 잡아탔다.

historias

de

Tres de Once 세 가지 이야기

hombres

casados

지금부터 써내려갈 세 가지 이야기는 아는 이의 원고 청탁과 작업실 주변 지역의 전력 중단을 계기로 알게 된 것이다. 만약 청탁이 들어오지 않았다면 이 이야기들은 쓰지 않았을 것이다. 게다가 정전이 아니었더라면 이야기는 세 가지가 아니라 열한 가지가 되었을 것이다. 지금으로부터 삼 년 전, 벨그라노*에 살면서 온세에서 인쇄소를 운영하고 있던 나탄 베르블룸이 좋은 아이디어가 있다면서 내게 연락을 해왔다. 세 달 남짓 앞으로 다가온 유월절에 미국의 마이애미, 중남미, 아르헨티나에 걸쳐 있는 이십여 군데 남짓한 주요 고객들에게 카드 대신 책을 선물하겠다는 것이었다. 베르블룸은 대형 여행사에는 주로 관광책자를, 그리고 관광명소처럼 개방해놓은 시나고그에는 선전용 소책자와 기념서적 등을 납품

---

　* 부에노스아이레스의 중심가이며 부촌 밀집 지역.

했고, 수많은 학회나 회의에 필요한 팸플릿도 만들었다. 그래서 마이애미뿐 아니라 베네수엘라에도 지점을 두고 있었다. 한번은 신문기사에서 그의 인쇄소가 남성 동성애자를 대상으로 한 특정 여행사 관광상품 안내책자도 발행한다는 것을 읽기도 했다. 그는 처음에는 소규모로 사업을 시작했지만 이제는 제법 가맹점도 적잖이 늘린 상태였다. 아에로파르케* 내에 있는 가판대 중 한 곳도 그가 운영하는 인쇄소의 가맹점이었다. 뿐만 아니라 가판대에 책을 납품해서 생기는 수익도 짭짤했다.

베르블룸은 걸걸한 목소리에, 입에는 항상 시가를 물고 있었다. 그리고 예나 지금이나 건장한 체구를 유지하고 있었다. 그는 내가 온세 지역과 관련된 이야기를 열한 편 써주기를 바랐다. 그러면 대략 백 권을 인쇄할 예정이었고, 내게는 계약금을 먼저 지불하고 나중에 원고료에서 그 금액을 제한 잔액을 주기로 했다. 저작권료는 단 한 푼도 없었다. 그러나 이 년 후에는 내 마음대로 원고를 사용할 수 있다는 조건이 붙었다. 하지만 그도 언제라도 내 책을 재인쇄할 수 있었다. 물론 일 년에 백 권 이상은 넘지 않는다는 조건이었다. 우리는 잠시 돈 문제에 관해 이야기한 뒤 계약을 했다.

우선 두 개의 이야기로 집필을 시작하기로 결정했다. 첫째 이야기는 모든 내용을 이미 알고 있었고, 둘째 이야기는 어느 여자에게 듣기로 되어 있었다. 나는 일 주일 뒤에 그녀와 내 작업실에서 만나기로 약속하고, 알베르토 '베토' 시메르만에 대한 이야기를 떠올리며 에쿠아도르 가를 걸었다.

---

* 부에노스아이레스에 있는 국내선 공항.

I
신분증

오후 여섯시쯤인가, 작업실로 한 여자의 전화가 걸려왔다. 여자는 나를 찾더니 알베르토 시메르만을 아느냐고 물었다. 나는 잠시 머뭇거리다가 모르겠다고 대답했다. 알베르토 시메르만이라는 사람은 알지 못했다. 왜 나한테 물어보는 것일까? 전화 속 여자는 투쿠만 가에 있는 한 여인숙에 묵고 있는데, 잔 하우레스 가 근처에서 시메르만이라는 사람의 신분증이 들어 있는 가죽지갑을 발견했고, 그 안에 내 이름과 전화번호가 있는 명함이 있었다고 말했다.

"아마 업무관계상 명함을 준 것 같습니다." 내가 말했다. "아무튼 제가 아는 사람은 아닙니다. 그런데…… 혹시 신분증에 사진이 있나요?"

"예."

여자는 망설이는 투로 대답했다.

"제가 지금 있는 곳이 머물고 계시는 여인숙 근처입니다." 내가 말했다. "그곳으로 갈 테니 사진을 좀 보여주십시오. 어쩌면 도와드릴 수 있을지도 모르니까요."

여자는 투덜대며 알았다고 했다. 기꺼이 확인하러 가겠다고 말했는데도 귀찮아할 거면 대체 뭣 하러 전화를 한 거야? 어쩌면 내가 시메르만을 알고 있길 바랐을 수도 있을 것이다. 그렇게 된다면 사례비를 받을 수 있는 기회가 더 빨리 올 수도 있으니까. 몇 블록 안 되는 거리였지만 매우 궁금했기 때문에 택시를 탔다. 그 순간에도 그랬지만 오늘날까지도 나의 단점으로 작용하는 것이 있으니,

바로 이야기꾼으로서의 내 내면이 근본적으로 나쁜 방향으로 변해 간다는 것이다. 처음에 기사를 쓸 때는 적당히 꾸며서 쓸 줄도 알았다. 실제 있었던 이야기를 재구성하는 것보다 상상이 가미된 이야기를 풀어내는 게 훨씬 쉽게 느껴졌기 때문이다. 그런데 서른 살 생일이 다가올 무렵 이야기꾼으로서의 내 재능이 사라지는 것 같더니, 그후로는 글을 쓸 때마다 끊임없이 현실 세계에서 소재를 찾아야 했다. 그래서 나는 커피숍에 앉아 사람들의 대화를 받아적거나, 버스를 타고 가면서 듣는 이야기들을 메모장에 적기 시작했다. 심지어 코리엔테스 가와 불롱 수르 메르 가의 교차지점에 있는 커피숍에 가면, 그 안에 있는 공중전화기 근처에 자리를 잡고 앉아 행여 내 것으로 만들 만한 솔깃한 이야깃거리를 건질 수 있을까 하는 희망을 갖고 남의 이야기에 귀를 기울이기도 했다. 그랬기에 모르는 사람의 신분증 때문에 연락을 해온 낯선 여자의 전화를 받았을 때, 나는 훗날 가상의 이야기로 전개될 짜릿한 소재가 있을지도 모른다는 예감을 느꼈다. 나는 미터기에 찍힌 요금을 정확히 지불한 뒤 차에서 내려 낡은 건물의 쇠붙이 인터폰을 눌렀다. 인터폰은 오랜 세월의 여파로 '폰'이라는 글자도 희미해져 있었다. 저 너머로 누구냐고 묻는 목소리가 들려와 내가 대답했다.

"신분증 때문에 왔습니다."

그러자 건물과 매우 닮은 여자가 문을 열었다. 이도 없고 회색 머리는 수세미처럼 헝클어져 있었으며, 나이를 가늠하기가 어려운 여자였다.

"알베르토 시메르만."

그녀는 다짜고짜 이름부터 내뱉었다.

나는 신분증을 보여달라고 했고, 그녀는 의심스러워하는 눈초리로 앞치마 안에서 가죽지갑을 꺼냈다. 그리고 신분증의 정보는 손으로 가린 채 사진만 보여줬다.

　내 얼굴을 봤다면 내가 적잖이 놀랐음을 알았을 것이다. 그러나 나는 아무 소리도 내지 않았다. 그는 내가 아는 사람이었다. 베토였다. 나는 그때까지 그의 성도 모르고 있었던 것이다.

　"아는 사람입니다." 내가 말했다. 그리고 잠시 생각한 다음에 다시 말했다. "전화번호나 주소는 몰라요. 그러나 제가 아는 사람이 맞습니다."

　"그럼 여기다 두고 가세요. 제가 전해줄 테니."

　여자가 말했다.

　"보통 베토라고 불러요." 내가 말했다. "저한테 주시면 제가 책임지고 전해줄 수 있습니다."

　"됐어요." 여자가 말했다. "당신이 친척이라도 되는 줄 알았지요. 적어도 전화번호 정도는 알 거라 생각했어요. 제가 전해줄게요. 전화번호부에서 찾으면 되니까."

　"그러시던가요." 내가 퉁명스럽게 대답했다. "제 명함은 이리 주세요."

　여자는 명함을 건네줬고 우리는 서로 말 한마디 없이 돌아섰다. 어차피 여자는 문도 활짝 열어주지 않았다. 내 명함은 아래가 반쯤 잘린 채로 이름과 작업실 전화번호만 적혀 있었다. 기억이 나는데, 내가 베토에게 명함을 줄 때 그렇게 잘라서 줬다. 회오리가 휩쓸고 지나간 것처럼 다급하게 손으로 찢은 흔적이 그대로 종이에 남아 있었다.

나는 쓸데없이 택시비를 낭비했다고 투덜거리며 에쿠아도르 가에 있는 작업실로 걸어서 돌아왔다. 그러나 가끔 그렇게 무의미하게 쓴 돈이 아주 만족스러운 결과를 가져다주는 경우가 있다.

나는 몇 달 전에 베토에게 명함을 건네주었다. 믿기 힘들지만 그를 만난 것도 우리집에서 얼마 떨어지지 않은 에쿠아도르 가와 파라과이 가가 교차하는 곳이었다. 그런데 그때 베토의 행색이나 만나자마자 속사포처럼 말을 쏟아내는 모습을 보고 나는 가능한 한 명함에서 우리집 연락처는 빼고 줘야겠다 싶었다.

"넌 기적이라는 것을 믿니?"

내가 반쪽짜리 명함을 그에게 건네주기 전 그는 초점 없는 눈으로 이렇게 물었다.

2월의 어느 오후, 에쿠아도르 가와 파라과이 가의 교차지점에서 우연히 만난 베토에 대해 내가 알고 있었던 것은 무엇이었을까? 그가 매우 아프다는 것뿐이었다. 나는 벌써 오래 전부터 그와 연락하지 않고 있었다. 베토는 이스라엘-아르헨티나 연합회 산하 럭비 클럽에 소속된 내 두 형과 친구 사이였다. 그는 나와 나이가 비슷했으며 내 큰형과 같은 팀에서 뛰었지만, 이스라엘에서 몇 년간 지내는 동안 작은형과 더욱 친해지게 되었다. 이제 그 둘은 아르헨티나에 살고 있다. 베토는 처음에 직업배우로 활동했지만 후에는 '광고 그래픽디자이너'로 변신했다. 그러나 그가 사무실을 차렸다는 소식이나 정확히 뭘 하며 밥벌이를 하는지는 들은 바가 없다. 내가 베토에 대해서 기억하거나 알고 있는 이야기 중 가장 흥미진진한 것은 그가 파멜라 비네스키와 몰래 사귀고 있었다는 것이었다. 파멜라는 금발의 유대인으로, 나를 숨 막히게 만들 만큼 지적

240

이고 우아한 미모를 갖춘 여성이었다. 그리고 모든 유대계 아르헨티나 공동체를 통틀어, 아니 어쩌면 라틴아메리카를 통틀어 가장 근사하고 부드럽고 달콤한 젖가슴을 가진 여성일지도 모른다. 나는 그녀를 떠올릴 때면 욕정과 아픔 그리고 체념을 느낀다. 어차피 내가 소유할 수 있는 여인이 아님을 알고 있기 때문이다. 베토와 연인 사이라는 것조차 희망을 주지는 못했다. 오히려 자신보다 못하다고 여기는 사내의 가슴에 나의 뮤즈가 안겨 있다는 실망감이 그녀를 향한 열망을 가로막을 뿐이었다. 그런데 내게는 불가능한 그녀가 모든 사람에게도 그런 것은 아니었다. 게다가 베토처럼 잘난 구석이라고는 하나도 없는 녀석한테 그런 행운이 따르다니. 이들이 열다섯 살 되던 해의 일이 기억난다. 어느 날 나는 체육관의 실내 수영장에 둘이 함께 있는 것을 보았다. 당시 내 나이는 열셋이었다. 파멜라에게 다른 남자가 있었음에도 불구하고 나는 그녀의 아름다움에 반해 함께 물 밑으로 잠수해 영영 나오지 않기를 간절히 원할 만큼 철없는 감상에만 빠져 있었다. 그후 나는 베토를 잊고, 파멜라를 향한 금지된 욕망을 접은 채 살아가야 했다. 결혼해 자식을 낳은 다음에도 가끔 동네에서나 도서 전시회, 극장이나 파티에서 그녀의 얼굴을 보았다. 그녀도 결혼을 해 아들이 둘 있었다. 무엇보다 그녀의 가슴은 여전히 도도하고 풍만했다. 그리고 그녀는 자신의 감정을 통제할 줄 아는 몇 안 되는 여자 중 하나였다. 그녀의 상냥한 모습을 봐도 알 수 있었다. 내 욕망이 아무리 강할지라도 이 여자는 절대로 나와 동침해주지 않으리란 것을. 아무튼 내가 베토를 에쿠아도르 가와 파라과이 가의 교차지점에서 마지막으로 만난 후로 그에 대해 알고 있는 것은, 우리 형제들과 연락을 하며 지낸다는 것과 파멜라에 관한 이야기 그리고 죽음에 관한 것뿐이었다.

작은형에 의하면 베토는 암에 걸려 있었다. 뇌종양이라고 했다. 이 비보는 눈에 보이지 않는 공기가 대기를 순환하듯 입에서 입으로 전해졌다. 그렇게 이틀이 지나자 한때 이스라엘-아르헨티나 연합회를 만들었던 친한 무리들 중 안타까운 소식을 모르는 이는 한 명도 없었다.

"너는 기적이라는 것을 믿니?"

베토가 내게 물었다.

작은형 말에 의하면 베토의 상태는 매우 나빴다. 자기 아내에게 손찌검을 한다고 했다. 몹쓸 병에 걸리기 전부터인지 걸린 후인지는 알 수 없지만, 뇌 손상으로 인해 제정신이 아니라는 것이었다. 불쌍한 베토. 두 눈은 충혈되고 수염은 며칠 동안 깎지 않은 듯했지만, 우울증을 앓는 사람들이 그렇듯 겉으로는 애써 행복한 표정을 짓고 있었다. 작은형은 베토가 지난 몇 달간 온갖 대체요법에 따른 치료를 받았으며, 불에 달군 돌더미 위를 걷고 훈향을 맡으며 명상 따위를 하는 이상한 종교단체에 들어갔다고 했다. 랍비들은―작은형도 그중 한 명이었는데―베토를 찾아가 우상숭배를 경고하며, 다시 병원 치료를 받고 여호와의 결정에 따르라고 충고했다. 그러나 삶에 대한 그의 욕망은 매우 강했다. 그래서 어느 날 갑자기 자신의 머릿속에 종양 덩어리를 심기로 결정을 내린 여호와보다, 살고 싶으면 달궈진 돌 위를 걸어가라고 명령하는, 맨머리에 말총머리 한 가닥을 늘어뜨리고 있는 남자의 말을 믿고 따른 것이다.

"넌 사랑이 병을 치유할 수 있다고 생각하냐?"

베토가 내게 물었다.

"그럼요." 내가 대답했다. "저는 기적을 믿습니다. 사랑이 분명 치유할 수 있다고 생각해요."

나는 랍비가 아니다. 그렇기 때문에 죽음을 눈앞에 둔 사람에게 어떻게 행동해야 하고 무엇을 신뢰해야 하는지 연설을 늘어놓고 싶지는 않았다. 그러나 나는 안타깝지만 기적을 믿지 않았고, 베토가 상상하는 것 이상의 사랑을 나누는 연인들도 돌연 암으로 사망하는 바람에 헤어진다는 것을 알고 있었다.

"이제 나는 친구도 없고 집도 없다. 하지만 앞으로 나아질 거라고 생각해." 베토가 말했다. "넌 어떻게 지내냐?"

"그럭저럭이요."

하마터면 "잘 지내요" 하고 대답할 뻔했다. 그러나 그렇게 말하면 "형에 비해선 아주 좋아요"라는 말처럼 들릴 것 같았다. 게다가 어떻게 친구도 집도 잃게 되었냐고 묻지 않았다. 집은 분명 치료비에 보태기 위해 처분했을 것이고, 친구들은 안타깝지만 죽어가는 동료에게서 등을 돌렸을 것이다.

"나도 잘 지내." 베토가 말했다. 그가 말을 할 때마다 잠을 설친 사람들에게서나 맡을 수 있는 입 냄새가 났다. 아니면 약 냄새인가? "이제 네가 내 새로운 친구 명단에 추가될 거다."

"물론이지요."

내가 말했다.

"계속 연락해도 될까?" 그는 아이같이 짓궂은 표정을 지으며 말했다. "너까지 등 돌리면 난 진짜 왕따다, 오케이?"

"그런 걱정 하지 마세요." 내가 말했다. 그리고 그에게 명함을 건 넸다. "잠깐만요." 나는 우리집 주소와 집 전화번호가 쓰여 있는 부분을 잘랐다. "이사했거든요." 거짓말이었다. "여기로 전화 줘요." 명함에 적힌 작업실 연락처를 손으로 가리키며 말했다.

작은형과 베토의 우정은 베토와 파멜라의 짧은 사랑처럼 가볍고 표면적이었다. 하지만 형은 나보다 그를 더 잘 알고 있었다. 이스라엘을 다녀온 후로는 일 년에 몇 번 만나지 않지만, 그곳에서 함께 보낸 시간 덕분에 그들의 우정에는 서로의 생활에 대한 세세한 소식까지 꾸준히 주고받을 수 있을 만큼의 관성이 생겼다.

여인숙에서 작업실로 돌아오자마자 나는 수화기를 들고 작은형에게 전화를 걸어야겠다는 생각을 했다. 혹시 베토가 어떻게 사는지 소식을 들은 적이 있는지 물어보고, 그의 신분증을 어느 까다로운 부인이 가지고 있는데 돌려줄 방법이 있는지 알아보기 위해서였다. 그러나 전화기의 액정화면에 뜬 시각을 보니 이 추운 칠월*의 오후 일곱시에 전화를 걸어도 형은 받지 못할 거라는 생각이 떠올랐다. 안식일이 시작된 지 얼마 안 된 시기였기 때문이다. 필라델피아에 살고 있는 큰형에게는 언제 어느 때라도 전화를 걸어도 됐지만, 연락이 닿는다 해도 소용없었다. 이미 베토는 큰형의 기억에서 지워진 지 오래였기 때문이다. 나는 어머니에게 전화를 걸어 혹시 어렸을 적에 우리 형제들이 사용하던 수첩을 갖고 계시냐고 여쭈어보았다. 어머니는 무엇이든 소중하게 보관해놓으신다는 것을 잘 알고 있었기 때문이다. 그러나 베토의 전화번호가 발견된

---

*아르헨티나는 남반구에 있어서 한국과는 계절이 정반대이다.

곳은 내가 열 살 때 사용했던 수첩이나 작은형이 열두 살 때 썼던 빨간 수첩—'비지스'의 반짝이 스티커가 겉표지에 붙어 있는—도 아니고 큰형이 열세 살 때 사용했던 성인용 스프링 다이어리도 아닌, 바로 어머니가 평생을 사용하신 전화번호부였다. 전화번호부에는 베토의 부모님 전화번호가 정자로 쓰여 있었다. 어머니는 혹시나 우리 삼형제 중 누구 하나라도 집에 늦게 들어오면 일일이 전화를 돌려 알아보실 요량으로 전화번호 목록을 갖고 계셨던 것이다.

무엇 때문에 그러냐는 어머니의 질문에 나는 자세히 설명해드렸다.

"그애가 많이 아프다고 들었던 것 같은데, 맞지?"

어머니가 물었다.

"네. 많이 아프다고 했어요."

"그래. 조심스럽게 전화해라. 꼭 예의를 갖추고."

"물론이죠."

전화를 끊고 난 뒤 나는 다섯 달 전 에쿠아도르 가와 파라과이 가가의 교차지점에서 베토를 만난 후 치아가 다 빠진 여자가 그의 신분증을 발견한 겨울이 오는 사이, 그가 병마를 이기지 못하고 죽은 것은 아닌지 걱정이 되었다.

일단 걱정을 떨치고 전화를 걸었다. 자식들과는 달리 부모들은 한곳에서 오래 사는 편이다. 나는 지금까지 여섯 번을 이사했다. 세 번은 총각 시절에, 그리고 나머지 세 번은 결혼한 다음에. 그러나 어머니는 평생 단 한 차례 이사하셨다. 친정집에서 어머니 집으로 당당히 이사한 것이 그 유일무이한 이사인 것이다. 그리고 그

집에서 평생을 살고 계신다. 그 덕분에 전화번호 목록도 수첩 한 개로 충분하셨던 것이다.

한 노인이 전화를 받았다.

"안녕하십니까." 내가 말했다. "베토, 집에 있나요?"

왜 다짜고짜 베토부터 찾았는지 모르겠다. 어쩌면 죽었는지 살았는지 궁금해서 그랬을 수도 있다. 마음속에서 뭔가가 "알베르토 시메르만 씨 부모님 댁인가요?"라고 말을 건네려는 것을 가로막았다. 순간 무엇인가가 그 말을 가로막은 것이다. 아들의 건강 상태를 미루어보았을 때 누군가 전화를 걸어 "부모님 되십니까?" 하는 말로 인사를 시작하는 것은, 마치 어디선가 그의 시체를 찾았다는 가슴 철렁한 말이 될 수도 있다는 생각이 들었기 때문이었다.

"아니오." 그는 퉁명스럽게 대답했다. "댁은 누구요?"

나는 내 이름과 성을 이야기했다.

"베토의 신분증을 길에서 주웠다는 전화가 제게 왔습니다."

이 한마디가 청천벽력처럼 전해진 것 같았다.

그의 아버지는 — 전화를 받은 사람이 그의 아버지라는 것은 틀림이 없었다 — 몇 초간 아무런 말이 없었다.

"결국 신분증을 발견했군." 그의 아버지가 희미한 목소리로 대답했다. 그리고 덧붙였다. "베토는 죽었소."

나는 몇 초간 말을 잇지 못했다. 그러고는 이렇게 말했다.

"그렇군요."

"신분증을 우편으로 보내주시오." 그가 말했다. "반드시 되찾고 싶으니까."

그러면서 자신의 집 주소를 말하기 시작했다.

"제가 갖고 있지 않습니다." 내가 그의 말을 가로막았다. "어떤 여자가 전화해서는 신분증을 갖고 있다고 하더군요. 제가 친척인 줄 알았나봅니다. 제가 그 사람의 주소를 드릴 테니 찾아가보세요. 찾아가시면 분명히 건네줄 겁니다."

"댁이 찾아다줄 수 없겠소?"

그가 말했다.

"이미 시도해봤습니다."

내가 말했다. 순간 내 목소리가 갈라졌다.

그후로 베토의 아버지가 신분증을 찾으러 갔는지는 알 수 없었지만, 그날부터 토요일 정오까지 나는 침통한 기분으로 지냈다. 아내의 애교와 아들의 재롱도 내 기분을 바꿔주지는 못했다. 그후 일 년 동안, 십 년 만에 관람한 콘서트가 끝나고 나오는 길에 파멜라 비네스키를 만났을 때까지 내 마음 한구석이 그때의 슬픔으로 침울해 있었다고 해도 과언이 아닐 것이다.

당시 내가 몸담고 있던 신문사에서, 삼십 년 만에 재결성한 수이 헤네리스*에 관한 기사를 작성하라는 지시가 떨어졌다. 콘서트는 보카 주니오르스 스타디움에서 열렸는데 새벽이 되어서야 끝이 났다. 스타디움에서 나와 몇 블록 걸어갔을까, 집에 타고 갈 택시나 버스가 없다는 것을 알았다. 콘서트를 보고 나오는 청소년들이 떼지어 걸어가며, 마리화나를 피우거나 종이팩에 든 포도주를 마시고 있었다. 이들은 집까지 몇십 킬로미터를 걸어가야 한다거나 몇시에 도착하게 될지도 모른다는 것은 전혀 개의치 않는 것 같았다.

---

*Sui Géneris, 아르헨티나의 유명한 가수 찰리 가르시아와 니토 메스트레가 1972년에 결성한 듀오 록그룹.

하지만 나는 성인이었고, 만삭인 아내가 언제 출산할지 모르는 상황이어서 빨리 집에 가야 했다. 그래서 어떻게 해야겠다는 뚜렷한 생각도 없이 우선 걸음을 재촉하기 시작했다. 문득 걸어서 가야겠다는 생각이 든 나는 걷는 속도를 늦추었다. 나는 십대 소년이 아니었지만 끈기는 있으니까. 저 아이들은 분명히 제때 집에 도착하지 못할 것이다. 길거리에서 술에 취해 마약에 찌든 채 잠이 들 것이 분명했다. 바로 그때 파멜라 비네스키를 봤다. 그녀는 혼자서 조용히 생각에 잠긴 채 걸어가고 있었다. 그 모습은 마치 마음에 들지는 않지만 사람들과 어울려 여행을 하다가 길을 잃자, 당황하지 않고 찬찬히 주변을 구경하며 자신의 무리를 찾아가려는 관광객 같았다. 나는 가까이 다가가지 않고 그녀의 뒤를 잠시 따라갔다. 버스를 찾고 있는 것일까? 아니면 택시? 혹은 나처럼 걸어서 도심 속으로 가려고 하는 것일까? 혹은 그녀의 남편 오스카르 페델만이 데리러 오기를 기다리며 걸어가고 있는 것일까? 그러나 그녀가 계속 몬테스데오카 대로로 걸어가자 나는 당초 내 목적지와 같은 방향이라는 것을 발견하고서는 그녀에게 다가갔다. 그러나 우연히 만난 것처럼 가장해야 할지, 직접 이름을 불러 그녀를 세워야 할지 결정을 내릴 수가 없었다.

"파멜라."

나는 그녀를 불렀다.

그녀도 놀란 목소리로 내 이름을 불렀다.

"여기서 혼자 뭐 하는 거야?"

내가 물었다.

"그러는 너는?"

그녀가 되물었다.

"취재 나왔어."

"나는 남편이 보내줬어."

"혼자 온 거야?"

나는 의아해하며 물었다.

"사실은 아비바와 함께 왔어. 그런데 중간에 그애가 어떤 남자를 만나게 돼서……"

순간 내 얼굴이 달아오르는 것을 느꼈다.

"너 혼자 남겨둔 거야?"

"내가 가라고 했어. 둘이 잘 어울려 보였거든. 걔 이혼했잖아, 알지?"

"아니, 몰랐어." 내가 말했다. "모르고 있었어. 사실 걔는 이름 말고는 아는 게 없어. 그런데 수이 헤네리스의 콘서트에서 쌓은 인연은 오래가지 못하지 않을까. 마치 토니와 더글러스가 〈시간의 터널〉* 에서 과거로 거슬러 가 한 여자를 만나는 것과 같잖아. 현재로 되돌아오기 위해서는 여자를 항상 과거에 두고 와야 하는 거 말이야."

"하지만, 내가 알기로는 나폴레옹 시대를 다룬 에피소드에서는 더글러스가 한 여군에게 반해 그녀를 현재의 실험실로 데려오는 장면도 있었어."

"맞아. 그 에피소드 기억나. 더글러스가 과거에서 애인을 데려

---

* 〈The Time Tunnel〉, 1967년에 만들어진 미국 공상과학 텔레비전 드라마 시리즈. 토니와 더글러스라는 두 과학자가 시간 여행을 할 수 있는 터널을 만들어 모험을 하는 이야기.

오자 세상이 전부 멈춰버린다는 내용이잖아. 그녀가 1700년대로 돌아가지 않는 이상 세상은 돌아가지 않고, 결국 살 수 없게 되고 말이야. 과거의 여인이 그녀가 속한 시대로 돌아가기 전까지 현재는 멈춰 있었지."

"그렇게까지 자세하게 기억하지는 못하겠는데." 파멜라가 말했다. "하지만 과거가 발목을 잡은 것인지 아니면 텔레비전 시리즈이기 때문인지는 모르겠지만, 주인공 중 어느 누구도 자신이 사랑하는 여자를 사랑하지 못하고 말았지. 너 혹시 〈보난자〉* 기억나니? 거기 나오는 신부들도 모조리 죽잖아."

"모든 신부가 죽는다. 괜찮은 제목감인데?" 내가 말했다. "그러나 조금만 생각해보면, 〈초원의 집〉에도 신부와 신랑이 많이 등장하잖아. 로라와 메리는 전부 결혼해. 그리고 양자인 앨버트도 애인이 생겨 결혼하고 말이야."

"〈초원의 집〉이라." 파멜라가 탄성을 질렀다. "그거야말로 제대로 된 드라마였어."

"나도 많이 좋아했지." 나는 마치 여자가 된 듯한 기분으로 맞장구를 쳤다.

다른 여자와 함께 있었다면 상대의 감정에 쉽게 동화되지 못했을 것이다. 그러나 파멜라 앞에서는 감정이 제대로 조절되지 않았다. 나는 그녀를 결코 품에 안아볼 수 없을 거라고 생각하고 있었다. 그런데 이미 마음속으로 포기한 여인과 대화를 나누면서 깊게 몰입하다니 정말 놀라웠다.

---

* 1960~70년대에 방영되었던, 서부를 배경으로 한 미국 드라마.

"또 아빠가 될 예정이야."

내가 말했다.

"어머, 축하해." 그녀가 말했다. "그런데 아들이 있었나, 딸이 있었나?"

"아들이었지." 내가 대답했다. "이번에는 딸 같아. 너는?"

"아들만 둘이야."

그녀가 대답했다.

그리고 우리는 입을 다물었다. 그 동안 우리 사이에 많은 시간이 흘렀다. 그러나 우리 중에 그 누구도 흐르는 시간을 막지는 못했다. 베토는 이미 우리 곁에서 사라지고 없었다.

"몇 달 전에," 내가 다시 입을 열었다. "베토 시메르만의 신분증을 발견했어."

파멜라가 창백해졌다.

"너희 둘 연인 사이였지?"

내가 물었다.

그녀가 끄덕였다.

우리는 한동안 말없이 길을 걸었다.

"집까지 걸어갈 생각이야?"

내가 물었다.

파멜라는 되묻는 듯한 표정으로 나를 바라보았다. 어떻게 해야 할지 결정을 못 한 것이었다.

"신분증을 누가 줬는데?"

그녀가 갑자기 물었다.

"누가 준 게 아니야." 내가 말했다. "어느 여자가 전화를 하더니 나보고 베토를 알고 있냐며 그의 신분증을 주웠다는 거야. 그 여자가 사는 여인숙까지 갔더니 신분증을 보여주면서 건네주지는 않더라고. 그래서 그의 부모님한테 알려줬지."

"베토가 죽었다고 말해주셨니?"

파멜라가 물었다.

그녀의 말이 끝나기가 무섭게 두 눈에 눈물이 가득 고였다.

나는 대답하지 않았다.

"아기는 언제 태어날 예정인데?"

그녀가 물었다.

"곧 나올 거야." 내가 말했다. "조금 있다가 집에 전화 좀 해봐야겠어."

"내 휴대폰 빌려줄까?"

"조금 더 있다가 빌릴게."

내가 말했다.

아마도 우리는 각자의 집으로 걸어서 가기로 결정한 것 같았다. 가는 도중 술에 잔뜩 취한 십대 소년이 다가와서는 내게 버스비를 달라고 했지만 나는 없다고 거절했다. 옆에 있는 여자 아이의 코에서는 피가 흐르고 있었다. 아이는 주머니에서 휴지를 꺼내더니 코로 가져가 있는 힘껏 들이마시더니 피를 닦고는 바닥에 버렸다. 매우 예쁘게 생긴 여자 아이였다. 아이의 코에서는 계속해서 피가 흐르고 있었다.

"죽기 전에 봤어?"

나는 무덤덤한 목소리로 물었다.

"그날 같이 있었어."

이렇게 말하는 파멜라의 목소리에서는 내가 상상도 하지 못한 아픔이 묻어나왔다.

파멜라는 잠시 걸음을 멈추더니 나를 쳐다보고는 내게 안겼다. 그리고 내 어깨에서 흐느끼기 시작했다.

"이리 와." 내가 말했다. "여기 앉자."

나는 파멜라와 함께 인도 가장자리에 앉았다. 코피를 흘리는 여자 아이와 함께 있는 소년이 이미 돈을 구걸했던 것을 잊고는 우리에게로 다시 다가왔다. 나는 손짓으로 소년을 물리쳤다. 여자 아이의 코피 한 방울이 인도에 놓여 있는 내 신발 위로 떨어졌다.

"그냥 걷자."

파멜라가 말했다.

나는 그녀가 일어서도록 부축해주었다.

"오스카르가 출장중이었는데 베토한테 전화가 왔어." 파멜라가 이야기를 시작했다. "오스카르는 후후이에 물건을 납품하러 갔거든. 전화가 왔을 때 나는 오스카르가 잠을 자는 자리를 바라봤어. 그이가 출장중이라는 것을 알고 있었지만 그 시간에 전화를 할 사람이 없는데 하며 무심코 그의 자리를 본 거야. 마치 내 옆에 남편이 자고 있는 것처럼. 하지만 출장중이었기 때문에 전화를 건 사람이 분명 그일 거라고 생각했어."

"누구?"

나는 그녀의 말을 가로막으며 물었다.

"내 남편." 파멜라가 말했다. "그이가 아니면 누구겠어?"

그런데 베토였다.

"베토가 재차 여보세요 하고 말하는 거야."

파멜라는 계속 말을 이었다.

대체 어떻게 그 시간에 전화를 할 수 있는 거지? 오스카르가 출장중이었다는 것을 알고 있었나? 그렇다면 어떻게 알아낸 거지?

"안녕."

베토가 말했다.

잠시 침묵이 흘렀다. 누가 수화기를 들지 걱정하며 위험을 무릅쓰고 전화를 걸었다가 안도하는 것이 느껴졌다.

"단답형으로 대답하길 바라. 너를 꼭 봐야겠어. 내일 '아로미'로 나올 수 있어?"

파멜라는 순간 어린아이가 된 기분이 들었다. 웃음이 나오려는 것을 참고는 그녀는 씩씩하게 대답했다.

"그런 거라면 굳이 단답형으로 말하지 않아도 돼."

마지막으로 본 것이 벌써 육 년 전이었다. 그런데 어떻게 오스카르가 출장중인 걸 알았지? 물론 서로 얼굴을 안 본 지 오래되었음에도 불구하고 베토가 아프다는, '매우 아프다'는 소식은 파멜라도 이미 알고 있었다. 다행히도 그의 목소리는 나쁘지 않았다.

"그런데 무슨 일이야?"

파멜라가 물었다.

"너한테 할 중요한 이야기가 있어."

"지금 해봐."

파멜라가 말했다.

"얼굴을 보고 말해야 해. 네가 안 된다고 할 수 있거든." 그가 말했다. "더는 기회가 없단 말이야."

파멜라는 그 상황을 뚫고 나가기 위해 조용히 호흡을 가다듬었다.

"아로미에서 만나자고?" 이미 그가 여러 차례 말한 바였다. "몇 시에?"

"일찍." 그가 말했다. "열시에 보자."

파멜라는 그러겠다고 대답했다.

전화를 끊고 그녀는 케이블 방송의 채널을 계속 바꿨다. 신작 영화가 방영중이었다.

"사람들이 거의 잘 시간에만 신작 영화를 틀어주더라고." 그녀는 이야기를 잠시 비켜가며 말했다. "결국 밤을 새지 않으면 케이블 방송을 보는 이득을 볼 수도 없어."

그녀는 잠을 못 이루고 있다는 것을 깨닫고는 자신에게 실망감을 느꼈다.

그들은 아로미에서 만났다. 베토는 그 어느 때보다도 멋있었다. 여러 날 기른 듯한 수염에 짧은 머리였는데, 얼마 전 자른 듯한 머리는 그뒤 조금씩 자라서 스타일이 자리를 잡은 듯했다. 열다섯 해 전 이들의 연애 시절, 베토는 사고뭉치에 실수투성이인 산만한 십대였다. 그러나 성인이 된 지금 그에게선 자신만의 개성을 가진 중년의 안정감이 느껴졌다. 그의 그윽한 파란 두 눈이 그녀의 마음을 설레게 했다. 그러나 대화가 시작되자 이내 베토는 불안정한 심정을 드러내며 어린아이처럼 가느다란 목소리로 수줍어하며 말했고, 그런 그의 모습을 보고 파멜라는 자신이 여전히 주도권을 쥐고 있음을, 여전히 베토의 마음 한구석을 쥐고 있음을 알게 되었다. 그 오랜 시간 동안 베토가 한시도 자신을 잊은 적이 없다는 뜻이었다. 그런 확신이 들자 왠지 우쭐하면서도 약간 두려운 마음도 생겼다.

"나 얼마 못 산대."

베토가 말했다.

그때 웨이터가 아페리티프로 자그마한 오렌지주스 두 잔과 금박지에 포장된 과자 두 개 그리고 향긋한 향을 풍기는 커피 두 잔을 가져왔다.

파멜라의 머릿속에 무심코 이런 생각이 떠올랐다. '우린 모두 죽게 되어 있어.' 그리고 말을 내뱉기 전에 잠시나마 생각할 수 있는 지각이 인간에게 있음에 감사했다.

그녀는 손을 뻗어 베토의 손을 잡았다. 그도 다른 손을 들어 그녀의 손 위에 포갰다.

"뇌종양이래."

그가 말했다.

파멜라의 두 눈에 눈물이 고였다.

"울지 마."

베토가 말했다. 하지만 그의 두 눈도 이미 촉촉해져 있었다.

"말도 안 돼."

그녀가 말했다.

그가 고개를 끄덕였다.

'웨이터가 뭐라고 생각할까?' 파멜라는 웨이터가 자신들을 바라보고 있는 것을 느끼며 속으로 물었다. '이별하고 있는 거라고 생각할까?' 그리고 그녀는 한 번에 그 불쾌한 주스 잔을 비웠다. 세제 맛과 싸구려 사탕 맛이 느껴졌다.

"이제 어떻게 할 건데?"

그녀가 물었다.

"무슨 뜻이야?"

베토가 되물었다.

"그냥. 얼마 남은 거야? 여행이라도 할 거야? 자식은 있니? 나도 모르겠다. 이미 육 년 동안이나 못 만났으니까. 그 동안 어떻게 지냈냐고 묻기도 전에 내일 죽는다고 하니⋯⋯"

그녀는 간신히 울음을 삼키며 마지막 말을 내뱉었다.

"아마도 한 달쯤 남았을까." 베토가 말했다. "나 이혼했다. 거북이와 살고 있어. 우리 어머니한테는 아직 말씀 못 드렸고⋯⋯ 엄두가 안 난다. 차라리 아무 말도 하지 말까보다. 견딜 수 없을 것 같아."

이제 파멜라는 눈물을 흘리며 이해한다는 표정으로 끄덕였다.

"너와 사랑을 나누고 싶어."

베토가 말했다.

파멜라는 냅킨으로 흐르는 눈물을 닦았지만 소용없었다.

"그래서 연락한 거야." 베토가 말했다. 그리고 덧붙였다. "한순간도 너를 잊은 적이 없어."

파멜라는 오스카르 모르게 두 번 바람을 피운 적이 있었다. 한 번은 결혼 전, 한 번은 결혼 후였다. 그러나 아이러니하게도 두번째 외도는 첫번째보다 쉬웠다. 호텔에서 몇 시간에 걸친 두 차례의 외도였다. 원조교제가 오가고 낮게 깔린 조명이 분위기를 더해주는 그곳에서는 현실과 다른 세계의 몽롱함을 느낄 수 있었다. 베토는 그녀를 자신의 아파트로 데려갔다. 그는 정말 거북이와 살고 있었다. 집에 들어서면서 파멜라는 자칫 그의 난쟁이 동거인을 발로 밟을 뻔했다. 이미 아파트에 들어선 이상 결정을 되돌릴 수 있는 방법은 없었다. 이제 시한부 인생을 선고받은 남자와 외도를 하기 위해 남편을 배신할 터였다. 행여 남편이 알았다 하더라도 묵인해 줄 거라고 그녀는 생각했다. 그러나 그것도 잠시, 사실 속고 있는 것은 자기 자신이 아닐까라는 의문이 들었다. 섹스와 죽음이라는 두 가지 인간적 조건 앞에서 인간이 어떻게 반응할지 예측할 수 있는 사람은 존재하지 않는다. 심지어 점술가나 과학자도 알 수 없을 것이다. 파멜라는 공포를 느끼는 동시에 기대감을 떨칠 수가 없었다. 베토는 자기 인생의 마지막 열정의 대상으로 그녀를 선택한 것이었다. 생각이 거기까지 미치니, 베토에 대한 동정심이 들며 이럴 줄 알았다면 지난 수년 동안 그를 몇 번이고 더 허락했을 걸 후회가 됐다. 안 될 건 없었다. 그에게는 전부인 것이 그녀에게 대수롭지 않은 것이라면야. '여자들은 자신을 여신처럼 떠받드는 남자에게 동정심에서라도 몸을 허락해야 해.' 파멜라는 조심스럽게, 그리고 애틋한 심정으로 생각했다.

"어땠어?"

내가 물었다.

"뭐가 어땠냐는 거야?"

그녀가 물었다. 라보카 지역은 이미 상당히 지나왔고, 이제 우리는 항구를 끼고 걸어가고 있었다. 조만간 코리엔테스 가가 나올 것이다.

"그날 사랑의 의식은 어땠냐고." 나는 노골적이지 않으면서도 정확한 표현을 사용했다는 것에 만족해하며 물었다.

파멜라는 내 질문이 별것 아니라는 듯한 표정을 지어 보였다.

"너희는 마치 섹스가 무슨 게임인 양, 몇 가지 기술만 터득하면 되는 건 줄 아는 모양인데."

"너희라니? 누굴 말하는 건데?"

내가 물었다.

"남자들 말이야." 그녀가 말했다. "하지만 그건 오산이야. 어딜 만지면 달아오르고, 어딜 만지면 차갑게 얼어붙고 하는 식으로 단순한 게 아니라고. 여자한테는 상대가 누구인가, 그리고 분위기, 그전에 주고받았던 말들 그리고 전희를 하면서 나누는 말들이 중요하단 말이야."

"나는 베토가 기술적으로 어땠냐고 물은 게 아니야." 나는 서둘러 방어를 했다. "단지 어땠냐고 물었을 뿐이지."

"환상적이었어."

그녀가 말했다.

나는 얼굴이 빨개졌고 혀를 깨물며 괴로움에 휩싸였다.

"당연히 나빴을 리가 없지." 그녀가 계속해서 말했다. "그는 자신의 마지막 상대로 나에게 애원을 하고 있는 시한부 환자였어. 나는 내가 죽어가는 것처럼 그에게 내 모든 것을 내맡겼고. 내 모든 것을 주고 싶었어. 그래서 섹스를 하기 전부터, 아니 하는 동안 그리고 하고 나서도 계속 눈물을 흘렸어."

그녀는 어두운 강가에 정박해 있는 배 한 척을 바라보았다.

"지금껏 한 번도 해보지 않은 것도 했으니까."

그 순간 나는 흥분하는 나 자신을 발견했고, 내 온몸은 달아올라 땀이 맺혔다. 강에서 불청객 같은 썩은 냄새가 풍겨왔다.

그녀가 커피숍에서 그를 만난 이야기를 해주었을 때부터 내내 내 머릿속을 맴도는 질문이 하나 있었다. 다소 우울하면서도 자칫

민감할 수도 있는 것이었지만 나는 묻기로 마음먹었다.

"좀 꺼림칙하지 않았어?"

"뭐가?"

"아픈 사람과 섹스를 한다는 사실 말이야. 머리에 종양이 있었 잖아."

너무도 직설적으로 내뱉었다는 것에 나 스스로도 놀랐다.

파멜라는 잠시 생각에 잠기는 듯했다.

"침대 위에서 그의 전화를 받았을 때는 너무 놀라서 병 때문에 그가 어떻게 변해 있을까 하는 생각은 못 했어. 커피숍으로 걸어가 면서야 그의 모습이 궁금해졌지만, 그때만 해도 구체적으로 어디 가 아픈지도 몰랐고, 안 본 지도 오래되었기 때문에 상상을 할 수 없어서 어떤 모습을 맞닥뜨리게 될지 몰랐지. 그런데 너무도 멀쩡 한 거야. 그러고 나서 그의 입으로 어떤 병인지 이야기를 들었을 때는…… 너는 내가 속물이라고 생각할 수 있겠지만, 난 그 이야 기를 듣자마자 '뚱뚱한 아저씨가 안 된 것만도 감사해' 하고 속으 로 생각했어."

"아니야. 네가 속물이라고 생각하지 않아."

"아무튼 그의 입에서 병의 심각성을 듣고는 내가 생각한 건, '그 나마 겉으로 드러나지 않는다는 게 다행이다' 라는 거 하나였어. 그 랬지만 일단 결심을 한 순간 나는 그가 뚱뚱한 아저씨로 변해 있더 라도 그의 청을 받아들였을 거야. 그것이 내 임무라는 생각이 들었 거든."

그때 배 한 척이 우리에게 작별인사를 하듯 기적을 울리며 지나 갔다. 드디어 코리엔테스 가가 시야에 들어왔다.

"너, 아내한테 맞아본 적 있니?"

파멜라가 느닷없는 질문을 했다.

나는 기억을 더듬어보았다.

"결혼 전에 그랬어." 내가 말했다. "피로연 계획을 짤 때였지. 아내는 내가 음악과 음료수를 담당해주길 바랐어. 때마침 나는 한창 바쁠 때여서 그 일을 계속 뒤로 미뤘지. 사실 별로 신경 쓰고 싶지가 않았거든. 피로연은 장인 장모와 아내가 알아서 해야 하는 거잖아. 적어도 내 생각은 그래. 그런데 아내는 내 생각에 동의하지 않고 계속해서 그 일을 맡기를 재촉했어. 아내가 우기는 걸 거부할 배짱도 없었지만, 그렇다고 해서 제대로 맡아서 한 것도 아니었지. 결국 참다못한 아내가 전문 디제이를 알아보겠다고 하는 거야. 그런데 '그냥 음악 없이 해'라고 내가 말했더니 갑자기 손톱을 치켜세우고는 달려드는 거야. 나는 아내 손목을 꼭 붙들어잡고는 '당신을 때리는 일은 내 평생 절대 없을 거야. 그런데 앞으로 또다시 이렇게 달려들 경우에는 나를 평생 못 볼 줄 알아' 하고 말했어."

"그랬더니?"

파멜라가 물었다.

"아내가 직접 디제이를 맡았어."

내가 대답했다.

"그뒤로 또 그런 일이 있었어?"

"항상 사태가 악화되기 전에 수습했지."

인정할 수밖에 없었다.

"나는 베토 머리에 꽃병을 던졌어."

순간 나는 내 머리에 꽃병이 꽂힌 것처럼 고개를 쳐들고, 흘러내리는 피 대신 믿을 수 없다는 표정을 지어 보였다.

"글쎄 자기가 죽지 않을 거라나." 그녀가 말했다. "나에게……
나에게 희생을 강요하기 이전에 벌써 구원을 받았다는 거야."

내 표정은 그녀에게만이 아니라 세상과 운명을 향해 질문을 하
고 있었다. 대체 무슨 일이 일어났기에?

"그의 침대 머리맡에서 옷을 입고 있을 때였어. 그런데 그런 말
을 하는 거야. 거북이도 그 자리에 있었으니 증인도 있는 셈이네.
글쎄 '이건 기적이야. 너는 기적을 믿니?' 하는 거야. 그래서 난
'기적을 믿지 않지만 방금 전에 우리가 한 일을 기적이라고 부른
다면 그래, 나도 무척이나 좋았어'라고 말했어. 그랬더니 베토가
'내가 죽지 않는다는 사실이 기적이야'라고 하는 거야."

이제 코리엔테스 가는 끝도 없어 보였다.

"베토 말이, 자신의 병명을 처음 알게 된 날부터 나를 생각했대.
나에게 뭐라고 말할까 생각을 했지만 용기를 내지 못했다고. 자신
의 운명을 거의 자포자기했을 무렵 우연히 한 종교단체에 들어가
게 되었는데, 머릿속에 자신이 가장 좋아하는 것을 끊임없이 생각
하라고 충고를 했다나봐. 그래서 베토는 나와 재회하는 장면을 그
리기 시작했대. 아로미 커피숍을 떠올리며 그곳에 앉아 있는 내 얼
굴과 몸, 내가 할 말들을 상상했다는 거야. 몇 달 지난 뒤 병원에 갔
더니 의사 말이 약효가 있었다면서, 사망할 확률이 현저히 줄어들
었다고 한 거야. 그 순간 베토는 내가 그를 구원했다고 생각한 거
지. 그래서 어떻게 해서든 나와 연락을 시도하면서 '기분 좋은 생
각'을 끊임없이 병행했대."

"기분 좋은 생각이라."

내가 말했다.

"그래서 베토 머리를 꽃병으로 가격했어. 유리로 만든 꽃병이었어."

"피가 났어?"

내가 물었다.

"아니." 그녀가 말했다. "하지만 피가 났더라도 상관하지 않았을 거야."

"어쩌자고 꽃병으로 내려친 거야?"

"아무 생각도 없었어. 의사가 죽을 고비는 넘겼다고 했다는 말에서 시작해 '기분 좋은 생각'에 이르는 장황한 이야기가 끝나자마자 꽃병을 들어서 그냥 내려쳤어. 그런데 꽃병이 정말 약했나봐. 꽃도 안 꽂혀 있던 것이었어. 그 집에 있는 유일한 생명체는 거북이밖에 없었거든."

"그리고 너희 둘."

내가 말했다.

파멜라는 아무 말도 하지 않았다.

"그러고는 문이 부서져라 닫아버리고 나왔어."

"나는 문을 쾅쾅거리고 닫는 게 제일 싫더라." 나는 잠시 분위기를 풀어보기 위해 우스갯소리로 말했다. 물론 베토가 끝내 죽었다는 사실을 잠시 망각하고는. "그래서 아내한테 내건 또다른 조건이 절대로 문을 세게 닫지 말라는 것이었어."

"그뒤로는 정말 안 그래?"

나는 대답하지 않았다.

오스카르는 후후이 출장에서 돌아왔고 그렇게 며칠이 흘렀다.

베토가 그녀에게 전화를 했다.

"그날 정오께에 전화가 왔어. 나한테 미안하다고 말하고 싶었다면서. 하지만 내가 그를 구원했다는 사실에는 의심의 여지가 없다는 거야. 우리가 그날 만나지 않았더라면 자신은 아마도 죽었을 거라고. 나는 그가 죽든 말든 상관없지만 그날 일은 개의치 말라고 했어. 무슨 일이 있었는지 이제 기억도 나지 않는다고, 너도 남자라면 그 정도 일은 깨끗이 잊을 만한 배포가 있을 거라고 했어. 그러고는 끊었지."

"그게 전부야?"

내가 물었다.

파멜라는 고갯짓으로 아니라고 대답했다.

나는 그녀가 계속 말을 하기를 기다렸다. 이제 우리는 카야오 가와 코리엔테스 가가 교차하는 곳에 다다랐다. 마음만 먹으면 얼마든지 택시를 잡아탈 만큼 많은 차들이 있었다. 파멜라도 투쿠만 가와 후닌 가의 교차로에 있는 그녀의 집에 삼 분이면 다다를 것이다. 나도 푸에이레돈 가와 파라과이 가의 교차로에 위치한 우리집에 오 분이면 갈 수 있었다.

"베토가 전화하고 삼 일 후에 내가 연락했어. 난 오스카르와 그다지 행복하지 않았거든. 남편이 나를 안는 게 이제는 싫어졌어. 사실 그때에야 두 해 전 막내아들을 출산한 뒤로 남편과의 사이가 좋지 않았다는 것을 깨닫게 되었지. 바로 그거야. 늘 그래왔던 것처럼 똑같이 나를 안았지만, 그게 더는 마음에 들지 않는 거야. 사람이 싫어진 게지. 죽어간다면서 한 번만 자달라고 애원한 베토와 보낸 그 시간이 정말 오랜만에 섹스의 희열을 느껴본 때였어. 그래서 그에게 연락한 거야. 만나자고 말했어. 왜 그랬냐고? 내 온몸이 그를 원하고 있었거든. 도무지 참을 수가 없었어. 그를 좋아하는 것도 아니고 이해할 수도 없었지만, 한 번이라도 더 보지 않으면 견딜 수가 없을 것 같더라고. 그래서 그의 아파트에서 다시 만났어. 이제 더는 시한부 환자가 아니었지. 그래도 그와의 관계는 여전히 황홀했어. 말로 표현할 수 없을 만큼. 거북이도 우리를 계속 바라봤고. 베토 머리에 여전히 혹이 남아 있더라. 우리가 사랑에 빠졌다고 하는 것보다는 두 마리의 야수가 교접 의식을 치르는 것 같았다고 하는 게 정확할 거야. 도무지 멈출 수가 없었어. 나는 오스카르와 헤어지겠다고 말했어. 베토가 함께 살자고 제의해왔거든. 나는 그러겠다면서, 정말 그러고 싶다고 했고. 하지만 그렇게 되면 동네를 떠나거나 심지어 외국으로 가야 될지도 모른다고 말했어. 우리의 과거를 아는 사람들과 그 어떤 접촉도 하기 싫었거든. 베토는 그건 불가능하다면서 자신이 할 수 있는 한에서 손을 쓰겠다고 했어. 당분간은 그의 아파트에서 지내자고. 그리고 나는 바로 그날 오스카르에게 이혼을 요구했어. 남편은 다시 생각해보라고 애원을 했지. 베토에 대해서는 일언반구도 안 했어. '숨이 막힐 것 같아. 단 한 주만이라도 혼자 있고 싶어. 더는 참을 수 없어.' 이렇게 말한 다음 몇 주가 지나서야 남편이 이혼에 합의했고, 그동안 나는 베토를 한 차례 더 만났어. 어찌해야 할지 감이 안 잡히더라. 아이들은 어떻게 하지? 물론 내가 데려가겠지만 아이들이 베토와 함께 지낼 수 있을까 하는 생각도 들고. 아무튼 남편에게는 베토에 대해 한마디도 할 수 없더라구. 오스카르한테는 그냥 답답하고 숨이 막힐 것 같다고만 했어."

"나도 그런 말을 몇 번 들어본 것 같아."

내가 말했다.

"그 덕에 요즘에는 콘서트라도 혼자 다녀올 수 있도록 배려해주는 거야." 파멜라가 말했다. "기분 전환 좀 하라고. 오스카르는 내가 친구들도 만나고 사회생활을 하길 바라거든. 더는 내가 숨 막혀하며 지내는 것을 원치 않으니까."

'네 두 가슴은 공기가 더 필요한 것 같지 않은데.' 나는 속으로 생각했다. 지금까지 그래왔던 것처럼 여전히 그녀는 나에게 불가능한 사람일까?

"그리고…… 나머지는 너도 잘 알 거야."

파멜라는 택시를 세우며 말했다.

나는 그녀의 손을 재빨리 잡아 꽉 쥐었다.

"아니." 내가 말했다. "아무것도 몰라. 베토가 어떻게 죽은 거야?"

"내가 그의 집으로 이사하던 날," 파멜라는 택시 문을 연 채 올라타지 못하고 의아하다는 표정을 지으며 말했다. "난 네가 아는 줄 알았지. 버스에 치여 죽었어."

II
반지

나는 에쿠아도르 가를 걸어가며 베토와 파멜라의 이야기를 다시 떠올려보았다. 그런데 에쿠아도르 가 끝에쯤 왔을 때 거리의 자잘

한 특징 몇 가지가 내 시선을 끌었다. 상점들은 유난히 지저분해 보였고, 직원들과 상점 주인들이 문 앞에 나와 앉아 있는 것이었다. 모두 일도 하지 않고 넋이 나간 표정이었다. 주변 열 블록 반경 내에 있는 동네의 전기가 모두 끊겨버린 것이었다. 온세 지역은 열기로 가득했고, 언제 청소했는지 알 수도 없는 차양에는 먼지가 뿌옇게 내려앉아 있었다. 나무 밑동에 쌓이고 쌓인 쓰레기들은 역겨운 악취를 풍기고 있었다. 제대로 보았는지 의심스럽지만 쥐도 몇 마리 지나다녔다. 나는 평소보다 늦게 온세에 도착했다. 집에서 오후 세시가 다 되어 나왔기 때문이다. 내가 사는 집은 바리오노르테와 온세 지역이 교차하는 곳에 위치해 있다. 다행히도 그곳은 아직까지 전기가 공급되고 있었다. 에쿠아도르 가와 라바예 가의 교차로에 있는 키오스코*에서 휴대용 화장지 하나를 사면서 주인에게 물어봤더니 온세 지역은 전날 오후 네시부터 전기공급이 중단되었다고 했다. 중앙전력관리센터에 발생한 화재로 인해 도시 절반에 전기공급이 끊겨버린 것이었다. 아르헨티나의 수도인 카피탈** 전체의 절반에 해당하는 지역의 전기공급 사업권을 사들인 유명 다국적기업이 중앙 케이블 관리를 철저히 하지 못해 생긴 일이었다. 한편 온세에 사는 주민들은 전력복구가 앞으로도 열흘은 더 걸릴 것이란 사실을 모르고 있었다. 내가 에쿠아도르 가에 다다랐을 때는 여기저기서 막 소동이 일기 시작했다. 사실 주민들 입장에서는 여간 불편한 것이 아니었다. 나는 계단을 통해 육층에 위치한 내 작업실로 올라갔다. 그런데 일층과 이층 사이의 계단에서, 건물에

---

* 음식 가판대. 한 평 남짓한 공간에서 주로 음료수와 군것질거리를 판매한다.
** 부에노스아이레스 주(州) 안에 있는 행정수도.

사는 유일한 유대교인과 마주쳤다. 검은 턱수염을 기르고, 검정색 태피터*로 만든 옷에, 머리카락을 양 갈래로 땋아 길게 늘어뜨리고 그 위에 펠트모자를 눌러쓴 무표정한 얼굴의 유대 남자였다. 그가 유독 눈에 들어온 것은 성직자가 입는 옷이나 턱수염만 없었다면 전생에 만난 것 같은 느낌을 주었기 때문이다. 계단 복도에 떨어져 있는 전기세 고지서를 통해 나는 그의 이름이 하코보 웨이르라는 것을 알고 있었다. 나는 늘 그래왔던 것처럼 인사를 하거나 받을 생각도 하지 않은 채 그의 옆을 지나쳤다. 때는 금요일이었기 때문에 "샤바트 샬롬"** 하고 인사하는 정도는 무리하는 것도 아니었다. 그러나 그가 여태껏 단 한 번도 내게 말을 걸어온 적이 없다는 것이 못마땅했고, '나도 유대인이다'라는 것을 드러내고 싶지 않았다.

오층에 다다라 만난 아파트 경비원은 두 시간 전에 이십 분가량 전기가 들어왔지만 다시 끊겼다고 말했다.

땀을 뻘뻘 흘리며 작업실에 도착한 나는 자동적으로 컴퓨터를 먼저 켜고 자동응답기에 메시지가 있는지 확인했다. 그러나 전기가 끊어진 마당에 어떤 기계가 명령을 따를 수 있겠는가. 그러자 이런 생각이 들었다. 지난 오 년간 자본주의를 받아들이고 심지어 세계화에 부분적으로나마 찬성하며 살아왔지만, 이제는 러시아의 10월 혁명 전으로 되돌아가 다시 한번 사회주의 쿠데타를 일으키고 아르헨티나의 모든 공기업을 흡수한 민간기업의 사장들을 색출해 그들의 사유재산을 모조리 불태워야 한다고. 빌어먹을 전력회

---

* 호박단. 견직물의 일종.
** '안식일에 평안하십시오'라는 인사말.

사 사장의 부인을 시켜 나를 들것에 싣고 작업실까지 옮기게 한 뒤, 그녀의 혀로 내가 흘린 땀을 온몸 구석구석 빠뜨리지 않고 핥게 하고 싶었다. 그런 다음에는 피도 눈물도 없는 거머리 같은 외국 독점기업들의 비효율적이고 비인간적인 추태에 대해 한 푼도 빠짐없이 보상하도록 여자를 협박하는 것도 나쁘진 않으리라. 사장 부인과 섹스를 즐기는 와중에 전기가 들어온다면 사장을 용서하고 아무 일도 없었다는 듯 묻어줄 수도 있다. 하지만 전력복구에 한 시간 이상을 줄 용의는 없었다.

나는—항상 접하는 유일한 물건인—공책과 볼펜을 집어들었다. 그리고 윤기가 흐르는 나무책상에 앉아 파멜라와 베토의 이야기를 쓰기 시작했다. 그런데 글을 써내려가는 동안 이 세상을 밝혀주는 빛이 사라지더라도 내 소설 속에 등장하는 주인공은 조금도 동요하지 않고 자신의 이야기들을 계속 읊을 수 있을 거란 생각이 들었다. 두둑이 돈을 지불하겠다는 사업가만 나타난다면 전기가 없어도 얼마든지 글을 쓸 수 있었다. 그러나 이야기의 결말 부분을 쓸 무렵, 이야기를 해주러 오기로 한 여자와 약속이 있었다는 것과 설상가상으로 인터폰도 작동하지 않는다는 것이 떠올랐다. 결국 그녀를 기다리기 위해 다시 밑으로 내려가야 하는 상황이었다. 나는 오 분 안으로 불이 들어오지 않으면 전력회사에 일말의 관용도 베풀지 않을 것이고 게릴라 부대를 결성할 거라며 이를 갈았다. 파멜라와 베토의 이야기를 마무리했는데도 전기는 여전히 들어오지 않았다. 그나마 완성된 글이 흡족했기에 분노가 약간 사그라졌다. 나는 십 분 전쯤에 도착했어야 할 이네스를 마중하기 위해 밑으로 내려갔다. 그런데 하코보 웨이르가 여전히 같은 계단에 서 있는 것이었다. 그는 인사하지 않았고 나도 하지 않았다. 나는 밖으로 나가 거리의 양쪽 모퉁이를 둘러보며 여자가 오지 않는 이유와 전기가 끊긴 것이 혹시 관련이 있을까 생각해보았다. 신호등이 꺼져서 레티로 지역의 비야 31에서 오는 버스가 연달아 지연되고 있는 것일까? 아니야, 그렇지는 않을 거야. 내가 택시비를 주겠다고 약속한데다, 전기가 끊겨 무법천지가 되어버린 도시를 달리지 않겠다고 몸을 사리는 택시기사는 단 한 명도 없을 테니까. 나는 다시 작업실로 걸어 올라가기 시작했다. 내 몸에서 뚝뚝 떨어지는 땀방울을 보니, 유대교 석상처럼 같은 곳에서 뻣뻣이 서 있는 하코보 웨이르가 그 이상한 놀이를 마치고 들어가다 이걸 밟고 미끄러질지도 모르겠다는 생각이 들었다.

나는 작업실 문을 열자마자 냉장고로 직행했다. 지난주에 사놓은 생수가 내 체온만큼이나 뜨거워져 있었다. 나는 얼굴에 물을 쏟아붓고는 남은 몇 방울을 혀 위에 떨어뜨렸다. 그러나 미지근해서 오히려 비위가 상해 구역질이 날 것만 같았다. 그래서 화장실로 가 수돗물에 얼굴을 들이밀고 입을 열었다. 그때 문득 어떤 생각이 계시처럼 떠올랐다. 자동응답기는 소형 테이프로 작동했는데, 마침 똑같은 테이프를 사용하고 건전지로 작동하는 소형 녹음기가 작업실에 있다는 사실이 떠오른 것이었다. 제아무리 다국적기업이라고 해도 녹음기 안에 들어 있던 배터리까지 바닥낼 수는 없었고, 그 덕에 나는 녹음된 메시지를 들을 수 있었다! 그러고 보니 응답기 버튼을 누르고 메시지가 비어 있다는 기계음이나, 별로 중요하지 않은—어머니나 형제, 아내, 신규 서비스를 홍보하는 전화회사 직원으로부터 온—메시지 한두 개를 듣는 일상적인 의식을 행할 수 없다는 것에 나는 초조해하고 있었다. 나는 물에 젖은 얼굴을 닦을 생각도 않고 즉시 응답기에서 소형 테이프를 꺼내 녹음기에 넣고 재생 버튼을 눌렀다. 몇 번의 기계음 뒤에 누군지 모르는 사람의 목소리가 흘러나왔다. 나탄 베르블룸이었다. 그는 정전 때문에 우리 계획을 중단해야겠다고 말했다. 선불금은 그냥 받아두고, 내년이나 후년으로 계획을 미루자는 것이었다. 나는 메시지를 더 듣지도 않고 녹음기를 꺼버렸다. 고작 하루 정전됐다고 나를 녹다운시킬 수 있는 거야? 나는 베르블룸을 거의 신처럼 생각하고 있었는데 이제 보니 보통 인간만도 못한 못난 인물이었다. 나는 충격으로 인해 정전 상태라는 것도 까맣게 잊고 그에게 전화를 걸려고 수화기를 들었다. 이제는 전기 없이 오늘 하루를 버티는 것조차 고역이라는 생각이 들었다. 봉화를 피워올릴 마른 나뭇가지 하나도 남김 없이 밀려버릴 땅 위에 선 인디언이 된 기분이었다. 두 팔은 땀 때문에 겨드랑이에 계속 끈적하게 달라붙었고, 이네스는 여전히 감감무소식이었다. 모든 게 취소된 마당에 어쩌면 잘된 일일 수도 있겠다는 생각도 들었다. 하지만 이렇게 앉아서 당할 수는 없지, 그건 절대 안 돼. 나는 뛰다시피 계단을 내려갔다. 나탄 베르블룸의 사무실은 불롱 수르 메르 가와 라바예 가의 교차로에 있었는데 거긴 내 작업실에서 여섯 블록도 안 되는 거리였다. 나는 전깃불이 없는 계단을 잽싸게 내려가며, 여전히 계단 앞에 서 있던 하코보 웨이르를 또다시 그냥 지나쳤다.

나는 최대한 빠른 걸음으로 베르손* 인쇄소로 향했다. 사무실에

---

* Berson, '베르블룸과 그의 아들들(Berblum and sons)' 의 줄임말.

는 '종유석처럼 뾰족하게 솟은 가슴'을 가진 여비서 리타가 있었다. 그녀는 탐스러운 금발을 위로 틀어올리고, 교양을 쌓은 시골 처녀들이 흔히 그러듯 거만한 얼굴을 하고 자리에 앉아 있었다. 늘 온몸이 경직된 듯한 자세를 고수하는 여자였다. 온세 지역을 뒤흔들어놓은 정전의 여파가 오직 그녀만은 비켜간 것처럼 아주 태연해 보였다. 베르블룸이 목석같이 뻣뻣한 저 사십대 여인의 몸을 안기 위해 늘 입에 물고 있는 자신의 시가를 내려놓기도 할까? "마흔의 나이에도 아름다움을 유지하고 있다면 그 미모는 평생 간다고 하던데요." 언젠가 내가 말했을 때 그녀의 대답은 다음과 같았다. "저 아직 사십대 아니거든요." 더 말하고 싶지 않다는 투였다. 그녀가 인터폰으로 베르블룸에게 내가 온 것을 알렸다.

"여긴 전기가 들어오나봐요?"

나는 놀랍다는 듯이 말했다. 주위는 다른 건물들처럼 어둠에 잠겨 있었기 때문이다.

"인터폰은 돼요."

그녀가 말했다.

"발전기를 쓰나봅니다?"

"저기 계단으로 올라가세요." 그녀는 먼지가 앉은 모자이크 그림이 붙어 있는 벽을 지나, 할아버지 시절에나 찍었을 법한 광고지 뒤편에 있는 통로를 가리키며 말했다.

베르블룸이 있는 이층은 별천지였다. 귀한 전깃불이 희미하게나마 들어오고 에어컨도 시원하게 돌아가고 있었다. 나는 발전기를 사용하느냐고 다시 물어보지는 않았지만, 기술자를 불러 몇 페소 주고는 다른 전력회사의 전선을 끌어왔다는 것을 곧 알게 되었다.

"아래층 불은 왜 다 끈 겁니까?"

내가 물었다.

"굳이 시샘의 눈총을 받을 필요가 있겠나."

그가 말했다.

그때 책상 위에 깔아놓은 초록색 원단 위에 배추색 지폐 한 다발이 놓여 있는 것이 눈에 들어왔다. 상당한 금액이었다. 돈에도 에어컨 바람을 쐬어주려고 저렇게 빼놓은 건가.

"정확히 유월절까지 모든 준비가 완료되어야 해." 그가 말했다. "기한도 너무 짧아. 그런데도 매일같이 급하게 처리해야 하는 일이 속속 생기지 뭔가. 오늘 같은 경우에도 제본소 관계자를 만나 통사정을 해야 했는데 아무리 찾아가도 사람은 없지, 전화는 불통이지, 설상가상으로 컴퓨터도 안 되지. 결국 계획을 취소해야 하는 것 말고는 다른 대안이 없네."

"베르블룸," 내가 말했다. "아직 두 달하고 절반이나 남았어요. 어쩌면 내일이라도 당장 전기가 들어올 수 있는 것 아닙니까. 전 이미 시작했습니다. 벌써 이야기 한 편을 완성했다구요."

"그래서 내가 선불금을 준 게 아닌가." 그가 말했다. "전기는 내일도 안 들어와. 좀전에 연락을 받았거든……" 누구에게 연락 받았다는 말은 하지 않았는데 그게 그의 스타일이었다. "지금부터 열흘 동안 하루 스물네 시간 중 전기가 들어오는 시간이 채 이십 분이 되려나 모르겠군. 자네도 미리 대비나 해두게."

"난 불빛이 없어도 얼마든지 글을 쓸 수 있어요."

내가 말했다.

그는 말을 하기 위해 입에서 시가를 뺐다.

"당신네들이야 그런 신성한 능력이 있겠지만 우린 전기가 없으면 아무것도 할 수 없어."

"마이애미나 베네수엘라에도 사무실이 있잖아요……"

"고작 책 한 권 선물하려고 그런 수고를 들이느니 차라리 고객을 잃고 말지. 이 문제는 내년으로 미루세."

"여기 돈도 이렇게 많잖아요……"

나는 재빨리 말했다.

"많은 건 아니지." 그가 말했다. "내 돈도 아니고."

"시가 하나만 줘요."

내가 말했다.

"한 대 피우려고?"

"아니요. 잘근잘근 씹어버리게요."

그는 안주머니에서 시가를 하나 꺼내더니 내게 건넸다.

나는 농담 삼아 지폐 뭉치를 가리키며 말했다.

"저것도 하나만 줘요."

그는 뭉치 하나를 들더니 거기서 오십 달러를 꺼내 내게 내밀었다.

"그냥 농담이었어요."

"아냐, 받아도 돼."

"당신 것도 아니라면서요."

"채워놓으면 그만이지."

나는 돈을 받아 바지 뒷주머니에 쑤셔넣었다.

입에 시가를 문 채 그의 사무실을 나왔다. 리타는 고개도 들지 않고 내게 인사를 했지만 그녀의 가슴만큼은 여전히 위풍당당하게 솟아 있었다.

코셔 정육점*의 고기가 썩고 있었다. 아이스크림 가게 주인은 아이스크림을 킬로그램당 일 페소를 받고 팔면서, 노란 액체를 몇 리터씩 하수구에 버리고 있었다. 코코넛, 피스타치오, 사바용, 둘세데 레체 등 맛과 유통기한이 지나가버린 물질들이 한데 뒤섞여 하수구로 직행했다. 역사에 유례없는 최악의 경제위기에서도 꿋꿋하게 살아남은 상인들이 전력이 중단되자 속수무책으로 앉아 있어야 하는 신세가 되고 말았다. 지역 전체가 고난에 처한 욥처럼 느껴졌다. 텅 빈 술집의 주인은 '이제는 저희에게 또 무슨 고난을 내리시려는 겁니까?'라고 묻는 것처럼 원망스레 하늘을 바라보고 있었다. 나도 이제는 거리를 활보하는 쥐들에 익숙해졌다. 대신 세균 번식이 두려워지기 시작했다. 고기 썩는 냄새가 한여름에 바람 한 점 없는 대기를 오염시키고 있었다. 산더미처럼 쌓이고 있는 쓰레기는 우리를 비웃고 있는 것 같았다. 분명 얼마 안 있어 장티푸스나 콜레라가 발병했다는 보도가 들려올 것이고, 그렇게 되면 게토 시절로 되돌아가고 말 것이다. 유대교인 한 명이 내 옆을 지나갔다. 그는 폴란드 식 겨울옷을 입고 있었음에도 땀 한 방울 흘리지 않았다. 그러면서 안식일 예배에 참석하기 위해 서둘러 발걸음을 옮기고 있었다.

나는 시가를 씹은 덕에 반쯤 풀어진 기분으로 작업실에 돌아왔다. 이네스는 오지 않을 것 같았다. 나는 하코보 웨이르에게 다가가 물었다.

---

* 유대인들이 이용하는 정육점.

"혹시 올라가시려는 거면 도와드릴까요?"

"예, 부탁드립니다."

그가 말했다.

"죄송합니다." 나는 그의 팔을 잡으며 진심으로 사과했다. "올라가시려고 하는 줄 몰랐습니다……"

"압니다, 압니다." 그가 말했다. "나도 부탁하지 않았잖아요. 그래도 되는지 몰라서."

때는 안식일이었다. 이 기간에 유대인들은 일을 하거나 물건을 옮기는 일이 금지되었다. 나도 사람을 부축해도 되는 건지 알 수 없었지만, 하코보 웨이르 같은 사람도 그것을 모른다는 것이 놀라웠다.

"디스크가 탈장돼서……" 그가 말했다. "계단을 오르락내리락할 수가 없구려."

그는 사층에 살고 있었다.

"그럼 금요일마다 어떻게 하십니까?" 내가 물었다. "엘리베이터를 사용할 수 없는데……"

"그건 경비원이랑 다 합의를 해놓았다오. 매주 금요일 다섯시 십오분이면 그가 엘리베이터 문을 열어놓고, 내가 타면 문을 닫은 뒤그가 사층에서 버튼을 누릅니다."

나는 교인들이 밀집해 사는 몇몇 건물에서는 노인들이 안식일을 어기지 않고 이용할 수 있도록 엘리베이터를 모든 층에서 서도록해놓는다는 것을 알고 있었다. 그런데 하코보 웨이르는 수동으로그 문제를 해결한 셈이었다.

"왜 경비원에게 도와달라고 부탁하지 않으셨어요?"

나는 가쁜 숨을 내쉬며 물었다.

"그래도 되는지 알 수가 없어서. 부탁하면 누구든 도와주지 않겠소. 문제는 그렇게 직접 부탁해도 되냐는 거요."

교리에 대한 무지와 규율을 어기지 않으려는 과도한 우려를 보고 있자니 유대교 복장을 하지 않은 그를 언젠가 만났던 것 같다는 느낌이 들었다. 그는 아마 신앙이 독실한 집안에서 태어나지 않았을 거란 생각이 들었다. 엄격하고 순수한 유대교 신자들은 지켜야 할 규율의 매우 세세한 부분까지도 속속들이 알고 있고 상황에 맞게 차분히 지켜나가는 편이다. 그러니 그런 사람이었다면 계단을 오를 수 있도록 도와달라고 얼마든지 부탁했을 것이다. 간신히 사층에 도착한 뒤 잠시 숨을 돌리며 그 상황을 가상으로 재구성해보았다. 치열한 전투가 벌어지고 있는 전장에서 부상을 당해 피를 흘리고 있는 전우를 내가 부축해 필사적으로 아군 기지로 끌고 가는 장면을 떠올려보았다.

"들어오시오, 어서요."

그가 아파트 문을 열며 이렇게 말했다.

어둠 속에서 나이를 가늠할 수 없는 여자가 머리에 수건을 두르고 얼굴의 반을 덮는 안경을 쓴 채 소파에 앉아 있었다. 다른 사람은 없었다.

"내 아내가 냉차를 내올 겁니다." 그는 이렇게 말하더니 그녀에게 소리쳤다. "베티! 베티, 가서 냉차 좀 내와."

"냉차는 어떻게 구하십니까?"

내가 물었다.

"아, 그건……" 그가 설명했다. "식힌 차를 갖고 오라는 뜻이었소."

"괜찮습니다."

내가 말했다. 여자는 미지근한 차를 내왔다.

그리고 그녀는 종교책을 집어 들고는 중얼거리며 읽기 시작했다.

"여자들도 아무 책이나 읽을 수 있습니까?"

하코보 웨이르에게 물었다.

그는 잘 모르겠다는 듯 인상을 쓰며 어깻짓을 해 보였다.

"선생님은 언제부터 교인이 되셨습니까?"

"1994년도입니다."

"이스라엘 성지순례를 하셨을 때입니까?"

"아니오, 이스라엘은 무슨 놈의 이스라엘." 그는 세속적인 유대인인 것처럼 사뭇 다른 억양으로 이렇게 말했다. "여기서였습니다."

"제 남동생은 그곳에서 유대교에 입문했거든요." 내가 말했다. "통곡의 벽 앞에서요. 그후에는 아르헨티나로 돌아와 계속 종교생활을 하고 있고요."

"바루 아셈."*

자신의 종교세계로 다시 돌아온 듯 하코보 웨이르가 말했다.

그의 두 손등에는 검은 털이 무성했다.

"그럼 이제 일어나보겠습니다. 샤바트 샬롬."

"조금만 더 있다 가요. 레이카**도 조금 있답니다. 베티!"

베티는 책을 들고 발코니에 나가 있다가 가구 위에 책을 올려놓고는, 순종 반 짜증 반이 섞인 얼굴로 남편을 바라보며 지친 걸음

---

* '축복합니다' 라는 뜻.

** 꿀로 만든 파이.

으로 다가왔다.

"정말 됐습니다. 어쨌든 감사합니다."

"가서 찬 음료라도 사올게요."

베티가 말했다.

"어디서요?"

내가 물었다.

"바루의 가게에서요." 그녀가 말했다. "어떻게 하는진 알 수 없지만 거기선 찬 음료를 팔아요."

"거긴 잔 하우레스 가에 있는 주유소에서 얼음을 구해옵니다." 하코보 웨이르가 말했다. "그 주유소는 어떻게 하는지 모르겠지만 전기가 들어온다는군요."

"어쩌면 코르도바 대로 건너편 구역에 있어서 그럴지도 모르죠. 그곳에는 아직 전기가 들어오거든요."

"가서 음료수 사올게요."

베티가 말하며 나갔다.

"레이카는 안 드시렵니까. 오늘 올라오는 데 도와줬잖소. 안식일인데도 불구하고. 감사의 뜻으로 뭐라도 해드리고 싶은데."

"그러면 어떻게 종교인이 되셨는지 말씀 좀 해주시겠습니까."

내가 말했다.

하코보 웨이르는 고개를 들어 나를 봤고, 자신은 단지 1994년도부터 종교복을 갖춰 입기 시작한 것에 지나지 않는다는 표정을 지어 보였다.

"너무 많은 것을 부탁하고 있군요."

그가 말했다.

"제 부탁을 꼭 들어달라는 것은 아닙니다. 아까 도와드리지 않았다면 저는 정말 못난 놈이 되었을지도 모를 일이니 말입니다."

하코보 웨이르가 자신의 턱수염을 쓸어내리며 갑자기 웃음을 터뜨리더니 말했다.

"얘기해드리리다. 내가 앞으로 얼마나 더 살는지 누가 알겠습니까?"

"디스크 탈장으로 죽지는 않습니다."

"결혼생활이 사람을 서서히 죽이는 거요."

그는 농담조로 이렇게 속삭였다. 그러더니 또다시 웃음을 터뜨렸다.

나는 대답하지 않았지만 미소를 지어 보였다.

"베티는 좋은 사람입니다. 그녀도 테슈바*를 했지요, 나처럼."

'전기가 없는' 적막한 공간이 신비로운 분위기를 자아냈다.

"한때 친구의 딸과 사랑에 빠진 적이 있습니다."

하코보 웨이르가 갑자기 말을 꺼냈다.

나는 놀란 표정으로 그를 보았다.

"이야기해달라고 하지 않았나?" 그가 순간 말을 놓기 시작했다. "그럼 말해주지. 나는 친구의 딸과 사랑에 빠졌다네."

"정말 믿을 수가 없네요!"

내가 말했다.

"믿기지 않을 건 또 뭐가 있나? 스물다섯 살 먹은 처녀의 유혹에 빠진 게 믿기지 않는 건가? 정말로 믿기지 않는 건 그런 상황에서

---

* 히브리어로 '참회'라는 뜻. 유대교에서 자신의 잘못으로 피해를 본 사람에게 사과를 하기 위해 필수적으로 거쳐야 하는 과정.

꿈쩍도 안 하는 것일세."

"아니요. 제가 그 말을 한 건 자신의 사랑 이야기를 해주기로 한 여자는 정작 오지 않고 선생님한테 이런 이야기를 듣게 되어서입니다."

"항상 그렇게 남의 말을 끊나?"

그가 물었다.

나는 얼른 수긍했다.

"제 단점이라면 단점이지요. 오늘 오지 않은 여자는 레바논 내전에서 전사한 아르헨티나 청년과 열애를 했다더군요. 그래서 방금 선생님을 부축해 계단을 올라올 때 속으로 '우리는 두 명의 군인이다. 나는 지금 전우를 부축해 기지로 귀환하고 있는 중이다' 라는 상상을 했습니다. 그런데 이제 선생님께서 사랑 이야기를 해주시겠다니 모든 우연이 필연적으로 느껴지네요."

그는 내 이론에 관심이 없다는 듯 손사래를 쳤다.

"그때 나는 카피탈로 돌아오는 길에 미라마르*에 들렀지. 때마침 그곳에 살던 친구가 건축학 시험을 앞둔 딸이 카피탈에 가야 한다며 나한테 좀 데려다달라고 부탁하더군."

"스물다섯인데 그때까지 공부를 하고 있었나봐요?"

내가 물었다.

"문제가 많은 아이였어." 그가 말했다. "굉장히 문제가 많았지. 매사에 산만했어. 온몸에서 광기가 느껴지는 듯했지만 그것조차 아름다운 외모에 가려졌지. 정말 대단한 몸매를 갖고 있었어. 건드

---

* 부에노스아이레스 주 남쪽에 위치한 지역.

리면 터질 것 같은……"

나는 하코보 웨이르의 얼굴에서 호색한의 표정을 볼 줄 알았지만 발견한 건 오히려 아픔의 흔적이었다. 가장 사랑했지만 결코 가질 수 없었던 여인을 가슴속에 묻어두고 체념해야 했던 아픔의 흔적이었다. 그는 그 고통스러운 사랑의 강을 건너와 이제는 맞은편 어귀에 선 사람처럼 차분한 어조로 말을 이어나갔다.

"나는 그 아이를 카피탈로 데려갔지. 그 아이의 부모에게 미리 들어 그녀가 마약을 하고 있다는 것도 알고 있었어. 남자친구도 얼마나 많았는지. 그 아이는 공부를 하려고 애를 썼지만 쉽진 않았다더군. 부모는 어떻게 하든 마약중독을 고치려고 여러 의사한테 보이고 심지어 미국에도 데려갔지만 전혀 소용이 없었다더군. 이름은 베로니카였지……"

"뭐가 문제였던 겁니까?"

내가 물었다.

하코보 웨이르는 잠시 생각을 하더니 손가락을 오른쪽 이마로 가져갔다.

"내 생각에는 머리가 문제였어." 그가 말했다. "그러니까 내 말은 심리적인 게 아니라 뇌에 문제가 있었다는 거야."

"단층촬영은 해봤답니까?"

"여러 번 찍었지. 그런데 아무것도 발견되지 않았다네. 그래도 내 생각에는 분명 신경 쪽의 문제이지 심리적인 것은 아니었던 것 같아."

"그런데 신경계에 문제가 있다고 마약중독자가 될 수 있을까요?"

"사는 것 자체가 마약에 중독되지 않고는 못 견디게 만드니까. 특히 신경계에 이상이 있다면 더욱 그렇지. 내 트럭을 타고 카피탈로 가면서 우린 이야기를 나눴어. 나는 그녀의 이야기를 들어주긴 했지만 충고 따위는 하지 않았지. 그녀는 남자친구들뿐 아니라, 가끔 자신을 때리기도 했던 녀석 이야기와 주삿바늘을 몸에 꽂을 때 느낀 기분에 대해 주절주절 늘어놨어. 아마도 그만 하라고 내가 소리지르기를 노리고 일부러 그런 것 같아. 내가 그녀의 말을 듣고 아연실색해서 운전대를 놓쳐 사고를 내고, 그 참에 자신의 소원대로 죽게 되는 걸 노렸던 거야. 그러나 내 안에는 뭐랄까, 동정이랄까, 안타까움이랄까…… 그 아이가 이런 이야기를 자신의 부모에게는 결코 할 수 없기에 내가 대신 들어주는 선행을 베풀어야 한다는 생각이 들었어. 그때는 교인은 아니었지만 선행에 대한 개념은 머릿속에 들어 있었던 게지."

그는 순간 비참한 표정을 지으며 인상을 찌푸렸다.

"그런데 차스코무스에 도착했을 즈음인가, 그 아이가 나더러 '평온'이라고 하더군. 말 그대로 '호르헤 아저씨, 아저씨는 평온 그 자체예요'라고 하는 거야."

"호르헤요?"

그 말에 내가 반응을 보였다.

"우리 부모님은 날 하코보라고 불렀지만 어릴 때부터 나는 친구들에게 호르헤라고 부르게 했거든."

"지금은요?"

내가 물었다.

"하코보라고 하지." 그가 대답했다. "엉망진창에 가까웠던 자신의 인생에 대해 실컷 주절대던 베로니카가 어느 순간 얌전해졌어. 자네는 모를 거야, 그런 그 아이의 모습이 얼마나 천진난만해 보였는지. 깊은 잠에서 갓 깨어나 세수를 마친 어린아이 같은 모습이었어. '우리 아빠가 항상 이곳에 데려와 메디아루나스*를 사줬어요.' 그녀가 말하더군. 그래서 내가 '사줄까?' 하고 물었지. 우리는 차에서 내려 메디아루나스를 먹었어. 먹는 내내 그 아이는 눈물을 흘리더군. 그러다 갑자기 내 손을 잡더니 손등에 키스를 하는 거야. 나는 놀라서 손을 확 빼버렸어. 카피탈에 도착했을 때 그녀는 '아저씨랑 통화하고 싶을 때 전화해도 돼요?' 하고 묻더군. 그래서 나는 '물론이지' 하고 대답했어. '하지만 헤라르도한테는 아무 말 마세요' 라고 말하는 거야. 헤라르도는 그녀의 아버지 이름이야. 나는 대답하지 않았어. 베로니카가 트럭에서 내렸고, 순간 그녀의 허벅지가 내 몸을 스쳤어. 나는 그 아이에게 점점 사랑을 느끼는 자신을 발견하고는 절대 전화하지 못하게 해야겠다고 다짐했지. 다시는 그 아이를 만나선 안 된다고 생각했어. 그녀는 파괴적인 몸을 갖고 있는 미친 아이였어. 자기 자신만이 아니라 나까지도 파괴할 수 있었지. 자네, 여자 좋아하나?"

"물론이지요."

내가 말했다.

"정말 좋아하는 거야?"

"죄송하지만 질문의 의도를 모르겠습니다."

"자넨 충실한 남편인가?"

---

* 중남미 식 크루아상.

"글쎄요, 선생님이 그런 옷을 입고 물어보시니까 고해성사를 당하고 있다는 기분이 드네요."

"이런, 하늘이 두 쪽 날 일을 다 보았나." 그가 소리쳤다. "우리 유대인들은 고해성사를 안 한다네."

"계속 말씀해주세요, 선생님."

내가 부탁했다.

"불쌍한 베로니카." 그가 말을 이었다. "그 아이는 낮이고 밤이고 나에게 전화를 걸었어. 혹시라도 베티가 받으면 그냥 끊었지. 하느님께 감사하게도 베티가 전화를 받은 적은 몇 번 되지 않았지만 그때마다 나는 그 아이의 전화라는 것을 알았어. 그 아이의 광기가 시작된 거였어. 이제 내가 그녀의 새로운 마약이었지. 그리고 그들은 브라질로 갔어."

"브라질이요?"

"그래, 브라질. 가족 모두. 헤라르도와 베로니카 그리고 마르타. 베로니카의 치료는 차도가 없었고, 대학에서도 공부를 제대로 못했거든. 때마침 헤라르도가 브라질에서 중요한 사업을 맡게 되었고. 어느 호텔 레스토랑 운영권을 인수하게 된 거지. 가족이 전부 그곳으로 떠났어. 나는 서신과 전화를 통해 그 아이가 점차 좋아지고 있다는 소식을 들었지만 왠지 쉽게 믿어지지가 않더군. 하지만 헤라르도가 딸이 차도를 보인다고 얼마나 확신에 차서 말을 하던지 그 옛날 딸이 속 썩였던 것은 전부 잊은 것 같더군. 단 한 번도 '괜찮아'라고 한 적이 없고 늘 '훨씬 좋아졌어'라고 말했으니까. 하지만 그 말이 더욱 의심이 가게 만들더군. 일 년 뒤에 우리는 그들 부부의 초대를 받았어. 그래서 베티와 함께 여행을 하기로 결심했지."

"선생님은 자제 분이 있으십니까?"

내가 물었다.

"베티가 애를 못 갖네." 그가 그늘진 표정으로 대답했다. "우리는 브라질에 도착했지. 헤라르도가 운영하고 있는 레스토랑은 '바라 데 티후카'라는 호텔 안에 있는 피자집이었어. 헤라르도와 마르타 그리고 베로니카는 호텔에서 묵고 있었지. 그러나 베티와 나는 바다가 보이는 아파트를 두 주간 임대하는 게 낫겠다 싶었다네. 처음에는 차를 타고 가려고 했으나 트럭을 도난당하는 바람에……"

그때 하코보 웨이르의 눈동자가 이상하게 움직였다. 한순간 흰자위가 사라지는 것 같았다. 그는 찻잔을 들고 일어섰다.

"차 좀 더 마시겠나?"

그가 물었다.

"아니오." 내가 대답했다. "부인께서 찬 음료를 가져오시기를 기다리죠."

그는 방에서 나가더니 찻잔 가득 차를 담아서 돌아왔다.

하코보는 동그란 테이블 위에 찻잔을 내려놓더니 앉기 전에 이렇게 말했다.

"사실 트럭은 도난당한 게 아니라 베로니카에게 줄 반지를 사기 위해 팔았네."

"저도 차 좀 더 주시겠습니까?"

내가 물었다.

베티가 돌아오면 하코보 웨이르가 더는 자신의 이야기를 할 수 없을 거란 생각이 들었다.

"찬장 위칸에 찻주전자가 있네. 흰 주전자일세."

나는 부엌으로 가 찬장에서 차가 들어 있는 사기 주전자를 찾아
냈다.

"설탕은 어디 있습니까?"

내가 소리쳤다.

"설탕을 타놓은 것일세."

하코보 웨이르가 대답했다.

나는 두 손으로 찻잔을 감싼 채 의자에 앉았다. 그리고 털이 난
하코보 웨이르의 손등에 또 한번 무심코 시선을 주었다.

"왜 그런 행동을 하셨습니까?" 내가 물었다. "왜 트럭을 팔아
서 일 년도 넘게 보지 못한 처녀에게 반지를 사줄 생각을 하셨는
지요?"

"물론 일 년이 넘도록 보지는 못했지만 애써 피했던 것이기도 했
지. 모르겠어. 내가 말했듯이 그 아이의 몸은 정말 파괴적이었지.
나는 사랑에 빠져 미쳐 있었어. 그 아이가 선뜻 자신을 내게 맡겨
왔음에도 불구하고, 다가오려고 했음에도 불구하고 매몰차게 뿌
리쳤다는 생각이 들면 가슴이 무너지는 것 같았네. 어쩌면 브라질
에서 흑인이든 노인이든 가리지 않고 닥치는 대로 자신의 몸을 맡
기고 있을지도 모르는 일이었고…… 그런데 나는 그녀를 뿌리쳤
던 거야. 나, 그녀의 평온 그 자체인 내가. 하지만 이제는 오히려 내
가 그녀를 갖고 싶어졌지."

"그로부터 일 년이라는 세월이 지나지 않았습니까." 내가 물었
다. "그녀가 계속 전화를 걸어왔나요?"

"브라질로 떠나고선 한 번도 연락이 없었어. 하지만 이제는 내가

그녀의 전화를 기다리기 시작했지."

"그 일 년 동안 마음을 잡지 못하셨습니까?"

"지금까지도 마음을 잡지 못했네. 다행히도 베티는 트럭이 도난 당했다는 것을 쉽게 믿더군."

"혹시 직업이 어떻게 되십니까?"

"지금은 임대료로 생활하고 있지. 유산으로 물려받은 아파트가 두 채 있다네. 하지만 그 당시에는 트럭으로 물건을 실어나르고 수 수료를 받아서 먹고살았지."

"그런데도 트럭을 파신 겁니까?"

"그랬다고 말하지 않았나. 그때는 완전히 돌았어. 브라질에 도 착해서 그 아이를 다시 만났을 때 난 내가 저지른 일을 후회하지 않 았네. 그 동안 꿈꿔오던 여인이 내 눈 앞에 있었거든. 내 것이 될 여 자였어."

"선생님은 그녀에게서 뭘 바라신 겁니까?"

"그녀가 내게 줄 수 있는 것이라면 뭐든지. 그녀에게 반지를 선 물하고 뭐든 그녀에게 부탁을 할 생각이었고, 그녀가 주겠다고 하 는 것은 무엇이라도 좋다고 생각했어."

"뭐든 부탁한다는 말씀은 무슨 뜻이지요?"

"함께 도망가는 것. 결혼해서 애도 낳고 그녀가 원하는 거라면 뭐든."

"하지만 그녀는 머리에 문제가 있었잖아요. 어떻게 그럴 수……"

"그건 전혀 상관없었어." 하코보 웨이르가 손가락을 오른쪽 이 마에 대며 말했다. "그땐 나도 머리가 돌았으니까."

"베로니카의 상태는 겉보기에만 멀쩡할 뿐이었어." 그가 계속해서 말했다. "아무튼 그래도 마약을 끊었더라고. 더는 자신의 방에 들락날락한다거나 초조한 듯 발을 동동 구르는 일은 없더군. 자신의 새로운 '계획'에 대해서도 한마디도 없었어(그녀의 상태가 심각했을 때는 심지어 서로 다른 전공 분야로 세 개의 대학에 지원을 했으니). 그 아이는 부모에게 얹혀사는 시집 안 간 착한 딸처럼 굴었어. 하지만 모든 게 가식이었지. 자신의 부모에게 예의 바르게 행동했는데, 그게 과장된 것 같다기보다는 오히려 알맹이가 빠진 듯 허깨비 같았지. 마치 바다에 풍덩 뛰어들지만 몸은 바닷물에 젖지 않는 식이라고나 할까. 자신이 하는 일을 전혀 느끼지 않고 있었던 거야. 대체 그 아이의 영혼에 뭐가 들어 있었는지. 꼭 수녀가 된 것 같았어. 창백한 얼굴에 유난히 조심스러운 표정, 과도한 침묵, 느릿느릿한 행동과 지나친 차분함. 게다가 그녀의 부모에게서 들은 이야기와 내가 느낀 바에 의하면 완전히 금욕주의자가 되어버린 것 같더군. 어느 날 오후 그녀의 방문을 두드렸더니 누구인지 묻지도 않고 문을 열어주더군."

"점차 회복하고 있는 젊은 처녀를 행여 불안하게 만들 수도 있는 제안을 하는 데 죄책감을 느끼지는 않으셨나요?"

"많이 느꼈지." 하코보 웨이르가 말했다. "나는 몹시 떨고 있었어. 입도 떨어지지 않았지. 베티보다 오히려 베로니카에게 더 죄책감이 들더군. 우선 그녀가 전화를 걸었을 때 받지 않아서 미안하다고 말을 꺼냈어. 그랬더니 그녀는 괜찮다며 애정 어린 손길로 내 얼굴을 쓰다듬더군. 당시 나는 면도를 한 상태였지. 나는 그녀의 손을 잡고 손등에 키스했어. 예전에 메디아루나스를 먹은 빵집 앞에서 그녀가 그랬던 것처럼. '많이 나아졌어요'라고 그녀가 말하더군. '나는 아니야'라고 내가 말했어. 그리고 '너를 좋아해. 너를 행복하게 해줄 자신도 있어. 지금 내게 가장 중요한 건 바로 너야'라고 말했지. 나는 내 말에 확신이 있었다네. '너를 마지막으로 본 게 내 트럭 안에서였지'라고 말하고는, '그런데 그때 나는 나 자신을 나약한 인간이라고 생각했어. 하지만 네가 떠나버리고 나자…… 너와 함께 있는 게 아니라면 그 트럭은 아무짝에도 필요 없는 물건이었어. 그래서 팔아버렸어. 자, 이건 네 거야 베로니카'라고 했지."

"그녀가 반지를 받았나요?"

"그녀는 받지 않으려고 했지만 내가 고집을 부렸지. 그랬더니 내 얼굴을 붙들고 입술에 키스를 하더군. 그러고는 '반지를 받을 수 없어요. 그런데 뭐라고 해야 할지도 모르겠네요. 저는 아직 완쾌된 게 아니에요. 그래서 지금 몹시 혼란스러워요'하더군. 그래서 내가 '네게 막무가내로 선물하겠다는 게 아니라 잠시 맡겨두는 거야. 네가 좋다면 이걸 받고, 생각해야 한다거나 싫다고 거절할 거면 돌려주면 돼'라고 말했어. 그녀는 '맡긴다'는 말에 웃더라고. 사실 나도 그녀가 웃어주길 바라면서 한 말이었네. 베티는 내가 내뱉는 농담에 한 번도 웃어본 적이 없거든. 게다가 나는 그녀의 평온이었어, 베로니카의 평온. 막상 내 아내 베티에게는 업보였지만."

"지금은 어떤데요?"

내가 물었다.

"지금이야 물론 아내나 나나 서로가 서로에게 위안이 되는 사이지. 그러나 베로니카와 나 사이에는 사랑이 있다는 걸 그때 알게 되었어. 그녀의 육체는 순수했다네. 그리고 나를 뿌리치지도 않았지. 이성을 잃고 소리치며 그녀의 방에서 나를 내몰지도 않았고, 나를 비웃지도 않았어. 그녀는 '이곳의 삶을 얼마나 더 오래 버틸 수 있을지 모르겠어요'라고 말하더군. 그러고는 '반지를 돌려주기 위해 부에노스아이레스로 찾아갈게요'라고 하는 거야. 그래서 '그래, 네가 정 원한다면 되돌려줘'라고 말했어. 그녀도 동의했지. 그녀는 내게 기회를 주고 있었어. 생각해본다는 뜻이었으니까. 나는 기대감과 승리감에 부풀어 그녀의 방에서 나왔다네. 그리고 베티와 함께 시간을 보낸 뒤 바다로 나갔지. 나는 젊은 시절로 되돌아간 것 같았고, 베티도 그런 내 모습에 다소 놀란 눈치였어. 그래서 나는 그 동안 모든 갈등이나 기분 안 좋았던 일들은 스트레스 때문이었다며, 역시 휴가가 좋은 거라고 둘러댔지. 내가 베로니카를 찾아갔던 것은 부에노스아이레스로 돌아가기 사흘 전이었고, 그후 마지막 남은 사흘은 아무 일도 없었던 것처럼 기분 좋게 연휴를 보내고 돌아왔어. 우리 사이의 일은 아무도, 전혀 눈치채지 못했지. 헤라르도도 기분이 매우 좋아 보였어. 오랜만에 친구를 만난데다, 무엇보다도 자신의 딸이 온순해져서 더욱 기뻐했어. 반면 마르타는 조심스럽게 딸아이의 회복을 지켜보았다네. 그런데 왠지 한편으로는, 제발 그렇지 않기를 하느님께 간절히 비는 바이지만, 뭔가 의심하는 것 같았어. 연휴가 끝나고 그들은 우리를 공항까지 바래다줬고, 부에노스아이레스로 향하는 비행기 안에서 나는 이번이 내 인생 최고의 여행이었다고 생각했다네."

그때 텔레비전 드라마 사이에 나오는 광고처럼, 베티가 현관문 자물쇠를 돌리는 소리가 들려왔다. 그때 윙윙거리는 기계 소리가 들리더니 이내 "전기가 들어왔어요!" 하는 외침이 밖에서 들려왔다. 베티가 거실 조명 스위치를 켜자, 황량하지만 잘 정돈된 생기 없어 보이는 방 안이 똑똑히 눈에 들어왔다. 벽은 두 점의 랍비 초상화를 빼놓고는 온통 희멀겠다.

"이 참에 엘리베이터를 타고 내려가 제가 부탁드린 것 좀 봐주십시오."

내가 말했다.

"이 친구가 자기 메주자* 좀 봐달라는군."

하코보 웨이르가 베티에게 말했다.

"조금 있다가 다시 모셔올게요."

내가 베티에게 말했다.

"걱정 마시고 다녀오세요." 베티는 아직 바닥에 내려놓지 않은 봉투를 들어올리며 물었다. "음료수는 안 드실래요?"

"아니오, 괜찮습니다. 감사합니다." 내가 말했다. "벌써 차를 마셨습니다."

그러나 내 목구멍은 타들어가고 있었고, 시원한 음료수 생각이 간절했다.

우리는 엘리베이터를 타고 내 작업실로 내려갔다. 나는 문을 연 다음 스위치를 켰다.

"메주자 하나를 선물해줘야겠군."

하코보 웨이르가 말했다.

"그래 주신다면 감사히 받겠습니다." 내가 말했다. "하지만 그럴 경우 제가 아직 메주자가 없다는 게 부인께 들통나지 않을까요?"

---

* 집의 문설주에 붙어 있는 통. '말씀함'이라고도 부른다. 하느님에 대한 의무를 늘 잊지 않으려 유대인들은 이 안에 토라에서 따온 글귀를 적은 종이를 집어넣는다.

그는 상관없다는 듯 손사래를 쳤다.

"그로부터 일 주일 후 부모들이 베로니카의 시신을 부에노스아이레스로 가져왔어. 그러고는 라 타블라다 공동묘지에 매장했지. 바라 데 티후카 호텔에 있는 자신의 방에서 약을 먹고 자살한 거야. 베로니카가 약을 먹기 조금 전 그녀의 방에 어떤 청년이 있는 걸 봤다고 호텔 지배인이 헤라르도와 마르타에게 말했다는군. 장례식 날에는 잠시 위로의 말을 건넸을 뿐이네. 자살한 사람에 대한 유대교의 매장 관습을 따르지 않으려 미리 손을 썼더라고. 며칠 지나서 그들이 우리집을 찾아왔어. 헤라르도는 심신이 망가져 말도 못 하더군. 백 살은 더 들어 보이는 것 같았어. 하지만 마르타는 남편보다 더 담담하게 받아들이더군. 그녀는 베로니카가 죽기 전 약지에 만 달러쯤 되어 보이는 반지를 끼고 있었다는 이야기를 했어. 반지는 이들에게 불가사의한 수수께끼였지. 베로니카는 부모에게서 받는 용돈밖에 없었을뿐더러, 그 정도 가치의 선물을 해줄 만한 사람도 알지 못했으니까. 그런데 왜 죽기 전에 그 반지를 꼈을까? 경찰이 반지를 수거해 조사한 다음 다시 원래의 손가락에 끼워주었지. 알 수 없는 일이었지만 딸이 반지를 끼고 죽기로 결정했다면 그 뜻을 존중해줘야 한다고 생각한 거야. 나는 약간의 저금으로 이미 새 트럭을 산 뒤였고, 베티한테는 보험금을 받아서 산 거라고 겨우 둘러댄 상태였어. 아내는 가계에 일절 관여하지 않았거든."

우리는 번쩍번쩍 광이 나는 나무책상을 사이에 두고 앉아 있었다. 전화 응답기에는 메시지가 없을 것이다. 카세트테이프를 제자리에 돌려놓는다는 것을 깜빡했기 때문이다. 컴퓨터는 켜진 상태였지만 나는 굳이 끄려고 하지 않았다. 조금만 있으면 정전이 내 대신 수고해줄 테니까. 나는 화장실에 가서 수돗물을 마셨다. 그리고 손목과 목덜미를 닦고 하코보 웨이르에게 돌아왔다.

"그런데 들통이 나고 말았어." 그가 말했다. "베티가 트럭과 반지의 가격을 비교할 방법이 있었던 것은 아니지만, 둘 다 대략 만 달러가량이었으니 어렴풋이 연관을 지을 수도 있었던 게지. 어느 날 누군가에게 전화가 왔는데 알고 보니 내 트럭을 산 사람이었던 거야. 그 트럭을 팔 때 중개인을 통해 거래하는 등 매우 신중하게 일을 처리했는데…… 알잖나, 이런 일은 늘 벌어지지. 처음에 베티는 우리 트럭을 훔친 도둑놈이 우리를 협박해 더 많은 돈을 뜯어내려는 줄 알았어. 그래서 나도 옳다구나 맞장구를 쳤지. 하지만 그로부터 몇 주 동안 아내가 모든 정황을 꼼꼼히 따져보기 시작한 거야. 그러더니 결국에는 내가 저금에 손을 대고, 보험금은 전혀 나온 적이 없다는 사실을 알아내고 말았지. 한마디로 일이 터진 거지. 자네 이 점은 명심해야 하네." 하코보 웨이르가 자신의 한 손을 다른 손 위에 포개고는 말을 이어갔다. "당시 아내와 나는 신앙인이 아니었다는 것을. 그냥 가끔씩 싸우고, 각자 다른 것을 원하기도 하고, 서로 고집도 부리며 권태로운 일상을 사는 전형적인 중산층 부부였어…… 그런데 베티가 모든 사실을 알고는 돌아버린 거야. 처음에는 베로니카에게 반지를 선물한 사람이 나라는 것을 고백할 때까지 추궁해댔어. 내가 솔직하게 고백하지 않으면 그 즉시 창밖으로 몸을 날리겠다는 거야. 그래서 모든 걸 털어놨지. 그 아이와 잤냐고 묻기에 진실을 말했어. 결코 아니라고. 그런데 믿지 않더군. 그래서 나는 내가 반지에 대한 잘못을 솔직히 털어놓은 것처럼 당신도 베로니카와 안 잤다는 내 말을 믿어줘야 한다고 했지.

당신이 창밖으로 몸을 던진다고 하더라도 그 사실에는 변함이 없다고. 그랬더니 '미친 줄로만 알았더니 등신이잖아' 하고 소리지르더군. 나도 그렇다고 했어. 그러자 '헤라르도한테 전부 얘기할 거야' 하고 소리를 지르는 거야. 그래서 내가 마음을 가라앉히고 '마음만 더 아프게 할 뿐이야' 라고 말했지. 그랬더니 정말로 창밖으로 뛰어내리려고 하는 거야. 끝까지 말렸다네. 그러자 아내는 내 가슴팍에 얼굴을 묻더니 한참을 흐느끼더라고. 그렇게 눈물을 쏟아내고, 어쩌면 이 일로 우리 두 사람 관계에 뭔가 새로운 변화가 생길 수도 있겠다는 생각이 드는 순간, 냉정함을 되찾은 아내가 차분한 목소리로 이런 말을 하는 거야. '그 반지를 갖고 싶어요.'

'이미 들어서 알고 있잖아. 그애가 끼고 있어.'

'갖고 싶다고요!'

'땅에 묻혀 있다고!'

'그 반지를 갖고 싶어요.'"

이제 하코보 웨이르는 자신의 오른손 약지를 털북숭이 왼손으로 감싸쥐고 있었다.

"낙숫물이 바위도 뚫는다는 말 들어보았나?" 하코보 웨이르는 이렇게 묻고는 내 대답을 기다리지도 않고 다시 말을 이었다. "여자와 아이는 평생을 남편이나 아버지에게 뭔가를 끊임없이 요구할 수 있는 능력이 있다네. 그렇기 때문에 만약 자네가 기혼자라면 아내가 평소에 그렇게도 원하는 것을 안 들어줄 방법이 없을 걸세. 하지만 남자들은 자신이 원하는 것을 오랫동안 주장할 힘도 없을 뿐더러, 부탁한다는 것은 자존심이 상하는 일이라고 치부하지. 그렇다고 남자들이 여자들보다 더 고귀해서 그런 것은 아닐세. 이 세상에 고귀한 사람은 없어. 인간에게는 고귀함이라는 단어가 어울리지 않아."

"인간이 고귀함을 영유하려면 어떻게 되어야 한다는 말씀입니까?"

"우선 욕망을 가져선 안 된다네." 하코보 웨이르가 말했다. "마치 거북이처럼 말일세."

"거북이가 고귀한가요?" 나는 재미있다는 듯 물었다. "왜요?"

"그건 나도 모르겠네. 나는 거북이는 욕정이 없다고 생각하거든. 베티는 끈질기게 죽은 베로니카의 반지를 요구했어. 그녀의 말에 따르면, 내가 그 반지를 사려고 애지중지하는 트럭까지 팔았다면 당연히 그 반지는 자신의 몫이라는 거야."

"그때 선생님께선 베로니카에 대해서 어느 정도 잊고 계셨습니까?" 내가 물었다. "제 말은, 혹시 그녀를 그리워한다거나 이따금 생각하셨는지요?"

"모르겠어. 내 머릿속은 온통 아내의 요구 때문에 정신이 없었거든. 되찾을 수 있는 방법은 언급도 안 하면서 매일같이 반지를 달라고 울고 협박하는 거야. 하지만 이혼은 결코 생각도 할 수 없었지. 베티는 자신이 아기를 못 갖기 때문에 내가 그 아이와 잔 거라고 몰아갔어. 만약 내가 베티와 헤어진다면 그녀는 목숨을 끊었을 거야. 그런데 나는 이미 한 여자를 죽음으로 몰고 갔으니까……"

"하지만 베로니카가 선생님 때문에 목숨을 끊은 것 같지는 않은데요." 내가 말했다. "어차피 그녀는 오래 못 살았을 겁니다."

"아무튼 죽기 전에 반지를 꼈으니 누가 알겠나? 어찌 되었건 간에 나는 베티와 이혼을 해서 또 하나의 짐을 지고 싶지는 않았어.

결코 그녀를 놓칠 수 없었지. 나 자신이 그것을 용납 못 했어. 내가 원하는 건 오로지 더는 반지 얘기를 안 했으면 하는 것이었어. 하지만 아내는 내가 잠을 자든 밥을 먹든 가만히 내버려두지 않더군. 물론 그것까지 안 한 것은 아니지만……"

하코보 웨이르는 잠시 말을 멈추었다. 세속적이었던 과거의 허락을 받아 자신의 이야기를 계속할 것인가, 아니면 유대교의 엄격한 사생활 공개 금지 규율에 따라 입을 다물 것인가?

"……그 와중에도 섹스만큼은 계속했지. 가장 격정적인 순간에 아내는 반지를 요구했어. 아내는 예전에는 결코 하지 않았던 자세와 움직임을 취하면서 내게 끊임없이 반지 얘기를 꺼냈다네. 정말 죽고 싶도록 괴로웠던 나날이 오히려 우리 부부관계가 최고조에 달했던 때였어. 우리는 갓 결혼한 신혼부부 같았다네. 하지만 시도 때도 없이 반지를 요구해오는 탓에 되레 죽고 싶은 마음도 간절했다네."

"돈을 구해서 똑같은 반지라도 사줄 생각은 안 해보셨나요?"

"아내는 그 반지를 원했어. 베로니카의 반지. 그래야만 했고. 내가 어떻게 감히 그런 일을 할 수 있었을까, 아내를 배신하면서까지 말이지. 나는 아내에게 꼭 반지를 줘야 했고, 그녀에겐 어떤 방법을 써서 가져오든 중요하지 않았다네. 이제부터 할 얘기는 정말 최악의 이야기인데, 계속 듣고 싶으신지 모르겠습니다. 안식일이잖아요."

"왜 갑자기 존댓말을 쓰시는 겁니까?"

"그건 모르겠습니다. 어쩌면 지금부터 이야기해드릴 내용 때문인지도 모르지요. 당신도 알다시피 묘비는 매장한 뒤 한 달 뒤에

세웁니다. 적어도 한 달은 걸리지요. 그러니 나는…… 나는……
묘비를 옮기지 않고도 반지를 꺼낼 수 있었습니다."

이제 내 관심은 과연 하코보 웨이르가 그런 엄청난 일을 저질렀
을까 하는 데 쏠렸다.

"우선 똑같은 반지를 사기 위해 돈을 구했지요. 중개인을 통해
허위로 문서를 조작해 은행에서 대출을 받아낸 다음 반지를 샀습니
다. 그런 다음 라 타블라다 공동묘지 관리인을 사전에 매수한
뒤, 새로 산 트럭을 타고 베티와 함께 그곳을 찾아갔지요. 자정이
지난 열두시 반에 묘지에 들어가자 관리인이 우리를 맞이해줬고,
그는 베티가 보는 앞에서 모든 게 준비되었다고 말했습니다. 사실
그는 자기가 무슨 말을 하고 있는지 전혀 모르고 있었습니다. 내가
사전에 아내 앞에서 어떤 말을 해야 하는지 알려주고는 그의 손바
닥에 돈뭉치를 건네둔 터였지요. 나는 베티에게 함께 가겠냐고 물
었지만 아내는 싫다면서 자신은 트럭에서 기다리고 있겠다고 하더
군요. 나는 일부러 관리인과 함께 한 시간가량 시간을 끈 다음 땀
흘리고 지저분해진 모습으로 나타났습니다. 베티는 차분하게 트
럭 안에서 기다리고 있더이다. 나는 미리 흙을 묻혀놓은 반지를 아
내에게 건네줬지요. 아내는 반지를 바라보더니 자신의 카디건 소
매로 흙을 닦아내고는 약지에 꼈습니다. 그리고 나는 그 즉시 차를
몰아 돌아왔지요."

"부인에게 새 반지를 주신 겁니까?"

나는 어리석은 아이처럼 물었다.

하코보 웨이르는 손바닥을 들어 보이며 내 질문을 가로막고 대
답을 미뤘다.

"한 달 뒤, 그 아이의 무덤에 채 묘비를 세우지 않았을 때였습니다. 헤라르도와 마르타를 다시 만나게 되었지요. 나를 대하는 헤라르도의 모습은 여전히 변함이 없었지만 마르타는 내게 말을 걸지 않더군요. 이들은 다시 부에노스아이레스로 이주해왔습니다. 그런 비극이 벌어진 마당에 호텔에서 계속 살아가는 것은 괴로움만 더했을 테니까요. 이들은 브라질 경찰을 통해, 베로니카를 찾아왔던 청년이 호텔 내에서 두 건의 절도행각도 벌였다는 사실을 알게 되었습니다. 새삼스러운 일도 아니었지요. 어차피 베로니카는 그런 무능력자들과 어울려 다녔으니까요. 뿐만 아니라 그 청년이 베로니카에게 약을 제공해주는 공급책이었다는 겁니다. 경찰이 호텔 도난사건으로 그를 체포했는데, 절도 이외에도 이미 두 건의 살인사건으로 기소된 화려한 전과기록을 가진 녀석이더랍니다. 결국 브라질 사법 당국이 베로니카의 시신을 발굴해 다시 부검을 할 수 있게 해달라고 요청했고, 아르헨티나 사법 당국은 부모의 동의하에 발굴을 허가했습니다. 헤라르도와 마르타는 베로니카가 그 범죄자 녀석에게 꼬임을 당해 마약을 한 것이고, 자살한 것이 아니라고 말해줄 수 있는 증거를 찾고 싶어했습니다. 심지어 헤라르도는 자기 딸이 자살한 것이 아닐 가능성에 어느 정도 희망을 갖는 것처럼 보이더군요. 베로니카의 시신은 화요일에 파냈는데 목요일경 법의학자들에 의해 자살이라는 사인이 재차 판명되었습니다. 적어도 시신에는 약을 강제로 먹인 외상이나 흔적은 없다는 겁니다. 금요일에 마르타와 헤라르도가 더는 망가질 수 없는 모습으로 우리집을 찾아왔습니다. 물론 아내 베티는 우리집 원목마루 어느 판자 아래 반지를 숨겼지요. 마르타는 매우 슬퍼 보였습니다. 이제 내 앞에서도 냉정을 유지하지 못하더군요. 마르타는 눈물을 터뜨리더니, '아아…… 불쌍한 내 새끼, 반지를 끼고 신부처럼 누워 있는 모습이란. 우리 애기, 결혼도 못 해보고. 그 아이가 결혼한 모습을 얼마나 보고 싶었는데. 대체 누가 그 반지를 선물해준 건지, 값도 엄청 비싸 보이던데. 분명 누군가 내 딸을 그만큼 좋아했다는 건데……'라고 말하면서 베티에게 안겼습니다.

마르타와 헤라르도가 돌아간 다음 베티와 나는 마치 지구상에 남은 유일한 사람들 같았습니다. 이제 우리 둘만 남았고, 게다가 안식일이 시작되고 있었습니다. 그러나 우리는 안식일을 지낸 적이 없었습니다. 이제 아내가 어떻게 나올까? 다시 가서 죽은 사람의 반지를 빼오라고 요구할까? 가짜 반지를 살 돈은 어디서 구했냐고 추궁해올까? 아내가 부엌으로 가자 나는 그녀가 식칼로 자살할 거라 생각했습니다. 그러고는 기다렸습니다. 만약에 아내가 자살을 하면 나도 따라 죽으리라 생각하면서. 이제 나는 더 잃을 것도 없었으니까요. 그런데 당신이 방금 전에 봤던 그 수건을 머리에 두른 채 아내가 부엌에서 나오더니 이렇게 말하는 겁니다. '역시 신은 존재하시는군요. 반지를 잃어버렸어요. 이제 그 반지가 어디에 있는지도 알고 있고요. 우리가 너무 멀리 간 것 같네요. 다시 되돌아가요. 그리고 테슈바를 해야지요.'

그렇게 해서 신앙을 갖게 된 겁니다."

하코보 웨이르가 말했다.

다시 전기가 나갔다.

"내려가시도록 도와드릴까요?"

내가 물었다.

"아니오." 그가 대답했다. "내려가는 건 나름의 노하우가 있지요. 시간이 좀 걸리겠지만 할 수 있어요. 도와줘서 고맙소."

"오히려 제가 선생님께 감사드려야지요." 내가 말했다. "샤바트 샬롬."

"샤바트 샬롬."

그가 말했다.

나는 하코보 웨이르가 그의 아파트로 돌아갔을 거란 확신이 들 때까지 이십 분을 기다렸다가, 운 좋게 다른 전력회사에서 전기를 끌어와 시원한 음료수를 파는 바가 있는지 찾으러 거리로 나갔다.

III
또다른 세계

작업실에서 한 블록 떨어진 아구에로 가와 발렌틴 고메스 가의 교차로에 피자집이 하나 있다. 그런데 피자집 주인인 다빗이 빨간 사인펜으로 '찬 음료수 있습니다'라고 쓴 푯말을 가게 유리에 붙여놓고 있었다.

가게 안은 오후의 햇살을 받아 그다지 어둡지는 않지만 전기는 들어오지 않았다. 나는 의자에 앉아 코카콜라 한 병을 주문했다.

"찬 음료수는 어디서 구해오는 겁니까?"

내가 물었다.

"알래스카에서 보내줍니다."

그는 얄궂게 웃으며 대답했다.

다빗의 가게에 있는 찬 음료수에 대한 미스터리는 끝내 풀 수 없었다.

나는 음료수를 다 마시고는 물었다.

"이제 지구 종말이 다가오는가봅니다?"

"지구는 이미 멸망한 지 오래죠." 그가 대답했다. "우리는 아비규환에서 살아남은 생존자들이구요."

나는 일어나서 음료수 값을 지불하고는 작업실로 돌아왔다. 그런데 아파트 건물 출입구 앞에 이네스 산체스가 앉아 있었다.

앉아 있는 그녀의 치마 아래로 탄탄한 구릿빛 허벅지가 보였다. 나는 한 번도 그녀를 본 적은 없었지만 나를 바라보는 그녀의 표정으로 내가 기다리던 사람이라는 것을 알아챘다. 그녀는 교복처럼 오른쪽 가슴에 작은 주머니가 달린 흰 셔츠를 입고 있었는데, 아래 받쳐입은 치마와는 어울리지 않았다. 그러나 곧은 어깨와 풍만한 가슴을 돋보이게 하기에는 충분했다.

"이네스인가요?"

"그쪽은 모센이구요?"

나는 건물 출입문을 열었다.

"어쩌다 이렇게 늦으신 겁니까?"

"길을 잃었어요."

"여기 온세에서 일한다고 하지 않으셨나요?"

"맞아요. 그런데 길을 잘못 들었어요."

허벅지처럼 구릿빛을 띤 그녀의 목 둘레에 긁힌 듯한 붉은 상처가 있었다. 어쩌면 누군가에게 세게 꼬집히거나 격정적인 키스를 나눈 자국일 수도 있을 것이다. 그리고 바로 저것이 그녀가 늦게 도착한 진짜 이유일 수도 있을 것이란 생각이 들었다. 하지만 그녀의 자세나 분위기, 행동은 매우 조신했다.

"어찌나 늦게 도착하셨는지," 나는 농담조로 말했다. "그 동안 책 계약이 취소되었답니다."

그녀에게 연락했을 때 나는 진심으로 부탁했다. 그녀의 이야기를 내 책에 담기 위해 한번 만나보고 싶다고. 그리고 인터뷰에 응해주는 대신 사례비로 이십 페소와 택시비를 주겠다고.

그녀는 적잖이 당황해했다.

"죄송해요……"

내게 말했다.

"걱정 마세요." 내가 말을 가로막았다. "어찌 되었던 간에 당신 이야기를 듣고 싶습니다. 그리고 마땅히 돈도 지불해드릴 거구요. 이런!" 내가 덧붙였다. "생수라도 사온다는 걸 깜빡했군. 위에 아무것도 없거든요."

"신경 쓰지 마세요."

그녀가 말했다.

베르블룸의 출판 계획은 날아갔지만, 나에게는 이네스 산체스와 다리오 케셴의 러브스토리가 무척이나 중요했다. 다리오는 SIA, 즉 '이스라엘-아르헨티나 중고등학교'를 나보다 팔 년이나 먼저 졸업한 사람이었다. 그러나 나는 기술학교인 SIA를 삼 년밖에 다니지 못했다. 히브리어를 배우는 게 정말 고역이었고, 기계도면 작성 수업에서도 고전을 면치 못했을 뿐 아니라, 반에서 유일하게 펜치로 전선 피복을 벗겨내는 것조차 제대로 못 하는 학생이었기 때문이다. 결국 12월과 3월에 걸쳐 낙제 과목들을 몽땅 재시험봐야 하는 상황에 처하자 학교에서는 부모님에게 내가 학교와 맞지 않는다며 전학을 권유했다. 내가 유대교에 관심을 가졌던 것은 항상 내 개인적인 필요에 의해서였다. 그렇다보니 딱딱한 제도하에서는 도무지 견딜 수가 없었다. 하지만 SIA에서 보낸 삼 년이라는 세월은 내가 다리오 케셴의 사연에 관심을 갖는 계기가 되어주었다. 고등학교를 졸업하고 오랜 시간이 지나 다시 한번 나의 새로운 관심이 되어버린 다리오 케셴. 1983년도에 교내 영화 상영관에 레바논 내전에서 전사한 모교 졸업생 다리오 케셴의 기념패가 전시되었다. 화학을 전공한 다리오 케셴은 1972년에 졸업했고, 그로부터 십 년 뒤 스물여덟의 나이로 레바논 내전에 참전했다. 그때 기념패를 보며 받은 깊은 감명은 오늘날까지도 생생하다. 다리오 케셴은 1982년에 전사했고, 기념패는 1983년에 제작되었다. 당시 열네 살 소년이었던 나는 텔레비전으로만 접하던 전쟁이, 내가 다니고 있는 학교에서, 심지어 내가 앉았던 자리에서 공부했을 사람의 목숨도 앗아갈 수 있다는 사실을 깨달았다. 그리고 중학교 3학년 때 전학을 얼마 남겨두지 않은 어느 날, 내 친구 에르네스토 마무데스에게서 다리오 케셴의 때 이른 죽음 뒤에 애절한 사연이 있다는 것을 듣게 되었다.

마무데스가 해준 이야기는 다리오의 어머니와 친구 사이였던 그의 이모 노에미에게서 전해들은 것이었다. 이야기인즉슨, 다리오가 불행으로 끝난 가정부와의 사랑을 잊기 위해 알리야*를 했다는 것이었다. 그가 여행을 떠난 것과 1982년에 레바논에서 전사하기

---

* 유대인들의 조국인 이스라엘을 여행하는 것.

까지는 불과 일이 년의 공백이 있을 뿐이었다. 나와 같은 학교를 졸업한 어느 유대계 아르헨티나 청년이 레바논이라는 지구 반대편에 위치한 나라에서 이스라엘 군복을 입고 장렬하게 전사한 것이었다. 비운의 러브스토리에 등장한 여주인공의 이름과 두 사람의 사랑이 발전해간 과정과 비극적 결말을 알아내기까지는, 고통과 감정의 여로로 점철된 수년의 시간이 걸렸다. 거의 비자발적인 고고학 발굴 기간에 맞먹을 정도의 긴 시간이었다.

이네스는 예쁘지는 않았지만 순간순간 사람을 끌어들이는 매력이 있었다. 마치 댄서의 매력 같다고나 할까. 나는 그녀와 함께 춤을 추고 땀에 젖고 싶었다. 하지만 지금은 이야기를 경청하는 것이 우선이었다. 이제 그녀는 사십대에 접어든 여인이었다. 다리오 케센과 그녀는 스물두 살 동갑내기 시절에 격정적인 사랑을 나눴다고 했다. '도련님'은, 지금까지도 그녀는 이렇게 부르는데, 대부분의 그의 친구들과는 달리 가정부와 관계를 맺은 적이 없었다.

"'도련님'이라는 호칭을 버릴 수가 없어요." 이네스가 말했다. "그분은 정말 남다른 분이셨어요. 진정한 신사였지요."

이네스는 열여섯이라는 나이에 이미 미혼모가 되어 있었다. 딸아이가 초등학교에 입학했을 무렵 받아쓰기를 하지 못해 애를 먹었다고 했다. 오후가 되면 이네스가 카피탈에 있는 학교로 딸 미카엘라를 데리러 갔다가 다리오의 집으로 함께 왔다. 다리오는 부모와 살고 있었다. 그리고 저녁 여덟시가 되면 이네스는 에세이사*에 있는 자신의 집으로 퇴근했다. 그러나 화요일과 수요일 이틀은 케

---

* 부에노스아이레스 외곽으로, 국제공항이 있는 곳이다.

셴 저택의 인부숙소에서 딸과 함께 잤다. 이네스는 다리오가 이스라엘 여행을 앞두고 집에서 시간을 보내는 일이 많았다고 했다. 이 부분은 다리오가 이루어질 수 없는 사랑 때문에 도피 여행을 떠났다고 했던 마무데스의 이모 이야기와는 전혀 달랐다. 그러나 그녀의 이야기를 계속해서 듣는 동안 도피 여행을 떠났다는 말이 전혀 일리 없는 것은 아니란 생각이 들기 시작했다.

다리오는 아무런 사심 없이 미카엘라에게 가끔 읽고 쓰는 법을 가르쳐주었다. 그것은 진심 어린 행동이었을 뿐만 아니라, 여행을 앞둔 사람의 여유로움과, 다가올 미래보다 편안한 현재를 보내고 있는 사람만이 베풀 수 있는 온정이었다. 또한 아르헨티나에 있는 동안 특별히 할 일이 없는 상황이었기에 그는 미카엘라에게 더할 나위 없이 훌륭한 선생님 노릇을 할 수 있었던 것이다. 그는 유대계 아르헨티나인들을 대상으로 하는 이스라엘 이주 사무국을 통해 하이파*에 자리한, 바다가 보이는 한 세제회사의 화학 엔지니어 자리를 보장받은 상황이었다. 어쩌면 그때 미카엘라와 보낸 짧은 시간이 그가 대부분의 시간을 스페인어 공부에 열중할 수 있었던 마지막 날들이었을 것이다. 그는 자신이 배운 방법대로 한 소녀를 가르치며 모국어에 이별을 고하고 있었다.

미카엘라는 여느 아이들처럼 스페인어를 배우는 데 필요한 것은 애정 어린 관심밖에 없음을 여실히 증명해주었다. 그러나 그녀는 예기치 못한 문제를 보였다. 다리오 앞에서는 곧잘 하는 아이가 학교에서는 여전히 헤매는 것이었다.

---

* 이스라엘 북부의 항구도시.

"아이에게 아버지가 필요했던 거예요."

이네스가 말했다.

그들 사이에 어떻게 사랑이 싹튼 것일까? 이네스가 그에게 마음을 빼앗긴 것은 자신의 딸이 글자를 쓰고 의미를 이해하는 광경을 처음으로 본 날이었다. '그때 주인 어르신의 아드님이 제겐 평생 모시고 싶은 도련님처럼 느껴졌어요. 그분을 내 딸의 아버지처럼, 그리고 동시에 나의 아버지처럼 느끼며 좋아했지요. 그분을 너무도 갈망했고, 평생 그분의 몸종이 되고 싶었어요. 완전히 사랑에 빠졌던 거죠."

이네스와 미카엘라, 두 여자에게 세상의 전부가 되는 기분은 다리오에게도 분명 좋았을 것이다. 내 앞에 앉아 있는 이네스는 마흔세 살에 접어든 매력적이고 도발적이며 감각적인 여인이었다. 그러니 싱그러운 젊음도 한몫했을 스물두 살에는 어땠을지 상상하는 것은 어렵지 않았다. 다리오는 결국 그녀 앞에서 무너졌다.

다리오 케센이 죽은 지 몇 년이 지나고 내가 이네스를 만나기 몇 년 전 어느 오후, 온세에 있는 다빗의 피자집에서 커피를 마시고 있는데 메이르라는 아저씨가 다가와 나에게 이렇게 말한 적이 있다. "자넨 아직도 뭘 몰라, 전혀 몰라."

그는 내가 쓴 책에 대해 이야기하고 있었다. 내가 쓴 이야기가 현실과 전혀 맞지 않다며 실망스럽다는 것이었다. 그는 투쿠만 가와 후닌 가가 교차하는 근처에는 내가 쓴 것처럼 방직공장이 아니라 타일공장이 있었다고 했다. 게다가 코리엔테스 가와 파스테우르 가가 교차하는 곳에는 "뒷마당이 있는 집이 결코 존재하지 않았다"고 말했다. 뿐만 아니라 "우리부루 가와 투쿠만 가가 만나는 곳

부근에는 비밀 유대인 예배당도 존재하지 않았어"라고 덧붙였다.

"제 이야기가 전부 실화에 바탕을 둔 건 아니에요." 내가 말했다. "그렇지만 투쿠만 가의 시나고그는 지금도 있어요. 제가 가본 적도 있구요."

"그럼 그건 환영이었겠지." 그가 대답했다. "거기엔 시나고그가 없어. 자넨 몰라."

게다가 내 책이 재미 없는 또 한 가지 이유는 이미 그가 알고 있는, 나보다도 너무나 잘 알고 있는 이야기만 죽 늘어놓았기 때문이라는 것이었다. "어찌나 지루한지 도중에 집어던졌네." 그가 마지막 쐐기를 박았다. 그러면서 내 작품을 낱낱이 고치고 드는 게 아닌가. 그런 그를 보며 기회다 싶어서 나는 다리오 케셀의 이름을 언급하며 일부러 잘못된 정보를 몇 개 말했다.

"자넨 정말 모르는군!" 그가 소리를 질렀다. 그러고는 묻지도 않고 내 앞자리에 앉았다. "다리오는 포커를 즐겼어. 도박에 빠져 살았다고. 겉으로는 멀쩡한 신사였지. SIA를 졸업한 화학 엔지니어였으니 말이야. 그런데 매주 수요일 저녁이면 바보르의 가게에서 터키놈들을 불러내 이오시 아라리의 가게로 가서 포커에 돈을 쏟아부었어. 같은 패거리 중에서 유일하게 결혼을 하지 않고 자식도 없는 사람이었지. 그런데 그 시크제와 결혼하겠다고 결심한 순간부터 그곳에 발길을 딱 끊은 거야."

"그가 시크제와 결혼했다구요?"

나는 매우 놀란 표정을 지어 보이며 물었다.

"대체 자네가 아는 게 뭔가." 메이르가 소리쳤다. "아닐세. 여자 쪽에서 원치 않았어."

"나는 결혼하고 싶지 않았어요." 그로부터 몇 년 뒤, 정전이 된 어느 날 온세에 있는 내 작업실에서 이네스는 내게 그 사실을 확인시켜주었다.

"왜죠?"

내가 물었다.

"그의 부모님이 그를 내쳤기 때문이에요."

이네스는 성경에나 나올 법한 표현을 섞어가며 말했다. 그러나 그것은 유대인이나 구약성서를 많이 접한 경험에서 비롯된 것이 아니라, 허물어져가는 영화관에서 주말마다 열리는 기독교의 '축복받은 목자' 예배를 다니며 목사에게 설교를 들은 결과였다.

"도련님은 저를 사랑했어요. 저도 그랬고요. 하지만 제가 원했던 건 단지 제 몸을 그분에게 허락하는 것이지 그분의 인생을 망치는 건 아니었거든요. 그분은 뭐든지 가질 수 있는 사람이었으니까요."

"그의 부모님이 뭐라고 했을지 상상이 가는군요."

"처음에는 두말 않고 저를 해고했어요. 게다가 미국 달러로 꽤 많은 돈을 줬지만 저는 그 돈을 베개 밑에 두고 나왔어요. 그런데 다리오가 돈을 들고 에세이사에 있는 우리 동네로 찾아와서는 이스라엘로 떠나지 않겠다고 하는 거예요. 함께 살자고, 자기가 직장을 구해서 미카엘라와 저를 돌보겠다고 말이에요."

"그런데 왜 싫다고 한 건지 이해가 가질 않는군요. 당신은 그를 사랑했잖아요."

"그분은 다른 세계의 사람이었으니까요. 도련님은 부자였지만 저는 가난했어요. 어느 누가 그분에 대한 제 사랑을 순수하게 봤겠어요? 결국 도련님은 바보가 되고, 저는 창녀 소리만 듣게 될 게 불

보듯 뻔했지요. 도련님을 진정으로 위하는 건 싫다고 말하는 것뿐
이었어요. 그렇게 해야 제가 그분을 진심으로 사랑한다는 것을 사
람들이 알 수 있을 테니까요. 그 고귀한 사랑을……"

"하지만 당신들의 관계는 더 깊었던 것으로……"

나는 말을 흐렸다.

"예, 맞아요. 정말 대단했지요. 도련님의 손길은 늘 부드러웠고,
항상 저를 배려해줬어요. 지금까지 살면서 그런 사람은 두 번 다시
만나지 못했고요."

"주로 어디서 했나요?"

나는 부끄러움도 모르고 질문했다. 어차피 사례비는 지불할 테
니까.

이네스 산체스는 침을 삼켰다.

"인부숙소나, 주인 어르신들이 안 계시고 미카엘라가 자고 있을
때는 그분의 방에서 했어요. 그리고 호아킨이 미카엘라를 돌봐줄
때는 에세이사의 우리집에서 했고요."

"호아킨이요?"

"제가 살던 동네의 제 애인이었어요. 그는 도련님과의 관계를 꽤
넘치 않았어요."

"그러니까 당신은 다리오와 사랑을 나누면서 호아킨을 사귄 겁
니까?"

"호아킨은 별로 신경 쓰지 않았어요."

"당신은요?"

"모르겠어요." 이네스가 말했다. "어차피 다리오 도련님과의 관
계는 현실이 아니었으니까요. 저는 그분을 누구보다도 사랑했지

310

만 그건 현실이 아니었어요. 저는 호아킨에게 아무런 감정이 없었지만 그가 계속해서 우리집을 들락거렸고, 저도 굳이 막을 이유는 없었어요. 선생님은 한 번이라도 슬레이트 지붕 아래 골방에서 살아본 적이 있나요?"

"다행히도 그런 적은 없습니다."

내가 말했다.

"그것이 얼마나 사람의 의지를 앗아가는지 모르실 거예요. 사람이 좋은 집에서 살 때와 그렇지 않을 때 갖게 되는 의지력의 차이가 얼마나 큰지…… 하느님께서 왜 그런 장난을 하시는지 알 수 없지만, 인간은 잘살 때만이 더욱 강해지는 법이에요."

"맞는 말이네요." 내가 말했다. "솔직히 말한다면, 양철 지붕 아래 살고 있는 듯한 기분이 든 게 여러 번 있었어요."

"하지만 진짜 살아본 것과는 다르지요."

그녀가 말했다.

"전적으로 맞는 말씀입니다." 내가 말했다. "그럼, 계속 이야기해주십시오."

"나는 그분과 결혼하고 싶지도, 같이 살고 싶지도 않았어요. 어차피 우리는 다른 세계에 속한 사람들이었으니까요. 나는 그분의 인생을 망치고 싶지도 않았고요. 게다가 한편으론 두렵기도 했어요."

"뭐가 두려웠나요?"

"모르겠어요. 어찌 되었건 간에 나는 한때 가정을 꾸렸고, 과거도 있었고, 딸도 키우고 있었어요…… 저는 그야말로 이네스 산체스였던 거예요. 나란 여자는 결코……"

"지금까지 당신 이야기에 버금가는 다른 사연을 들어본 적은 없

습니다." 내가 말했다. "그와 반대인 경우는 알고 있어요. 제목이
『폭풍의 언덕』이라고……"

"텔레비전에서 영화로 봤어요."

이네스가 우물거렸다.

"케이블 방송이 나오나요?"

내가 물었다.

그녀는 그렇다고 대답했다.

"그 영화에서," 내가 말했다. "여자는 남자를 사랑하지만 그와
결혼하지는 않아요. 왜냐하면 그가 가난했기 때문이지요. 그는 가
난한 집에서 태어나 여자의 가족과 함께 살았지만 태생은 결코 바
꿀 수 없는 것이었지요. 그러니까 당신의 이야기와는 반대이지만
이별의 이유는 너무도 닮아서 놀랍군요."

"도련님은 이스라엘 여행을 포기하면서 엔지니어 자리도 거절
했지만 계속 부모님과 살았어요. 그분은 끊임없이 저를 찾아와 설
득했어요. 그러던 어느 날 부모님을 설득했다면서, 이제 더는 반대
하지 않는다고 하시는 거예요. 그분과 결혼할 수 있게 된 거였죠."

이제 햇빛도 사라져가고 있었다. 이네스는 저물어가는 오후의
어두운 햇살을 받으며 더욱 빛을 발했다. 모든 게 죽어버린 듯한
온세에는 시멘트 바닥의 열기와 한여름의 무더위만이 감돌았다.
그런데 셔터를 내린 쇼핑센터가 위치한 아구에로 가와 코리엔테스
가가 교차하는 모퉁이에서 백여 명의 시위자들이 전력회사와 정부
에 항의하는 모닥불을 피우기 시작했다. 그곳에서 피어오른 연기
가 내 작업실 창문까지 밀려와, 화마의 냄새가 이네스와 내 주위를
감쌌다.

"그래서 저는 다시 한번 싫다고 거절해야만 했어요." 이네스가 말했다. "하지만 그분의 부모님 때문에 그러는 것은 아니라고, 물론 그분을 사랑하고 그분이 남편보다 더 소중한 존재이자 하느님께서 제게 보낸 천사나 다름없다고, 하지만 결혼만큼은 결코 할 수 없다고 말했지요."

"그렇게 헤어진 건가요?"

"저는 그분이 인사하려고 제게 다가오는 것조차 거부했어요."

"미카엘라에게도 작별인사를 했나요?"

내가 물었다.

그 순간 이네스가 울음을 터뜨렸다.

"아니요, 못 하게 했어요."

그녀가 흐느끼며 말했다. 나는 티슈를 가지러 갔다.

티슈 한 장을 건네자 그녀는 손으로 움켜쥐더니 손과 티슈로 번갈아가며 코를 문질렀다.

"유감이네요."

내가 말했다.

"며칠 뒤에 도련님은 이스라엘로 떠났어요. 엔지니어로 가는 건 아니었어요. 직장이 생겨서 가는 게 아니라 어디 키, 키……"

"키부츠*요."

내가 말했다.

"예, 키부츠로 갔어요." 이네스가 따라했다. "하지만 이스라엘에 미리 연락을 하고 간 것도 아니었어요. 이런 이야기는 그가 죽

---

* 이스라엘의 공동 집단농장으로, 농업 및 생활 공동체.

은 다음 그분의 포커 친구들이 찾아와 알려준 거예요. 도련님이 저와 결혼하겠다고 했을 때 그 친구들은 그분을 내치고, 욕하고, 사실상 멤버에서 제외시켰지요. 하지만 그분이 돌아가신 뒤에 저를 찾아와 도련님이 죽었고, 어떻게 죽었는지 말해준 사람들도 바로 그들이었어요."

"어떻게 죽었는지 아십니까?"

"레바논 내전에서 돌아가셨어요." 이네스가 말했다. "베이루트 공항에서 십 킬로미터 떨어진 잠복지점에서 전사하셨대요. 그것도 휴전이 선포되기 직전에."

내 앞에 이네스 산체스가 앉아 있었다. 키부츠라는 말이 어려워 더듬거리는 이 여자가 자신이 사랑한 사람이 죽은 과정은 정확하게 알고 있었다.

"그분을 단 한 순간도 사랑하지 않은 적이 없어요."

그녀가 말했다.

"후회하십니까?"

내가 물었다.

"아니요." 그녀는 자신 있게 대답했다. "그분은 제 사람이 아니었어요."

나는 하마터면 '불을 켤까요' 하고 그녀에게 물을 뻔했다. 아직 이른 시간이었지만 바깥은 전력난으로 인해 한여름의 늦은 오후치고는 어두운 편이었다. 나는 지갑에서 이십 페소를 꺼내고 택시비로 십 페소를 더 꺼내 그녀에게 건넸다.

"언제 비야31로 이사하셨나요?"

내가 물었다.

"1983년이 조금 지난 뒤에요. 상황이 최악으로 돌변했거든요. 여건만 되면 뜰 생각이지만 쉽지는 않을 것 같아요."

"미카엘라는요?"

내가 물었다.

이네스는 애정 어리고 슬픈 표정으로 미소를 지었다.

"이제는 저하고 살지 않아요. 지금 그앤 네번째 아이를 기다리는 중이거든요."

나는 말없이 고개만 끄덕였다.

"미카엘라를 자주 만나나요?"

"가끔이요."

그녀가 말했다.

"그녀가 다리오를 기억하나요?"

이네스는 또다시 울음을 터뜨렸다.

"그분을 '아빠'라고 불렀어요." 그녀가 말했다. "저를 결코 용서하지 않겠대요."

나는 또다시 끄덕였다.

그녀가 자리에서 일어나기를 기다렸지만 그녀는 일어나지 않았다. 저녁 노을빛이 내 작업실로 새어들어왔다. 창문으로 다가가면 모닥불에서 튀어오르는 불똥이 보일 것이다. 그렇게 아무 말 없이 십오 분이 흘렀다. 나는 주머니에서 나탄 베르블룸에게 받은 오십 달러를 꺼내 나무책상 위에 올려놓았다. 어둠에도 불구하고 지폐는 또렷이 보였다.

"조금만 더 시간을 내주시면……" 내가 말했다. "이 돈도 드리겠습니다."

　이네스는 돈을 바라보더니 티슈를 줬을 때 그랬던 것처럼, 한 손으로 돈뭉치를 구겨질 정도로 움켜쥐고는 흰 셔츠 주머니에 집어넣었다.

historias

de

옮긴이의 말

hombres

casados

라틴아메리카 문단의 새바람, 마르셀로 비르마헤르

아르헨티나 문단에서 마르셀로 비르마헤르를 평가하는 목소리는 두 갈래로 나뉜다. 그가 중남미 문학계에서 가장 훌륭하고 전도 유망한 젊은 작가라는 호평과, 그의 작품이 너무 상업적이며 현실적인 주제만 추구한다는 혹평이 그것이다. 일부 비평가들이 그가 철학적이거나 무게감 있는 주제를 다루기를 기피하며, 단순히 가독성이 뛰어나고 현실적인 소재만을 다루는 단편만 쓰는 작가라고 깎아내리기 때문이다. 하지만 이에 대해 작가 본인은 매우 의연한 반응을 보인다. 그는 다음과 같은 말로 자신의 철학을 피력한다. "혹자들은 현실적이라는 것을 단점이자 덕목이 아닌 것으로 치부한다. 하지만 나는 언제나 나 자신이 문학의 일꾼이며, 현실 속의 소재를 예술적 차원으로 끌어올리는 문학적 생산자라고 생각한다. 나는 독자들이 내게 다가와 '당신의 책은 한번 잡으면 손에서 놓을 수가 없어요'라고 말해줬으면 좋겠다. 작가에게 이보다 더한 찬사가 또 어디 있겠는가?"

모든 독자에게 쉽게 다가가는 소설, 이것이 비르마헤르가 추구하는 작품세계이다. 그렇다면 그와 같은 작가의 생각은 과연 어디서 비롯된 것일까. 그가 각종 언론과 한 인터뷰를 살펴보면, 그에게 영향을 준 작가로 빠지지 않고 등장하는 이들이 있다. 바로 아이작 싱어와 서머싯 몸이다. 아이작 싱어는 20세기의 유명한 유대 작가로, 그의 작품은 삶이라는 소재를 진지하게 다루면서도 유머와 섹스라는 요소를 빠뜨리지 않는다. 작품에 등장하는 인물들도 일상에서 접할 수 있는 평범한 사람들이며, 배경이 되는 것도 일상인 경우가 다반사이다. 주인공들이 내뱉는 의미 없는 말이나 신에게 간절하게 매달리는 행동들은 하나의 이야기를 구성하고, 그 무의미한 말과 행동에서 파생되는 의미들이 독자에게 감동으로 다가가는 것이 그의 작품이 담고 있는 특징이다. 비르마헤르는 청소년 시절부터 아이작 싱어의 작품을 읽으며 문학이라는 세계를 동경했고 작가로서의 꿈을 키워나갔다. 그는 훗날 자신의 정신적, 문학적 지주였던 싱어에 대한 비평을 일부 잡지에 기고하기도 했다.

『유부남 이야기』가 탄생하는 데 많은 영향을 준 또다른 작가는 서머싯 몸이다. 『달과 6펜스』로 유명한 서머싯 몸은 감성적인 작가로 평가받고 있다. 비르마헤르는 서머싯 몸을 '러브스토리의 대가'라고 부르며, 『유부남 이야기』를 집필하는 데 많은 영감을 받았다고 밝힌 바 있다.

위에서도 이야기했듯 현실과 일상에서 작품 소재를 찾는 비르마헤르는 자신이 아는 것에서 출발하는 것이야말로 가장 중요한 것이라고 말한다("글을 쓰는 것이 이야기를 만들어내는 것이라면 그 출발점은 현실이어야 합니다. 그러므로 내 이야기의 10퍼센트는 현실이고 나머지는 허구입니다"). 그가 인터뷰를 할 때마다 받는, "왜 주인공이 전부 유대인이냐?"는 질문 역시 이런 관점과 깊은 관련이 있다. 비르마헤르는 자신이 유대인이기 때문에 가장 잘 알고 있는 것을 기반으로 이야기를 풀어나가는 것이 안전하다고 생각한다고 설명한다. 그는 "점점 유대인이 주인공으로 등장하는 작품만 쓰게 되며 유대인 문제에 대한 내 관심도 커지고 있다. 유대인이라는 소재는 앞으로 내 작품에서 결코 빠지지 않을 것이다. 그리고 이것이야말로 내가 글쓰기에서 느끼는 매력이기도 하다. 유대인이라는 소재가 글쓰기에 좋은 도구이기도 하지만 동시에 나는 훌륭한 작품을 쓰기 위해 유대인이라는 내 출신을 이용하고 있는 것이기도 하다"고 대답한다. 이 부분도 그의 우상인 아이작 싱어의 영향이라고 할 수 있다. 아이작 싱어의 작품에도 유대인과 유대교라는 소재가 빠지지 않고 등장하기 때문이다.

지금껏 비르마헤르가 집필한 작품을 보면 단편집이 주를 이루고 있다. 이렇게 단편집만을 고집하는 이유는 무엇일까? 이에 대해 비르마헤르는 "장편을 쓸 때보다 단편을 쓸 때 나는 작가로서 편안함을 느낀다. 짧은 글을 쓰고 있노라면 구전동화가 떠오른다. 모닥불을 피워놓고 그 주위에 둘러앉아 사람들을 즐겁게도 해주고 두려움을 잊게 해주는 사람이 된 듯한 기분이 들기 때문이다"라고 대답한다. 특히 장편소설이 상업적 측면에서 더욱 이득이라는 생각은 편견이라고 비판하며, 그러한 주장을 뒷받침해줄 만한 진지한 통계자료가 과연 존재하는지 반문한다.

아이러니한 인생에 대한 유쾌한 통찰, 『유부남 이야기』

한국어판 『유부남 이야기』는 1999년에 처음 출간된 『유부남 이야기*Historias de Hombres Casados*』를 시작으로 『유부남들의 새로운 이야기*Nuevas Historias de Hombres Casados*』(2001), 『유부남들의 마지막 이야기*Últimas Historias de Hombres Casados*』(2004) 등 세 권의 시리즈로 발표된 작품들 중 작가가 선별한 목록에서 다시 본 역자가 한국 독자들에게 맞을 법한 이야기를 추려 묶은 소설집이다.

『유부남 이야기』는 그야말로 마르셀로 비르마헤르라는 젊은 작가를 중남미를 비롯해 전 세계 문단에 알리는 대표적인 작품으로 평가받고 있다. 첫번째 시리즈인 『유부남 이야기』가 출간되자, 각종 신문과 잡지에서는 그를 이 시대의 가장 훌륭한 젊은 작가이자 '우디 앨런과 서머싯 몸을 적절히 합쳐놓은' 작가라고 앞 다투어 소개했다. 실제로 비르마헤르 자신도 서머싯 몸의 영향을 받아 이 작품을 썼다고 여러 인터뷰에서 밝힌 바 있다.

『유부남 이야기』는 삼십대 후반의 가장이 가정과 사랑 그리고 직업에서 비롯되는 갈등과 고민에서 벗어나 삶에 활기를 불어넣어줄 달콤한 일탈을 꿈꾸는 짤막한 이야기들로 구성되어 있다. 또한 동시에 부성애와 죽음, 배신과 고독에 대한 두려움 등 중년이 겪는 위기의 소재들도 적절히 등장한다. 이야기의 주된 주제는 욕망에 사로잡혀 고루한 결혼생활에서 벗어나고자 하는 주인공들이 '바람' 즉 불륜이라는 극약처방을 선택함으로써 벌어지는 일장춘몽 같은 일상이라고 할 수 있다. 그러나 작가는 도덕적, 사회적인 잣대를 들이대고 이야기를 풀어나가기보다는 일탈을 통해서나마 절대 실현 불가능한 행복을 꿈꾸려는 남자들의 모습을 차분하면서도 실감나게 그려나간다. "내 이야기를 통해 모든 세대와 세태를 반영하려는 것이 아니다. 그렇다고 해서 내면적으로 겪는 개인적 갈등을 투영하고자 하는 의도도 없다. 내가 원하는 것은 독자들을 끊임없이 불편하게 만드는 것이다. 그들은 이 세상 어딘가에서 언젠가 일어난 이야기를 읽고 있지만 '나는 이게 실화가 아니라는 걸 알고 있어'라는 야릇한 느낌을 받을 것이다. 그러나 책을 다 읽고 덮는 순간 그들은 마음속에 어떤 변화가 일었다는 확신을 갖게 되는 것이다. 설명을 할 수 없지만 돌이킬 수도 없는 변화가."

그의 작품 속에서 눈길을 끄는 또다른 요소는 유머러스하고 재치 있는 입담이다. "결혼생활에서 중요한 것은 성생활만이 아니다. 함께 파티에 참석하고, 중요한 계약을 할 땐 서로 의논도 하고, 사진도 찍고 자녀와 대화를 나누는 관계가 부부이다. 그런데 눈에 띄게 키 차이가 나는 것은 서로 종교가 다른 것보다 더욱 나쁜 조건이다." 이런 문장은 그의 유머와 독특한 사고를 단적으로 보여주는 한 예이다. 아르헨티나 국민들은 특히 유머를 좋아한다. 그래서 아르헨티나에서는 폰타나로사(Fontanarrosa), 칼로이(Caloy), 키노(Quino) 등, 유머소설과 풍자만화를 그리는 작가들이 대중에게 많은 사랑을 받는다. 비르마헤르는 아르헨티나로 이민 온 이민자의 후손이자 유대인이라는 특수한 조건을 가진 작가이기에 그의 안에는 유대인이라는 정체성 외에도 아르헨티나인이라는 정체성 역시 깃들어 있다. 아르헨티나인으로서 비르마헤르라는 작가가 얻은 재산은 바로 이들 국민의 낙천성과 유머 그리고 재치일 것이다.

1900년대 초반 경제적으로 황금기를 누리고 있었던 아르헨티나는 유럽 등지에서 몰려온 많은 이민자들로 부강한 국가를 이루게 되었다. 이 이민자들 중 다수는 유대인들이었는데, 오늘날 아르헨티나 사회에서 그들은 가장 성공한 집단 중 하나로 평가받고 있다. 유대인들은 아르헨티나 경제 전반에서 두각을 나타내고 있는데, 특히 작품의 중심 배경이 되고 있는 온세 지역은 부에노스아이레스 주 안의 카피탈 시에서 가장 번화한 의류상가 밀집 지역이다. 한국인들의 이민이 활발해진 1980년대 이후 온세 지역의 상권이 한인 교포들에게 많이 넘어간 지금도 유대인들의 저력은 여전히 무시할 수가 없다. 작가가 작품을 시작하는 10퍼센트의 현실의 무대로 택하고 있는 곳 역시 현재 한인들과 유대인들이 활발하게 활동하고 있는 온세 지역이다. 배경의 사실성과 함께 또 하나 빼놓을 수 없는 것이 바로 내용의 사실성이다. 자신이 쓴 소설은 90퍼센트가 허구라는 작가의 주장을 의심하는 것은 아니지만 그가 들려주는 이야기는 이 땅의 유부남들이 가슴을 쓸어내릴 정도로 사실적이면서도 적나라하다. 지루하고 반복적인 유부남들의 일상을 보여주는 각 단편은 그 현실을 반영한 듯 다소 밋밋하게 시작되지만, 유부남들의 마음에 불을 댕기는 사건이 펼쳐지는 중반부는 마치 한 편의 추리소설을 읽는 듯 흥미진진하고 손에 땀을 쥐게 만든다. 그리고 이어지는 결말부분에서는 충분히 있을 법한 각양각색의 결말이 등장하며 때로는 희극적으로, 때로는 비극적으로 우리를 울리고 웃기면서 긴 여운을 남긴다.

이 책의 '파괴력'을 단적으로 보여주는 여담 하나로 이 글을 마무리하고자 한다. 번역 작업을 하는 동안 남편의 손에 원고를 쥐여주고 대략 어떤 느낌이 드는지 간략하게나마 설명을 해달라고 부탁한 적이 있다. 그런데 남편은 혼자서는 키득거리며 잘만 읽다가도 어느 순간 "어때, 괜찮아?" 하고 묻는 내 질문에는 연애가 자유롭지 못한 청소년 시절 야밤에 여자친구와 몰래 전화통화를 하다 부모님께 '딱 걸린' 표정을 짓는 게 아닌가. 그런 식으로 애써 남자의 심리를 대변하는 남편만 보더라도 이 이야기가 얼마나 '우리네 일상'과 닮아 있는지 실감할 수 있었다.

2006년 봄

조일아

옮긴이 김수진

한국외국어대학교 스페인어과를 졸업하였으며, 동 대학 통역번역대학원에서 석사학위와 문
학박사 학위를 취득하였다. 현재 한국외국어대학교에서 강의하며 전문 번역가로 활동하고
있다. 『아버지의 여자』『일곱 살 오스카의 비밀』『시간의 창』『행운』『남부의 여왕』『검의 대
가』『루시퍼의 초대』『성수의 결사단』『처음 만나는 돈키호테』『나다』 등을 우리말로 옮겼다.

옮긴이 조일아

한국외국어대학교 스페인어과를 졸업하였으며, 동 대학 통역번역대학원에서 석사학위를 받
고 현재 박사과정에 재학중이다. 국제회의 통역사 및 전문 번역가로 활동하고 있다. 아르헨
티나 시사만화 『마팔다』와 브라질 룰라 대통령의 자서전인 『다른 세계는 가능하다』를 우리
말로 옮겼다.

문학동네 세계문학
유부남 이야기

1판 1쇄	2006년 5월 2일
1판 2쇄	2006년 8월 1일

지 은 이	마르셀로 비르마헤르
옮 긴 이	김수진 조일아
펴 낸 이	강병선
책임편집	김지연 김경미
펴 낸 곳	(주)문학동네
출판등록	1993년 10월 22일 제406-2003-000045호

주 소	413-756 경기도 파주시 교하읍 문발리 파주출판도시 513-8
전자우편	editor@munhak.com
전화번호	031) 955-8888
팩 스	031) 955-8855

ISBN 89-546-0147-2 03870
www.munhak.com

레이먼드 카버

'미국의 체호프'라 불리는, 미국 단편소설의 르네상스를 주도한 레이먼드 카버의 소설들. 스냅사진처럼 포착하고 현미경처럼 해부한 현대 미국인의 일상이 때로는 건조하게, 때로는 가슴 아프게 펼쳐진다. 젊은 소설가들과 전문 번역가의 완역으로 만나는 진정성 가득한 소설의 진수.

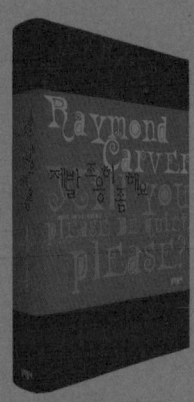

제발 조용히 좀 해요
Will You Please Be Quiet, Please? 손성경 옮김

소통 불가능한 세계를 살아가는 현대인들의 치유 불가능한 마음과 건조한 일상의 풍경. 가장 가까워야 하지만 결코 좁혀지지 않는 친숙한 사람들 사이의 거리. 소소하지만 쉽지 않은 삶을 견뎌내는 사람들을 그려낸 레이먼드 카버의 첫 소설집.

사랑을 말할 때 우리가 이야기하는 것
What We Talk When We Talk About Love 정영문 옮김

레이먼드 카버를 거장의 반열에 올려놓은 열일곱 편의 빛나는 중기(中期) 작품들. 지옥과 희극 사이를 오가는 사람들의 기이하고도 진실한 초상이 잊혀지지 않을 문학적 감동을 뿜어낸다. 반석처럼 단단한 언어와 그림처럼 선명한 이미지로 이루어진 단편소설의 고전.

대성당(근간)
Cathedral 김연수 옮김

종소리처럼 긴 여운을 남기는 카버 문학의 결정판. 순간을 포착하는 '미니멀리즘'을 넘어서 삶의 신비에 한 걸음 성큼 다가선 카버의 대표작 열두 편이 수록되었다. 미국 현대문학의 새로운 지평을 열어 보인 카버 소설의 빛나는 정수.

내가 필요하면 전화해(근간)
Call If You Need Me 김연수 옮김

미발표 소설과 초기 소설, 에세이, 서평과 잠언을 한데 모았다. 카버 문학의 다양한 스펙트럼을 통해 그의 작품세계를 더욱 깊이 이해할 수 있으며, 미국 현대문학의 풍경과 한 시대를 대표한 거장의 신념을 엿볼 수 있다.

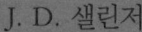
J. D. 샐린저

『호밀밭의 파수꾼』으로 수십 년간 전 세계 독자들의 사랑을 받아온 J. D. 샐린저의 다채롭고 독특한 문학적 지평을 엿볼 수 있는 중단편 소설집. 1948년 『뉴요커』지에 실리면서 샐린저 팬들에게 가장 많이 회자된 전설적 작품 「바나나피시를 위한 완벽한 날」부터 원숙기의 중편 「목수들아, 대들보를 높이 올려라」에 이르기까지 그의 작품세계를 온전히 되살려낸 완역 정본을 만난다.

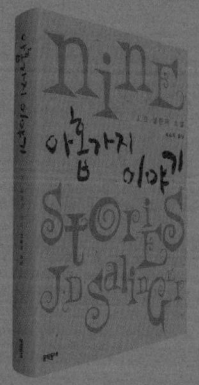
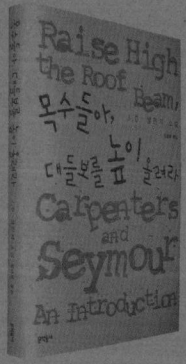

아홉 가지 이야기 최승자 옮김
우연과 필연, 그리고 삶의 신비와 아름다움을 담아낸 보석 같은 걸작. 샐린저 문학의 정수인 「바나나피시를 위한 완벽한 날」을 비롯, 전 세계 샐린저 팬들에게 가장 많은 사랑을 받고 있는 아홉 편의 단편소설을 최승자 시인의 번역으로 만난다.

목수들아, 대들보를 높이 올려라 정영목 옮김
미국 현대문학의 전설 J. D. 샐린저의 문학적 깊이와 두터움을 확인할 수 있는 원숙기의 대표작. 샐린저가 평생에 걸쳐 쓴 '글래스 가족' 이야기로, 작가의 자전적 면모와 동시대 사람들의 삶에 대한 날카로운 통찰력과 유머, 풍자를 담아냈다.